お守り・軍国歌謡集

Masao YaMakawA

山川方夫

P+D BOOKS
小学館

目次

帰任

曾田次郎は、あたらしく機械課主任の位置をあたえられて、四年ぶりに東京の本社にかえってきた。福岡の支店長が脳溢血で急逝して、まるで一人ずつ機械的にがたがたと前につめたようなあわただしい人事だったが、それでも四年前、突然京都支社づめを命じられて、それをいったんはほとんど致命的な失脚のようにとった曾田には、いわば思いがけぬ栄転といえる本社への帰任だった。

暑い六月の終りの日で、あちこちの挨拶まわりをすませ曾田が日比谷の本社に帰りつくと、定時の五時を十分ほどまわっていた。彼はまっすぐエレヴェーターで四階に上って、顔や首すじにとたんに滲みはじめてくる汗を洗面所でていねいに洗い落した。その窓から遠く皇居の松がみえる。本社はビルの西側の、三階と四階とにわかれている。

曾田の会社は、九階建てのそのビルの所有主であるC生命保険会社に持株の半分をもたれている中流の商事会社で、おもに電気機械類の取次店(リーラー)として歴史と堅実を売りものにしている。社員は盛夏でも純白のワイシャツの襟をネクタイできっちりと締めつけ、背広の上下を身だしなみよくそろえていなければいけない。曾田も麻服に蝶ネクタイをしていた。

彼が社に帰ったのは、次長の志村に夕食をさそわれていたからである。だが、次長には来客があった。待たねばならなかった。

腕時計をはめ直しながら窓ぎわに歩いて行き、長椅子で一服をしている間に、社員たちは次々とファイルや机の上を片づけて帰って行く。広い部屋はすでに明りが灯っていて、天井に二本ずつ平行にならべられた蛍光燈の短かい白い管は、かすかな音がしていた。だが、窓の外は、まだ充分にあかるい。

開け放たれた大きなガラス窓に、低い街のざわめきが、空ろな響きをともなって浮かび上ってくる。曾田は腰をあげて、窓の下の街に目をおとした。道を歩いて行く軽快な服装をした退社時の若い男女たちは、夕暮れまえの光と熱の萎えた外気のなかの歩行をなかば愉しんでいる風情で、濠端のゴオ・ストップで、二三人ずつ顔を向けて笑いあったりしている。女たちの、むき出しにされた小さなまるい肩が、妙になまなましく、湿っぽく光っている。暗く重い色になった濠の水の上を、きらきらとこまかな光を拡げながら、風がわたって行く。

煙草を唇にはこびながら、曾田はぼんやりとそれを見ていた。一日の疲労が、心地よく全身を浸してくるのが感じられる。彼にはいそがしい午後であった。その年の最高気温をまたも超えたというその日、曾田は暑さと緊張にすこしまいっていた。

欠伸（あくび）をして、泪（なみだ）のたまった眼を正面に移した。そこでは太陽が公園の森に落ちようとしている。分厚い雲にとざされ、森にかくれるのにはまだ間があったが、だが、沈もうとするその夕日の位置が彼の記憶にさわった。無数の、おなじ落日の光景が、重なりあうようにして彼のなかに堆（うずたか）く埋まっている。その古い日々が喚びおこされ、ひとつひとつ顔をあげて、次々と目の前にあふれてくるような気がしていた。曾田は遠い自分を想った。入社しての二年、太陽はいつも正確に同じその森の肩に消えて行った。そして自分はよく、そのひろい窓からの風景を飽かずに見入っていた。

ふと、片隅の曇りガラスで仕切られた応接室のひとつで、するどい物音がひびいた。二度めの音で曾田は思い出した。停年の間近い課長の山口と、ビルの管理人の老人とが、そこで将棋をさしているのだろう。音は駒音にちがいなかった。

かるい驚きを感じながら、苦笑して曾田は窓をはなれた。尋常小学校卒の学歴しかない山口は、課長どまりで早晩おはらい箱になるのがきまっていた。彼は酒も煙草もやらない。定時がすぎてからの約一時間、彼は昔から腰に汚ない手拭いをぶらさげたその小使と、二番の将棋をさすのを習慣にしていた。負ければやはりむっつりとし、勝ったり引分けのときはふだんのおだやかな笑顔のまま、古ぼけたソフトを頭にのせ音もなく帰って行く。それは四年前、曾田がまだ京都へ転勤になる前から、いや六年前、曾田が入社したときから、すでに課長でいた山口の日課だった。一時間で二番、そして毎日。それもたのしそうに声をあげて冗談をいいあうのでもないのだ。

部屋にはもはや人かげがなかった。曾田は腰に手をあててゆっくりと脚を運んで行き、明日から正式に彼のものとなる主任の椅子にすわった。今のところ、おれのほうはたしかに巧く行っている。曾田は扇風機のスイッチに手をのばしながら思った。とにかく、順調にコースをすすんでいる、そう考えてかまわないのだ。彼はセコハンのチック・ハーバートでたこのできた両掌を、満足そうにながめた。次長はおれをゴルフにさそうだろう、と思った。

まえその席にいた志村の昇進は異例だった。四十にまだ二三年あるという若さで、切れ者の志村は課長をとびこえてしまったのだ。その志村がおれを食事にさそっている。見込まれ有力な彼の系列に加えられようとしている自分をおもうことは、悪い気持ちではなかった。志村はまだ部長といっしょに客の相手をして、密談なのだろうか、同じ階の応接室と逆の側にあるその部長室では、物音ひとつしない。「……さて」と意味もなく曾田はいって、ゆっくりと腕を組んだ。じっと扇風機のなまぬるい風に吹かれていた。平明で無心な光をうかべて流れて行く、ひろい河のような時間だけがあった。

曾田に不意うちのようにある過去がやってきたのは、彼がそんな心の状態にいたときであった。彼はすこし退屈もしていて、懶惰(らんだ)にもなっていたのだ。電話がはげしく鳴り、音はどうやら彼の列の、いちばん遠い机の受話器からに思えた。曾田は立たなかった。どうせ定時はまわっている。だが、単独なけたたましい音を断続させ、音はなかなか止まなかった。部長たちの耳の手前もあり、ふしょうぶしょう曾田がやっと腰を浮かせたとき、ベルの音は断ち切れたように中絶した。それきり鳴らなかった。曾田は、ふいにそれが直通の受話器だったことを思い出した。

蛍光燈の、曇り日のような灰白の光が、急に身近に寄ってきた気がする。応接室の駒音がひときわ高くひびいた。目の前に、堀内ひさ子の顔がなまなましくうかんできた。腰をのばしたまま、曾田の動作はとまっていた。

かつて、同じように人気ないこの部屋でいらいらと歩きまわりながら、その受話器が鳴りひさ子のやわらかな澄んだ声が聴こえるのを、まるで飢えた犬のように待ちつづけていた自分を彼は思い出した。電話は、ひょっとするとひさ子からのではないだろうか。

曾田は首をふった。席をはなれ、彼は、向き合って横に幾列もならべられている机の列のあいだを往復した。女らしい腰蒲団の結えられた椅子を見つけるたび、歩み寄ってその机の持主の名をしらべた。が、どこにも堀内ひさ子の名前はない。曾田は、ひさ子がまだ会社にいるかどうかすらはっきりとは知らなかった。応接室に足を向けて、だが、彼はやめた。彼は長椅子にもどった。

「ええと」と、曾田は顔をしかめながらいった。落着きのないしぐさで額の汗をふいて、彼は膝の上でていねいにハンカチを小さく折り畳んだ。「ええと」と低声でまた意味もなく彼はいった。かるい恐慌に似た不安があり、不安はでも、その不名誉な過去の突然の出現にというより、あまりにきれいさっぱりとそれを忘れていた、そんな自分の心のからくりに向けられていたのかもしれない。

たしかに、すっかりひさ子のことを忘れていた自分に、曾田はすこし呆れていた。いくら慌しかったとはいえ、帰任を知らされてから今まで、まったくひさ子について考えなかった自分がふしぎであり、理解できないようなその事実が、ちょっと怖ろしい気もする。「ええと」と、彼はくりかえした。でも、なにを考えようというんだ。ひさ子がどうしたというんだ。いまさら、なにがまた始まるというんだ。

おれは、忘れようと思ったのだ。曾田はたしかめるようにそう自分にくりかえした。そして、おれはちゃんと忘れたのだ。彼女とのことは終っている。おれはきっと、この狼狽も、いつかまたさっぱりと忘れてしまうのにきまっている。……だが、曾田は一方で、いまの電話をひさ子からのものにちがいないと次第に思いこみはじめている自分にも気づいていた。酒を飲まぬ次長へのつきあいをすませてから、同期の村松と西銀座のバアで逢うことにしてある。村松と堀内ひさ子とそして曾田と、その三人が同期の入社である。彼の村松との会合を察して、ひさ子もそれに加わろうと電話をかけてきたのではないのか。

大きな笑い声がきこえて、部屋を区切っている白濁したアクリライトの板のかげに、人影が白く滲みながら動いた。次長がドアを開けて、大柄な日焼けした紳士が、つづいて部長が重たそうな白髪頭をかしげながら出てきた。紳士は、新聞で顔をおぼえている第二党の衆議院議員で、そういえば部長と高等学校で同級だったという話をきいた記憶がある。曾田はあわててかけ忘れていた扇風機をとめに歩いた。茶の上着を腕にかけた猪首の代議士は、磊落（らいらく）そうに笑いながら、縁の太い眼鏡をかけた顔で部屋を見わたしてなにかをいう。次長が腰をかがめそれに返事をする。そして笑う。ちょっと待て。やがて、出口に向う二人につづきながら、次長はまだ笑いののこった顔で振りかえって、片手をあげてそう曾田に合図をした。

志村とレストランの前で別れたあと、曾田は新設された明るいながい地下道を歩いて行き、まだセメントの匂いのする地下鉄の駅から地上に出た。足をとめて、しばらくは工事を施行中の街を見ていた。川や小公園のなつかしいどぶや土の匂い、その川を見下ろす縦の深みはなくなったが、急速に形を変えつつある首都の、その若々しく緊張した力感がこころよく曾田を刺戟していた。「やっとるねえ」口の中で、曾田は京都弁であとをつづけた。「ま、せいだい便利にしてちょうだい」志村が気をきかしてくれたビールが、彼をすっかり上機嫌にしていた。

凹型の断面をさらしている縁のある高速道路の向うの、もとのビヤホールは、西日を遮る高い美しいビルになってしまっている。瀟洒なその屋上の広告台の壁には、両端を斜めに切った黒いリボンのような小さな帯があって、そこに6・53と電光の数字が浮き、見ている間にそれが6・54とかわった。時刻を告げているのだった。

日は永く、ネオンの灯りはじめた街は美しかったが、空はまだ暮れきってはいない。元気よく歩き出して、曾田は早く村松と逢ってしまうのがもったいないような気分になり、つとめてぶらぶらと散歩するような歩度をとった。彼はひどく元気いっぱいで、自信にみち、そしてすこしだらしのない目つきになっている自分に気づいた。女の若い肌の匂い、やわらかく甘酸い心をこそぐるような匂いが鼻さきを掠めて行く。化粧のうまい娘たち、流行の服の娘たちが、二三人ずつ肩を寄せあって歩いて行く。どうです、お茶でも飲みませんか。彼は心の中でつぶやく。なあ、どやろ。あては主任。前途、有望やぜ。群衆にもまれながら曾田は気がるく首をまげて、けしからぬ空想とともに娘たちをしげしげと眺めたりした。

二階への傾斜の急なせまい階段がみえるバアの入口はもとの場所にあったが、階下の洋品店は造作も名前もかわっている。暗いバアの空気はひどく涼しかった。

村松はもう来ていた。入口で、冷房が効きすぎているのは客のすくないせいだと、マダムが説明した。首の太い厚化粧のマダムは曾田をおぼえていた。だが四十をすぎただろうかすれ声のマダムは、もはやなんの魅力もない。

鉢植えの横を抜けて、手をふりながらボックスに寄って行くと、村松は和服の女給の肩にかけていた手をおろした。「さて、なにを飲むかね」と、彼はいった。

「ああ、君といっしょでいい」

「……そうそ、それが君の口癖だったな。君といっしょでいい。なんでもいい」笑いかける村松のその眼眸が親しかった。あいかわらず、すこし早口だが、村松はハイ・バリトンのよく響くいい声をしていた。

ネクタイを胸のポケットに押しこみ、さも活動家らしい感じに村松はワイシャツの袖をまくっている。「しばらくだな、全く」と彼はいった。顔も二の腕もひどく日焼けしていて、陽にあたらない生え際の近くだけが白い。「なんだ、お面をかぶっているみたいだ」と曾田がいうと、「ゴルフさ」と村松は元気よくクラブを振るしぐさをした。曾田はふいに志村との食事のとき、ゴルフを話題に上げなかった失策を思い出した。

「おめでとう」

「おめでとう。ま、おたがいにここまでは早かったさ」曾田はグラスをあげ、ハイボールのふちを合わせた。村松は同じ日づけで電器課の主任だった。ワンピースの若い女が、歩きにくそうなハイヒールでつまみものの皿を運んできた。それが曾田の横にすわった。

「なんだ、サラミか。おれはサラミ・ソーセージはきらいだ」

村松は顔をしかめた。

「文句をいうんじゃない」

「あいかわらずだな、まったく」皿にのばす曾田の手をみつめながら、村松が笑い出した。「昔から、曾田はあたえられたものには文句をいわない主義だったな。かわってねえなあ、ひとつも」

曾田は首をかしげた。「そうかな」

「そうだよ。昔からおれと逆で、君はいつも同調性の権化だったよ」

「そうかな」笑いながら、もう一度曾田はいった。自分ではひどく変った気がしていた。村松は、すこしおれを加工してしまっている、おれたちはそんなに正反対なカップルでもなかった、と思った。でも、これが四年ぶりということかな。

「そうだよ」村松は早口でくりかえした。「君は、昔からおれと正反対で、出しゃばりの逆でね。よくいえば遠慮ぶかいっていうわけだな。たとえば、今度の人事だって、君は一応よろこんでいるらしいがおれはそうでもないな、早かないさひとつも。考えてみろ、足かけ七年になんだぜ、おれたち」

「まあ、でも、おれは京都なんかに飛ばされていたんだから」

「ああ」村松はうなずき、せかせかとグラスを口にはこんだ。「お代り。二つだ。二つ」気短かなその態度が昔と同じだった。

「おたがいに、また振り出しにもどったというわけさね」と村松は笑った。

そりゃ、村松は突然おれに追いつかれたという感じで、あんまり面白くなかろう、と曾田は思った。だが、同期どうしという感情には、ふしぎにどこかで隠微なスクラムを組んでいるつながりが意識されて、曾田には久しぶりのその感覚がたのしかった。同じ日にそれぞれ営業部の大きな二つの課の主任になった自分たちが、競争相手どころか、当面の敵どうしであるのはわかっている。隙さえあれば足をひっぱって引きずり落とそうと内心で爪を磨ぎあっている相手にはちがいないのだ。でも、曾田は久しぶりで見るその村松に、なつかしさとはまたちがった一種特別な親愛が湧くのを、おさえられなかった。

肉親や家族、これはいわばまるっぽのまま見られる相手ではない。そして先輩や後輩、見上げたり見下ろしたりするしかない会社づとめの身で、等身大の仲間を意識できる相手、おなじ人間どうしの感情がゆるされる相手は、ことによると同期の同僚だけなのかも知れない。京都で、彼はよくそのことを思った。同期の敵意と友情には、いわば全身でくまなく理解できるような、ある親身なものがあるみたいだ。

村松は必ず二つずつハイボールを註文した。曾田は目のふちにいい気持ちの酔いが出てきた。彼は、しばしば唇に堀内ひさ子の名がうかび出ようとするのに気づいていた。

「どうだったい、京都は」しばらく仕事上の知識を交換したあと、村松はふいに目尻を下げていった。彼もすでに酔って、眩しげな細い目をしていた。「京美人とかいってるけど、ちかごろじゃてんで美人なんか、いないっていうじゃないか」

「やあ、これは失敬」村松は大げさに両手をつき、お辞儀をした。「すっかり忘れていた。君、あっちで奥さんをもらったんだっけな」

「おや、へんなところで思い出させやがる」曾田も笑い、女の張り切った尻の近くに行っていた掌をグラスへとのばした。

「でも、安心しな、女房は東京の女なんだ。思ったより早くこっちに帰ってこられて、やつもよろこんでいる」

「恋愛か」

「見合いさ、はじめての見合いで往生をとげたわけだ。そのうち逢ってくれよ」

「ちえっ。巧くやってやがら」村松は軽薄にさけんで、となりの和服の女給の手を握った。「畜生、まったく、君に先を越されるとは思わなかったよ。だから対抗上、おれはまだ無理して独身をとおしてんだ。ねえ？」

「あら、べつに無理してるようじゃないわ、ちっとも」退屈していた女たちは元気づいて、「いつも」と手をとられた眉の濃い女が曾田に笑いかけた。「この村松さん、いらっしゃるたんびに一度はかならずおれは独身だぞっていうのよ、デラックス独身なんですって」

ひとしきり女給たちはかん高く村松をさかなにして、そのなかで「そうそう」と曾田はさりげなく口を出した。「堀内さんは、どうした。結婚しちゃったかな、あの女史」

「ああ、あの同期生か」村松は、ひと息にグラスをあけていった。「まだ彼女も独身だよ。いまは汎用課にいる。汎用モーターを専門にあつかう課さ。あいかわらず若い男たちにとりまかれているのが好きでね、まあ、そこの女王蜂だな」

「へえ」と曾田はいった。「まだ独身なの」

「うん。このごろは、あんまりつきあってないけど」と村松はいった。「元気は元気だ。若い社員にとりまかれて、けっこうたのしそうだぜ。なにしろ、あのひとは社内一の美人ですよ」

村松は笑った。社内一の美人、と彼はそれを括弧に入れていった。

「堀内さんって」と曾田の横のワンピースの女給が口を出した。「あの目の大きなかた？　すこしやせた」

「そう」と村松がいった。「ああ、一二度ここに来たことがあったっけな」

「きれいね」と、そのまだ若い女はいい、「村松さんね、あのかたに徹底的にふられちゃったんですって」と曾田を見て笑った。

「こら」村松はあわてた顔になった。「ふられたのは、この曾田さんのほうが先口だぞ」

「これ」つい京都弁が出て、曾田はいい直した。「おい、うそつけ」

だが、村松はすこしむきな口調になり、水いろのワンピースの女に向き直った。「こいつは、恋に敗れました。そいで傷心のあまり、すすんで京都へと立ったんです」

「勝手なことを」いいかける曾田といっしょに、和服の女給がいった。「それで、村松さんは？」

「ぼく？　ぼくは、ぼくも敗れました」村松は笑い出した。「でもねえ、みんなふられるんだ、男たちは。だれもあの女史をキャッチすることはできない」

「……ふられたの？」と、曾田はいった。

「ふられた」村松は首を大きく縦にふった。

「けど、古いこった。もう、このごろじゃあ、ぜんぜん」

「相手にされないんでしょう?」眉の濃い女がいった。

　村松は顔を皺くちゃにして目をつぶった。「物事は、都合よく考えなくちゃいけない」と、彼はいった。

「やあ」と、その村松がやにわに大きな声で叫んだ。曾田はうしろを見た。鶴のようなやせた外国人の客が、片手でおさえるような手つきをして、薄い唇で村松に笑っていた。

「ちょっと失礼」

　村松は曾田にぶつかりながら歩いて行き、カウンターに並んですわった。彼は外国人の肩までの背もなかった。ぺこぺことお辞儀をして、大仰に手をひろげた。

「だれ?」

「知らない」二人の女が同時にすぐ答えた。

　年老った外国人は、国籍がわからなかった。曾田は、イスラエルかなと思った。外国人の鼻は赤く曲り、髪は薄い色でぴったりと頭蓋骨に貼りついているように見えた。

「だれだい」帰ってきた村松に、曾田はきいた。「いや……知り合いさ」曖昧な返事で、彼が紹介したがらないのはすぐわかった。東京を離れていたというハンディを、そうそう簡単に村松が取り除いてくれるはずもなかった。

「ところで」と、村松は新しくハイボールを註文して、ふいに声を低め、曾田に顔を寄せた。「でもねえ曾田、」と彼はいった。「さっきの、女史のことね。おれ、このごろでは、ことによるとあの女史、まだ処女じゃないかと疑いはじめているんだ」

「ふうん」曾田はからかう目つきをした。彼だって敵である村松になにもかも打ち明けているわけではない。村松が、なにをどこまで知っているのかと思っていた。指さきでくねくねとライターをおもちゃにして、だが村松は熱心な口調をかえなかった。「そりゃあ、いろいろと噂のあった男たちもいたがさ、あとでとっくりと聞いてみると、みんな巧く最後のとこで逃げられちゃってるっていうんだ。そんなことがさ、こう、このごろじゃあ、へんに信じられてくるような気がすんだな」

「……とにかく、気のつよい女さ、ひとつもかわっちゃあいない」

村松はそうつけ加えた。笑いながら、曾田はまだ村松の表情を読むような目をしていた。

村松を先に急な階段を水銀燈のかがやく舗道に下りて行くと、汚れたなまぬるい夜が皮膚にからみついた。「まるっきり風がないな」曾田は顔をしかめた。かすかに足もとがふらつき、意外に自分が酔っているのがわかった。

九時をすこし過ぎた時刻で、ひしめきあう自動車の列で道は埋まっている。「すこし散歩するか」と村松がいった。背の低い彼はひとまわりがっしりとしてきていて、パナマの帽子がよく似合った。彼は大きく肩をふって歩いた。「たのしいなあ、まったく」と村松はいった。

「ほんとだなあ」早く家に帰って寝たかったが、だが、曾田にはその言葉もけっして嘘なわけではなかった。

「同期ってのは、妙にファイトが湧く」と村松がいった。「一種の悪縁だな、そのくせ妙に心からはなれない、一生、はなれられないんだ」

酔うとおしゃべりがさらにひどく、未練になる村松の癖を思い出して、曾田は警戒した。でも、まさか昔と同じに、これから梯子をしようというのでもあるまい。曾田は無言でうなずきながら歩いた。

「あれは冬だったな、やはりすこし酔っぱらって、二人でこうしてこの通りを歩いていたときだったな」快活な声で村松はいった。「君は妙なことをいったよ。おれは、それをよく憶えている」

そこは並木道のポプラの葉が死んだ掌のようにぐったり垂れ、窓のない大きなキャバレエが緑いろのネオンを落している裏通りで、村松は曾田の顔を見ずにしゃべった。

「……おれたちは、まるで玩具の電気機関車みたいなものだな。ふいにそう君はいったんだよ。家から出て、会社から出、またあくる日家から出、会社から出て、毎日きまりきったレエルをひとまわりする。こんなことが生きるってことかな、って」

「そうだっけな」

曾田は大学を出たての、すべてにつき大げさだった自分をぼんやりと想い返してみた。そんな自分には、郷愁とは逆なものしか感じられなかった。

だが、とふと曾田は思った。満二十八歳。現実はそれとたいして違っているわけではない。彼はいま、そのような思考が、自分になんの深刻さも、なんの意味ももたないことがふしぎだった。

「ちょうど、朝鮮事変がうやむやのうちに終ろうとしていたころだっけな。たしか、アイゼンハウワーが大統領になりたてのころだったよ」と村松がいった。

「そうだっけな」曾田は考える目つきをした。「とにかく、ばかなことをいいあっていたもんだな」

「ばかなことかね、そんなに」と、村松がいった。

ばかなことさ、もちろん、と曾田は口の中でいった。いまはそれどころじゃない。すくなくとも、おれは、人間が単独な、独立した存在だなどというのが、架空な夢想にすぎないと知っているんだ。

でも、その自分が、玩具の電気機関車でしかないという現実は、現在もちっともかわらないが、ともう一度曾田は思った。あのころが、まるで船にでも乗らなければ行きつけない気のするほどに遠い。サラリー・マンになりたての頃の毎日、自分が腐り、爪の先からポロポロと崩れ落ちて行くのを、周囲がただ黙ってじっと見ているようにしか感じられなかった、あのわびしく孤絶した怒りのような感覚。息苦しく、そんな自分の中に身動きもできず閉ざされているとしか感じられなかったあの感覚。……それらは、この同じおれのなかで、いったいどこに消えてしまったのか。

「あのころは、おれも君も、まだほとんど一日じゅうデスクだったな、ずっと」

村松がいった。そうだ、そしておれたちの机の向い側に、堀内ひさ子がいた。曾田はいきいきとひさ子を、その表情を、その細い胴を、そして彼女を見るたびに苦く心の屈するのをかんじていた自分を、ありありとよみがえらせることができた。彼はつねに敗北を意識した怒ったような目つきでしか、なんの苦もなく颯爽と立ち働く美しいひさ子を見ることができなかった。プレーンな白ブラウスに、濃色のタイト・スカート、小柄で骨細の、ひきしまった体軀のひさ子は、その姿がよく似合った。課で出かけた海水浴、太いチューブの浮輪に水着の尻をのせて休んでいた彼女の腿。おれははじめてやわらかくすべすべしたそのあらわな腿をながめた。腿は、かがやくように透明な水を滴らせて、いちめんに白く緻密な光をはじいていた。……それ以来、ひさ子はおれにとって、つねにおれを負かすひとつの腹立たしい魅力となってきたのだ。姉さんぶり、彼女は酒を飲むおれたちをよく叱った。透明な重みのない声。叱りながら、金を貸してくれた。そのうちに、監督と称して、自分もついてくるようになった。

「もう一軒寄ろうよ」村松が肩をたたいた。「こんどはおれがもつよ」

曾田は足をとめた。「……残念だが」と彼はいった。「あんまりおそくなれないんだ」

村松は、高い声をあげて笑った。「そうか、君は妻帯者だったか」

「しばらくは、女房の実家に厄介になることになってるんで」思いついて、曾田はあたりを見まわしながらいった。「義父や義兄の子供たちがいてね、お土産に菓子でも買ってかえんなく胸を折って、村松はよくひびく声で笑いつづけた。つられて曾田も笑い出した。「ばか、おれたちに子供が生まれてないだけ、まだましなんだぞ」村松はしつっこく笑っていた。

銀座の夜空はネオンに染めあげられ、低く醜かったが、東京のそれはどこまでも不潔に濁っていて、村松と別れ私鉄に乗り替えてからでも、窓から見える空は澄んでいるわけではなかった。曾田は指に菓子箱の大きな包みをさげ、首すじに重たい疲労をおぼえながら私鉄の駅に下りた。駅前のマーケット街は白熱した裸電球が眩しく、曾田は目を伏せてタールで固められた砂利の道路を歩いて行き、だがそのときは堀内ひさ子や過去について考えていたのではなかった。その夜村松に会ったことが、いかにも東京での生活の再開を感じさせて、彼はこころよいファイトを燃やしていた。おれもパナマ帽を買おう、おれだって似合うにきまっている、と曾田は思った。

屋敷町の、点々と街燈の光が落ちた道は、人気なくしずかだった。樹が多くて、さすがにさわやかな風が動いている。すこし行くと暗い小砂利の道はゆるやかな上りとなり、それがゆったりと左へうねって行く。幅のひろい道の、ひろく夜空のみえるその長い坂の中途で、曾田は顔をあげて妻の実家の門燈をさがした。すると、ふと左手の楠らしい木々の茂みが、上加茂のゴルフ・リンクを思い出させていた。

曾田は、ゆらゆらとする腰をおとし、コースをみるように首をまげた。舌たるいゆっくりした京都弁で、「ほんま。こないなとこでこそ、カネの3番はもってこいなんやで」といった。四角い紙包みを地面に置き、二三度スウィングの真似をしてみて、それから歩き出した。昨夜はじめて来た妻の実家は、たぶん、その坂を上りきったすぐのところだった。

「一度だけよ、いい？　一度だけよ」曾田が小さなホテルの部屋に鍵を下ろしたとき、ベッドに腰をかけてその堀内ひさ子はいった。喘ぐように、彼女は低くくりかえしいいつづけた。「約束して。ああ、一度だけ、今夜だけよ、約束して」

入社して二度めのクリスマスの夜ふけだった。村松と三人でバアをまわった帰途、同じ方向にむかう国電でひさ子と二人きりになると、曾田はふいに寡黙になり窓ガラスにうつるひさ子の胸のあたりを見ていた。だが、そのときは彼はまだ明瞭にひさ子に求めようと考えていたのではなかった。

終電にちかい電車で、空いた席がなかった。酒につよいひさ子が、それほどの深い酔いをみせたことはまだなかった。なめらかな若い頬をうすく染めて、それをかるくかしげ、ひさ子はふざけたような表情で目を閉ざしていた。くりかえし、曾田はおれはこの女を、ひとつも愛してはいないのだと思った。そのたびにいきむように顔は赧くなって、熱いものが胸で高くなった。ため息をついて、ふとひさ子が吊革で身をよじりながらいった。「あっけないクリスマスねえ」曾田は答えた。曾田の声はかすれ、喉にひっかかった。「……このまま、帰るつもり?」「え?」ひさ子はゆっくりと目をひらいて、明るい単調な声でいった。「だって、ほかにしようがないじゃないの」

顔が真赤になり、曾田はほとんど憤怒の表情で窓の外を睨んでいた。電車がゆれ、二人の外套の肩が衝突して、ひさ子はこころもち肩を引いた。「……いい手袋。ちょっと貸して」ふいにやさしくひさ子はいい、酔いで赤く濁った彼女の大きな目が、吊革を固く握りしめた彼の掌を見ていた。ひさ子は、新調の曾田の革手袋を受けとり、自分のそれを硬いなめらかな色の歯でくわえて脱ぎ、彼にわたした。「私の、それ、とってもあったかいの。兎の毛よ」

女の白いちいさな掌が、黒い革手袋にすっぽりとすべりこむのを彼はながめた。指のあまるだぶだぶの黒革の手袋を両掌にはめ、ひさ子はそれを顔の前で合わせおかしそうに曾田に無言で笑いかけた。曾田もだまり、体温でまだ暖かい、ひさ子のふわふわしたパール・ピンクの毛の手袋に自分の指を入れた。「……次で下りよう」彼はつよい語気でいった。「下りましょうか」鸚鵡がえしにいい、いたずらっぽくひさ子は外套の襟に頤(あご)をうめて、ちらと目の隅で笑った。

ホテルは駅の近くにいくらでもあるとわかっていた。ひさ子と腕を組み貧弱な燈りの灯いたその看板のひとつにまっすぐに歩きながら、曾田はなかば途方にくれ、自棄(やけ)にちかい気持ちでいた。あまりに簡単な事の推移への気怯(きお)じもあり、彼にはまだ経験がなかった。責任とか愛とか、行為のあとになっての重み、かたちだとか、行為そのものについてさえも、なんの確信もなかった。心の片隅で、彼はいっさいを姉さんじみたひさ子に頼ってもいたのだった。

盲めっぽうな彼の行為ははげしかった。やがて、彼は最初の経験に成功したことを感じた。事はおわり、なにかが脱けて行った。呼吸をはずませて曾田は仰向けた裸の肩をならべ、はじめて、いま喪（うしな）われて行ったもの、それが「愛」なのかなと思った。

あくる日は日曜日だった。昼ちかく二人は昨夜の国電の駅まで歩いて行き、近くの喫茶店でコーヒーを飲んで別れた。一人になり、曾田の心は痛んだ。なぜひとこと、ひさ子に、君は綺麗だと、愛しているといわなかったか。甘い悲哀に似たものがうまれていて、彼はそれに固執するだろう自分を感じとった。それはひさ子への固執であり、彼女を愛しはじめたことだ、と曾田は信じた。外套のポケットに手を入れると、やわらかなものが指にふれた。兎の毛の手袋がはいっていた。ポケットの中で、彼はそれをいくども愛撫するように指でさわっていた。

月曜日、曾田は昼休みにひさ子にそれを返し、自分の革手袋をもらった。地下の喫茶店で、彼は、「結婚しよう」と低くいった。ひさ子はだが、平常とかわらず、同じように曾田の顔や動作の批評をしたりからかったりしてたかく笑った。「なにをいっているの」だが、用事があるといい先に立つ後ろ姿をみて、曾田はひさ子がすでに二人きりになるのを避けはじめたのだとは思いつかなかった。ホテルで迎えた朝のやさしく黙りがちだったひさ子、彼の服の汚れをていねいに払い落していた彼女の従順さが、さわやかなその素顔の記憶としてのこっていた。

いくども曾田は速く暮れて行く窓のそばで、山口のたてる駒音を聞きながらひさ子からの電話

を待ちつづけた。だが、約束は一度もはたされなかった。ひさ子は弁明が巧みで、セールスに

まわされていた彼女は、事実ひどく忙しい様子だった。

東京を発つ日のことはあざやかに憶えている。翌年の三月のはじめだった。晴れていたがひどく寒かった日で、ひさ子は最後の機会のつもりで強引に約束させた酒場にも来ず、曾田はやっと自分が完全にふられたのを認めた。その日、曾田はだからもはやひさ子が見送りにさえこないのを望んでいた。そのほうが、彼女にとりすくなくもまだ自分が特別な存在であることを信じたまま、東京をあとにできる気がしていた。ひさ子は、しかし村松と肩をならべホームに上ってきた。まっすぐに彼のいる窓に歩いてきて、「元気でね、いいお嫁さんをみつけてらっしゃい」と晴れやかな声でいった。村松がなにか冗談をいいウィスキイの小壜をわたして、曾田は、はげしくその二人の男女からあわれまれ、軽蔑され、都落ちをして京都へと逐われて行くみじめな自分という意識の底に沈んだ。列車は動きはじめ、ひさ子はほがらかに笑って、村松とならんでながく手を振りつづけた。見かぎられた男、女に捨てられた男。曾田は窓を下ろし、すこし唇を噛んで、それから週刊誌を読みはじめた。自分の滑稽や悲惨は忘れなければならないと思った。うだつのあがらない自分、東京での無能でばかな自分、それを忘れることが若い自分には必要であり、要するにそれは堀内ひさ子を忘れることであった。曾田は、けっして手紙も書くまいと決意していた。

——堀内ひさ子、と彼は心のなかでいった。有能な「社内一の美人」。いまになると、あの

冬のホテルでの夜、おれはまるで兇暴な反抗心だけから、あの女に挑みかかって行ったような気がする。

曾田次郎は妻の実家の八畳の床の中で、さっきから暗い天井に目をひらいていた。酔いのもたらした短かく深い睡りのあと、いつのまにか彼はひさ子との記憶を心にたどり直してしまっていた。おれには、ひどく破壊的な気分でいたことの記憶しかない、と彼は思った。まるで、あれはヒステリイの発作だった。たしかに、自分を密閉しようとして立ちふさがるあらゆる外部のものたちへの敵意を、おれはひさ子にたたきつけるような気でいた。これは愛じゃない、こんなものが愛なんかじゃない、いくどもそう思いながらおれは闇雲に女の肉体に突進した。おれは自分を悪人だと思った。無頼漢だと思った。そしておれは大真面目に、「悪」に身をまかせてやるつもりでもいた。そうだ。むしろその悪の意識こそが、おれを鼓舞していた。乱暴に彼女の細い裸の腕をつかみながら、あのとき、本当はおれは「悪」を犯すことそれ自体を、のぞんでいたのかも知れない。

それにしても、あのようにはげしい女への怒りや憎悪やの感情は、それらはどこに消え失せてしまったのか。

わからない、と曾田は思った。とにかく、あの女との季節は終っている。すべて終っている。人間には過去というものがあり、しかし過去は二度と現在にはならない。それだけの話だ。「おい」と低く呼んで、彼はとなりで規則的な寝息を立てている妻に向き直った。闇のなかを手さぐりして、妻のからだにかけているタオルを、二度かるくたたいた。それがいつもの合図だった。

妻の寝息はとまっていた。曾田は顔を寄せて行った。「おい、光子、光子」

「……だめ」大柄な妻はゆっくりと向きをかえて、ささやくようにいった。「ここじゃいや。となりの部屋に、兄さんたちがいるのよ」

「いいよ、かまやしない」

「いやよ。明日から。離れに移ってから」

耳をすますと、襖の向うはひっそりとし、なんの音もしない。寝しずまった町の彼方を、かすかに救急車のサイレンが走っていた。

曾田はライターを灯した。枕もとの腕時計は、三時すこし前を示している。「寝ている、みんな」と、曾田はそろそろと手をあたたかいタオルにすべらせながらいった。「ねえ」

「……いやだったら」妻はまた寝がえりをうって、小さく、しかし鋭い声でいった。声は不機嫌で、とりつくしまがなかった。汗ばんだ額を枕にこすりつけて、曾田は大きく鼻から呼吸を出した。眠るために目をつぶった。

翌(あく)る日から、曾田は大口の会社や工場への顔出し、それにあたらしい販路をさがしての交渉で、照りつける炎天のしたを毎日歩かねばならなかった。セールスという仕事の性質上、久しく東京をはなれていたのはやはり確実な不利だったが、文句をいっていられるわけのものでもない。

曾田は、つとめてひさ子に逢おうとしていたのでも、それを避けていたのでもなかった。自分の有能を示すためには、そんなことに割く閑暇も注意力もなかった。やっと堀内ひさ子と顔を合わせたのは、本社にかえって五日めの午後であった。

その日、曾田は参考にするため、電器課のカタログを取りに三階に下りて行った。主任になって以来、はじめて一日じゅう在社するつもりになっていた日で、もし村松がいたら二人で一時間ほど話してもいいと思っていた。彼の活躍ぶりにも探りを入れておきたかったし、協力できそうな口も曾田はいくつか見つけていた。

村松は不在だった。曾田は、彼の京都在勤中に独立したという汎用課が、同じ三階の片隅にあるのをみた。ああ、ここかい、という気持ちで、曾田は歩いて行った。やはりアクリライトの板で仕切られ、ひっそりと南側の窓に寄った小さな課で、机の数もどうやら十以下のように思えた。

白く不透明な隔壁に、女らしい人影は見えない。堀内ひさ子は外出中の様子だった。

部屋の東側の壁に沿ってならんでいる、ロッカーやケース類の前の空間が通路である。曾田は、だからまっすぐにカタログ・ケースへと歩いたことにもなる。

大きなレコードの棚のような電器課の二つのケースの前に立って、ぎっしりとつまったカタログから必要なものをえらび出していたとき、声が呼んだ。曾田は振りかえった。部屋の入口から、白い袖なしのブラウスにタイトの茶のスカートをはいたひさ子が、笑いながら歩いてきた。「久しぶりねえ、ほんとに」と、ひさ子は抑揚のないなめらかな声でいった。

一瞬、曾田は笑いかける頬が固くこわばって行くのがわかった。無慚な気がするほど、ひさ子は醜く老けてしまっていた。

削げたような白い頬は光も張りもなくて、こんなにも小さかったかと思うほど、歩き寄るその顔がちいさかった。ただ、目だけが異様に大きく、それがいっぱいに見ひらかれて笑っている。ひさ子は全体に固くちぢみ、かわき、しなびてしまっていた。

「あら。いい蝶ネクタイをしている」

まっすぐに歩み寄って、ひさ子はそのまま曾田の紺無地のタイに手をのばした。「ふうん、ちょっといいじゃないの。悪くないわ。私、これ好きだわ」咄嗟のその動作も、言葉も、たしかにそれは堀内ひさ子以外のものではない。思い出しながら、だが曾田は喘ぎに似たものが喉につまり、呼吸ができなかった。

ひさ子のこめかみには、夏の陽に焦げたような二三箇所のしみもあった。骨から浮いたように白い皮膚はたるみ、表情を動かすたび、そこに慄然とするようなひきつれた皺がはしった。

「……月曜から、ここに出てきていたんだけど」昔とおなじ「タブウ」の濃密な香りを嗅ぎ、曾田はいった。努力して、彼はひさ子の目をみていた。

「うん。……これ、京都で買ったの?」

近ぢかと顔を寄せて、ひさ子はまだネクタイを見ていた。その二つの腕は筋ばり、つやのない乾燥した肌が、関節にちかくあらい皺を刻んでいる。塗りたてのような赤い唇がなまなましく、ひさ子は前よりもずっと化粧が濃い。

おぞましいようなある当惑、痛ましいようなある息苦しさ、それが無意識のうちに彼女から目をそむけさせようとしていた。曾田は言葉をみつけられなかった。くるしげに眉が曇り、心が逃げて行くのを、無意味な微笑で彼はけんめいにかくそうとしていた。

「このたびは、おめでとう。逢いたいとは思ってたの」ひさ子は目がしらの深く切れた、まるく大きな目で見上げた。「月曜日、機械課に電話してみたのよ。でも、もう帰っちゃったあとらしくて」

「ああ。……そいつは」

と曾田はいった。すると、あの日の電話はほんとうにひさ子からのものだったか。

突然、曾田は自分の重苦しい当惑のような感情が、ある明瞭な不愉快となって彼をおそうのを感じた。その符合が、彼の記憶の中のひさ子と現実のこのひさ子とを否応なく結びつけて、それが彼をたえきれない気持ちにした。曾田は黙り、あのときおれが四階にいたことをいうまいと思った。目の前のそのひさ子が、あのベルの音に触発され、そのあと熱っぽく彼女とのことを反芻した夜の記憶のなかのひさ子に重なるのが、曾田には、ひどくいやな、ひどく理不尽なことのようにさえ思えた。

「元気？」と明るくひさ子はいった。「すこし肥ったみたい、曾田さん」

「うん」曾田は、わざとはしゃいだ顔になって、ぴしゃぴしゃとワイシャツの肩をたたいた。「そうなんだよ」と彼はいった。「いそいで階段をのぼるときなんかね、わかるな。からだが重たくって、こう、腕を振るだろ？　その腕がね、ひとまわり太くなっている気がする」

「堀内さん」若い身ぎれいな背の高い男が、汎用課から出てきてひさ子に声をかけた。「堀内さん、お電話です」

「あら、よくわかったわね、私が会社に帰ってきてるの」とひさ子はいった。

「せまいですから」男は笑った。「それに、なんといっても堀内さんの笑い声には特徴がありますから」

「いるといったの？」ひさ子は甘えるように首をまげた。「杉中くん、出てよ」

「いやあ、ぼくじゃだめです」

「しようがないなあ」

町工場らしい先方の名前をきき、ひさ子は速足にアクリライトの板のかげに入った。杉中と呼ばれた男は笑って曾田にお辞儀をした。「ぼく、昨年入社しました汎用課の杉中です。次長の志村さんや、曾田さんの大学の後輩です。よろしくお願いいたします」

「曾田です、よろしく」

「堀内さんとは、同期でいらっしゃるんですってね。お噂は村松さんからもよくうかがっていました」

語尾のはっきりしたてきぱきとした口調だった。ふと、曾田はそれを聞いてみる気をおこした。

「ねえ君、堀内さんは、元気なのかい」

「元気ですよ」杉中は、その質問がさも意外なような目をした。「ぜんぜん、元気ですよ。有能ですしね。ぼくら、てんであおられつづけですよ」

杉中はカタログをえらぶのを手伝ってくれる様子だった。「は？　電気炉やホイスト？　それなら最近のはこちらになっています」彼は他の課の業務にもよく通じていて、要領がよかった。きっと、村松の気に入るタイプだろう。曾田はあまり口をきかなかった。

汎用課をのぞくと、ひさ子は立ったまま奥の電話で話していた。「長いですね」杉中は低声でいい、とっつきの自分の席にもどった。ひさ子のらしい尻尾を上げた黒猫の刺繡のある黄色の腰蒲団が、杉中のとなりの椅子に見える。……へえ。まアださっきの電話かいな。独白して、曾田は定評があったひさ子の長話を思い出した。

電話をかけているときの、その甘えた女学生のような態度が、ちっともかわってはいない。つまむように指さきにかるく煙草の端をもって、黒いコードに片手の指を絡みながら、腰をひねり首をかしげ、彼女はよく光る大きな眼を意識した顔でしゃべっている。どうもあれはいかん、目の毒だよ、と村松がいったことがあった。はなやかな声で笑う。煙草の火が消えたか、ひさ子は指でかるくかたわらの男の肩を突つき、男のつけるマッチの火に顔をはこぶ。見ていて、曾田は鼻に皺を寄せた。「いちどまた、ゆっくり」ほがらかな大声でいい手をあげると、耳に受話器をあてたままひさ子は子供っぽく大きくこっくりした。頭を下げる杉中たち汎用課の男たちのうしろで、ひさ子は癖のいたずらっぽい眼眸で笑っていた。

四階への階段をのぼりながら、曾田は思いきり顔をしかめている自分に気づいていた。不愉快な衝撃が重く雨雲のようにひろがるのを、防ぐことができなかった。

曾田は自分の不機嫌が、意外な彼女の老醜にあるのがわかっていた。老けやがって。彼は低く口に出していった。みっともなく、しぼんじまいやがって。カタログを机にほうり出すと、思いついて、彼は速足に洗面所へと歩いた。五分間ほどしげしげと鏡に見入っていた。たんねんに指でおさえ、生え際をしらべてから、笑ってみて目尻の皺を点検した。からだを左右に向けてみたり、正面に二三度腹を突き出してみたりもして、熱心に腹の出っ張り具合いをながめた。彼は安心した。自分はまだ禿げかかってはいず、そんなにみにくく肥っているのでもなかった。

でも、ひさ子への嫌悪と反感、そして奇妙な屈辱感は、一向にうすらぐ気配がなかった。曾田は机に肱をついて、額に皺を刻み、むっつりとしていた。

ばかやろう、と彼は思った。何年か前、あのひさ子を追いかけ、その瞳が向くごとにみじめに屈伏する心を味わい、一時は真剣に結婚のための具体策を立ててみたりもした自分、徹底的にその彼女にふりぬかれて、夜を徹して酒を飲んだ自分、美しい思い出のようにその記憶をさも大切そうに味わい直していた自分、そして、おそらくはその空想のなかで少年のようにひさ子を美化してもいた自分、……いま、曾田はそんな自分に意地のわるい怒りしかもつことができなかった。

「なにが、あいかわらずだい、女王蜂だい」曾田はぶつぶつと口の中でいった。「なんだい、蛸の干物みたいになりゃがって」

あいかわらず、か。村松の言葉がうかんできた。たしかにあいかわらず、ひさ子は自分の三十一歳の年齢と老醜に気がつかずに、いや、気がついていてもそれをおしかくして、いまだに注目の的である「社内一の美人」としてふるまっているのだ。曾田は嘆息した。

もはや彼女が若くもなく、美しくもなく、かつて彼を羨望させた、溌剌とした現実への適応の幸福にも恵まれていないらしいということ、その凋落に、自身正当な目を向けようとしていないこと、それが許せない気がしてくる。彼女はそれをごまかそうとしている。これは困る、これは許せない、と曾田は思った。それは不遇だとか、また不幸だとかいうものではないのだ。自分だけは「時間」になんの影響も受けないような気でいること、すくなくも強引にそんなふりをしていること、むしろ演技と化粧と盲目な確信とでそれに克とうとしていること、すこしばかりの化粧品の増加で隠蔽できるものとしてしか歳月を考えていないということ、そんな現実の拒絶、実在しもしない過去への頑固な偏執がおれにはやりきれなく、ゆるせないのだ。はげしく、曾田は思った。おれは過去を捨てた。現実に向き直った。彼女もまた、歳月がすべての存在たちを変えずにはおかぬことを素直に引き受けるべきだ。でなければ、彼女は実際に、いまも若く美しい彼女でいてくれなければいけない。幸福で、いてくれなければいけない。

目の前のカタログにはひとつも興がのらなかった。となりで山口は老眼鏡を額にあげ、書類にたんねんに目を通している。彼の陽に灼けた首すじの皺が急に不気味だった。ながい、おそろしい歳月、彼は刑期のような時間にずっと耐えつづけている。これからも、死ぬまでおなじ無表情で、じっと耐えて行くのだろう。

気をとり直して、曾田はカタログのホイストや変圧器に目をそそいだ。鉛筆でチェックをはじめていた。だが、まるでひとつの苦痛のように、彼に笑いかけた堀内ひさ子のみにくく老けた顔は消えなかった。皺の寄ったその目の隅での微笑、まざまざとこめかみのしみをみせ縮尺されたようにしぼんでいた彼女の顔、それが消えなかった。なにかむごいような、悲痛なものを見てしまった不愉快、それが曾田に苦い失墜の味をひろげながらけむっていた。女史、ことによると処女かもわからないぞ。彼は村松の言葉の皮肉な意味を了解した。あのかさかさに乾燥したつやのないひさ子の皮膚。たしかに、それは見ようによればけっして男を近寄せない、男の愛を知らないままでひっそりと荒廃した、老嬢の肌にちがいないのだ。

「曾田君ちょっと。ちょっと来てくれたまえ」

部長室から顔を出して、次長の志村が呼んだのは、それから二三本の電話をかたづけたあとであった。あわてて曾田は音をたてて回転椅子を立ち上った。上着をとり、いそいで袖に手を通した。山口は彼に目も向けなかった。

「君、帰ってきてから、T製作所にはもう顔を出した？」

きちんとドアを閉めるよう合図をして、志村はそう低い声でいった。白髪の美しい部長は扇風機もない一坪ほどの部屋の机の向う側で、葉巻を口にくわえたまま目をつぶっている。C生命の重役を兼ね、近い将来に社長の跡をつぐと目されている部長は、いつも茫洋としていて、曾田には大きすぎる岩のような相手だった。

すすめられて、曾田は志村と向い合った一人がけのソファに浅く腰をかけた。曾田は緊張していた。

「まだ行っていないだろう？　え？」

叱られるのではない様子だった。銀縁の眼鏡を光らせて早口にたたみかける志村は、むしろ曾田がまだ顔出していないのを期待しているようにさえ思えた。「……行っていません」と、曾田はいった。じっさい行っていなかった。

「あそこは、一度も行ったことがないんですが。たしか、電器課のほうの受持ちの筈ですから」

「うん、まあ」

苦笑してうなずく志村を見て、曾田はいった。「村松君が専門にちょいちょい行っているように彼に聞きましたが、……ああそう、いま夏季手当のストをやっているとか」

会社側が強気で、労組のほうはだいぶ苦戦している。そんなことを村松がいっていた気がする。だが、曾田は黙りこんだ。部屋に落ちている沈黙が不気味だった。

「すまないが、たのまれてくれんかなあ」のろのろと部長が口を切った。きちんと背広の前ボタンをかけた部長は、ゆっくりと目をひらいて、壁にかけられた自筆の花瓶の油絵をながめた。

「君なら、どこのだれともわからんだろう」

「は?」と、曾田はいった。

「……これをね、これからすぐ行って、Pさんに渡してもらいたいんだ。いまT製作所にいる」

志村は手をのばして、部長の机の端にあった白い角封筒を、曾田にわたした。「労組の応援に行っているんだ」Pとは、先日そこに来ていた革新党の代議士の名前だった。「ちょっと、電話でPさんを呼び出して話すわけにはいかないんで」志村はうすく笑った。「それに、ぼくや村松君じゃ、顔を知られていてまずいしねえ、君ならなんとかごまかしてなかにはいれる」

曾田は角封筒をみつめた。薄い封筒には古風な水いろの封蠟が捺されてある。

「……手渡しをするんですね」と彼はいった。

「なかに、手紙もはいっている」と、部長はぶっきら棒にいった。「志村君、きみ、いってあげて下さい。すこしは説明をしなきゃならんだろう」

「はあ」一瞬、志村は億劫そうな表情をうかべて、だが、それが曾田に向うと、とたんにごく親しげな笑顔に変貌した。「ひとくちでいえばね」と、彼はまず口癖を使った。「ストね、あすこのストは、収拾がつかなくなっているんだ。要求条件にへだたりがありすぎてね、双方とも、いまじゃ意地になってるんだ。Pさんが、直接に個人の資格で、T製作所の社長に逢いたいと申し出たが……」

志村は部長を振りかえった。部長はまた目をつぶっていた。志村はつづけた。「ね？　あそこの社長は立志伝中の人物で、有名な革新ぎらいだろう？　てんから相手にしない。で……」

「わかりました。部長に仲介をたのみにみえたんですね、Ｐさんが」どうでもいい気がして、曾田は口をはさんだ。志村は、またうすく笑った。

「そう。それで部長を通じてのＰさんの個人的な申し入れへの、これがあそこの社長からの返事だ。Ｐさんへの個人的な政治献金として、三十万円の小切手がはいっている」

封筒を内ポケットに入れると、曾田は立ち上った。「さっそく行ってまいりましょう」と、曾田はいった。

一礼して曾田が部屋を出ると、すぐそのあとに志村がつづいてきた。志村は曾田の肩をたたき、あいまいな笑い方をしていた。

「明日からは操業開始になる。ストは今日じゅうに妥結するよ。組合側が、涙をのんでね」

「そういうわけですね」と、曾田はいった。

めずらしいことじゃない、曾田は思った。その三十万円を、Ｐが組合に入れたり組合員のために使ったりするのでもないのは確かだった。それなら、受付や組合員の一部に顔を知られていない一人の男が、こっそりとわざわざ手渡しに行くまでのこともないのだ。悪くいえば、喫茶店でチンピラにわざと喧嘩させて仲裁をし、あとでその礼金を強要する愚連隊とたいしたかわりはない。Ｐは、その金のほんの一部で、組合の幹部たちにお定まりの焼酎でもあてがってやるのだろう。よくあることさ、と彼は心でくりかえした。さして嫌悪や義憤が湧くのでもなかった。彼はべつに、正義の使徒のわけではなかった。

机の上のメモに、山口のらしい鉛筆のこまかな字がならんでいる。

「汎用課、堀内氏より電話、忙しければよいとのこと」了解のしるしに、曾田はその字の上に鉛筆で棒を引いた。

すこし退屈もおぼえはじめていたその午後、曾田には、むしろなんらかのかたちで部長や志村の系列に自分を喰いこませることになるかも知れぬ用事ができたことがうれしかった。ぼんやりと在社をつづけていて、堀内ひさ子の不愉快なイメエジに悩まされることのほうが、どれだけいやな気分かわかりゃしない。

太陽はまだ空に高く、街路を打つ日射しの烈しさに曾田は目を細めた。くりかえし内ポケットの封筒を気にしながら、曾田は托されていたその用件に、なんの特別な感情があるのでもなかった。どうせ彼が拒絶したところで、それはだれかが代りにやらされるのにきまっている種類の使いのひとつでしかない。Ｐの裏切り、会社側の策謀に荷担するのだという意識もなく、それらは彼の内部にはまったく関係をもたなかった。心は無感動で、曾田はただ上役の指示に従事して灼きつけるような日盛りのしたをあるき、国電にのり私鉄にのり、バスに乗り、そのバスを下りたのにすぎなかった。

曾田はそのときとくに自分をみじめだと考えていたのではなかった。ただ、湯につかったように、じりじりと全身に汗の湧き出てくる暑さがかなわなかった。片側に雑草ののびた空地のある午後の道は白く乾いていて、バスが彼ひとりをのこし熱っぽい砂埃りをあげて去って行くと、照りつける眩しい陽がじかに彼をつつんだ。やれやれ、と彼は思った。

上に二三本のバラ線を張りめぐらせ、T製作所のだという薄汚れた高いコンクリートの塀が、道の片側をながくつづいて行く。あたりは工場地帯というより、傾きかけたような木造の家のひしめきあう平たい長屋街で、一本のひょろ長い銭湯の煙突が目立っている。T製作所の門は、この塀に沿って左へと曲ったすぐのところにある、とバスの女車掌は親切に身をのり出して教えていた。

こめかみに吹き出してくる汗粒をハンケチで拭いながら、曾田は新調のパナマ帽をかぶり直し、歩き出した。夏の日に焙(あぶ)られた塵芥の汚臭が空地からつよく匂ってくる。でこぼこの多い空地はところどころ赤土の地肌が露出していて、洗濯物の干してある片隅で、四五人の子供たちが井戸の柄を押してあそんでいた。いちばん背の高い八九歳の女の子は、得意げに色の褪せた赤い水着をつけ、あとの子供たちは、ほとんどがパンツ一枚の裸だった。「いれてやんないよ！」と、日焼けしたその女の子が叫んだ。

争議中だというのに、T製作所の周囲はいやにしずかだった。貼られたビラも変色しめくれかけて、「貼紙厳禁」という古びたタールの字が、かえって厳然とした感じで塀の高みからながめ下ろしている。その上に、球型のエア・タンクの、銀いろの頂きがのぞいている。

ふいに、赤い光が彼の眸を射た。煙草屋の、箱型の公衆電話が光をはじいている。曾田は烈日を感じていた。早くかたづけよう、と彼は思った。空地は、その煙草屋で尽きてしまっていた。

暑かった。空気は熱し、停っていた。美容院の名の書かれた電柱の角を曲ると、白く人びとの群れが目にはいった。バスのやっと通れるほどの幅の道に、眩く光をはねかえして、人びとのシャツやブラウスの白があふれている。蝟集(いしゅう)したその人びとは組合員たちにちがいなかった。

組合員たちはしずかだった。ほとんど身動きもしない。人びとは門のなかの一点にからだを向け、かすかな拡声器の声がきこえていた。曾田は歩度をかえなかった。

「皆さん、」と声は叫んでいた。「皆さん、いまやぜったいにわれわれは、一致団結を、守りぬかねばならない」熱烈で精力的な声音は、疲れはて無気力に夏の光のなかにたたずんでいる人びとの上に、妙にそらぞらしい力をこめて落ちかかった。「われわれは」と声はいった。もう、そのときはそれがPの声であるのはわかっていた。

「団結して、たたかい抜かなければならない。第二組合をつくろうなどというのは、それは、唾棄すべき御用組合をつくることだ」

声は熱心に、断乎とした調子で張りあがった。「会社側、資本家側に、乗ぜられることでしかありません。いま、戦線を分裂させ、われわれを攪乱しようという、敵の手に、まんまと乗っかることなんだ。それは、いままでのこの、十日間にわたる闘争を、正義のための闘争を、無に、いや、無どころか、マイナスにしてはばからぬものです……」

そら、いま分裂してもろたら商売にならんさかいな。曾田は顔をあげた。門を入った右側の自転車置場の屋根に立って、Pは片手にマイクをつかんでいた。白っぽいくたびれた夏の背広を着て、臙脂のふちをつけた金色の議員バッジが、ひけらかすように胸に光っている。彼は、窓を閉めた四角い食堂らしい建物に顔を向けて、慈愛ぶかげな眼で、その前の道路に群がった人びとを眺めていた。「皆さん」と、また彼は浪花節がたりのような声をあげた。

「どなたですか、あなたは」するどい声がいった。無精髭の生えた若い開襟シャツの男が、曾田の腕をつかんでいた。男は鉢巻きをし、頑固そうな血走った目をしている。曾田はのろのろと目をおとした。この毛の生えた掌で殴られたら、きっとひどく痛いだろうと思った。

「Pさんに、連絡があってきたんですが」曾田はでも、なんのたじろぎもない声で答えた。「秘書の方にでも、取り次いでくれませんか」

「連絡?」曾田は、その言葉の意外な効果をみた。男は腕をはなし、「失礼しました」といった。頬に急にうちとけた微笑をひろがらせて、男は単純な性質なのにちがいなかった。さっそく、塀に沿って人波をかきわけながらいった。「ちょっと待って下さい。先生が、連絡があったらすぐ知らせるよう、おっしゃっていたところなんです」

曾田は門の内側に身をすべらせ、日かげに歩き入った。「暑い、暑いな。かなわん」彼は独白して、帽子を脱ぎ、ぱたぱたと首を煽いだ。塀の影は黒く濃く幅がなかった。どやどやと跫音と人声が入りみだれて、曾田は不恰好に大きな白い革靴が、人びとを制し大またに彼に近づくのを見た。「……ごくろうさん！」と勢いよくPはどなり、彼の肩を抱えこむようにして歩き出した。曾田は守衛詰所の裏に連れて行かれた。Pは左右を見て、蒼ざめたようなそのセメントの壁に近く立った。

「ソダ君、だね？」と、Pはしわがれた低い声でいった。二三度咳ばらいをした。「さっき、おたくに電話したんだがね」Pの声は、拡声器を通じてのほうがはるかに聞きやすかった。古タイヤや錆びたワイヤア・ロープの置かれているその詰所の裏には、塀に寄って紅い夾竹桃が二つ三つ花ひらいていた。こまかく複雑な亀裂が乾ききった地肌に走っている。曾田はPに角封筒を手渡しした。

「君は、ある情報の提供者ということになっているから」Pは、曾田に短かく眸を向け、その水いろの封蠟のある白い封筒を破った。ポケットから出した金縁の眼鏡に掛け替えると、まず小切手を内がくしに入れ、無表情に手紙を読み下ろして、それをこんどは封筒ごと逆の内がくしにしまった。

「明日からの操業開始か」Pはかすれたききとりにくい声でいった。

「それが条件か。……うん。約束は守れるだろうと思う。そうつたえてくれ」

縁の太い特徴のある眼鏡に掛け直して、Pは分厚い唇をなめていった。「どうせもう、幹部からしてくたくたになっとるんだ、みんな妥結をのぞんでいる、……ま、なんとかなる」

思いついたようにPは曾田に目を据えつけ、弁解するように笑いかけた。「どうせ、これ以上がんばったって、無駄だからな。出血をふやすだけなんだな。まったく、やむをえない。やむをえないよ」

「水飲み場は、どこでしょうか」と、曾田はいった。

詰所の自転車置場の側にある露天の水道栓は、全開しても涎(よだれ)ほどの水しか滴らさなかった。異例の日照りつづきに、東京は渇水していた。辛抱づよく顔を仰向け、曾田はそのきらきらするなまぬるい滴りを口に受けた。

閉鎖された食堂の前、直射する日光のしたを、曾田はふたたびむんむんする人びとの汗の匂い、その熱気のなかを歩いて行った。演説を突然に中止されて、人びとはだが門のあたりから散っていたのではなかった。彼らは同じところに立ち、不安げな弱よわしいざわめきをつづけている。Pに引きまわされ無援のながい闘争に疲れ切って、人びとはほとんど途方にくれているように思えた。門に向いながら、曾田はけっしてあわれみも罪悪も感じていたのではなかった。彼は空虚であり、その空虚はたんに仕事をひとつ終えたときのそれでしかなかった。彼はただ、夏と人びとの疲弊だけをかんじていた。

「皆さん……」ふたたび波型の黒トタンの上の、仮演説場にのぼったPの声がきこえたのは、曾田が門を一歩踏み出したときであった。曾田は振りかえった。彼の目はPの優しげなそれと出逢い、曾田はPが涙ぐんだような表情をうかべているのをみた。

「皆さん、……」と、またPが沈痛な声でいった。一瞬、鋭いものにつらぬかれて、曾田の目は青空を見ていた。過剰な光にみち、みずみずしい豊かな紺碧をひろげている真夏の空。それが彼の目をふさいだ。曾田はPに眸を向けることができなかった。

激烈な衝撃が曾田の脚をゆらめかせた。ある痛みが、ある苦悩が、深い気圧のように彼をつつんできた。なにかが全身からはぎとられて、くまなく彼の皮膚はじかに光を射られていた。彼は顚落した。ある喪失、ある孤独が、はげしく彼をなにかから突きおとした。

曾田は歩いていた。うなだれ嗚咽する汗くさい人びとの群れを抜けて、彼は歩いていた。目にはなにも見えず、風景は色とりどりの光の風のように、その彼をめぐりゆっくりと流れて行き、曾田はひとつの果てしない孤絶のなかを歩いていた。かすかに、曾田は彼を蔽う、白く充実した夏の空だけを意識していた。

いくつかの瞬間がながれたあと、おれは、けっして正義感なんかで苦しんでいるんじゃない、と曾田は思った。それは確実なことだぞ。おれは、ある破廉恥に荷担していた。でも、おれはPのあのどこか悲しげにさえみえた目がおれの上をすべる前に、すでにおれがある卑劣の役割りを果たしたことをみとめていた。だが、突然Pのあのやさしげにみつめた瞳が、おれをやつから突きはなした。……曾田は、必死に考えを追いつづけた。犬のような、あのPのうるんだ瞳。動物の哀しみのようなものをたたえていた眼眸。それがおれを突きはなした。おれは、おれの無資格をかんじとった。

Pは用ずみのおれに知らん顔をしてみせたのではない。むしろ共犯を強調するようにその目はおれを向きさりげなく光ったのだ。共犯——たしかに、おれは社用の無署名の行為のひとつとして、上部での取引きの手先きとして、組合を売ったPの卑劣な裏切りに荷担し、「悪」を犯したのだ。……そうだ、と曾田は思った。あのとき、ふいにおれは、このことを感じたのだ。おれが「悪」を所有しているのではなく、逆に、「悪」がおれを所有しているのだということ。そして、Pがぎっしりとした実質をもちいきいきと存在しているのに、このおれには、なんの実質もつまってはいないということ。おれがだれかの手に持たれて、なんでも輸送する空ろな管にすぎないということ。

曾田は、捨てられた一本の古びたゴム・ホースのような自分を意識していた。おれを握る手こそがおれのなかの悪を握っていた。悪はおれのものではなく、おれの有罪は、管の内側に塗られた記憶みたいに、空ろなものでしかないのだ。

ふいに、舞台の上の四角い箱のなかで動いている、操り人形のイメエジが浮かび出した。おれは、飼われ、あやつられているそんな空間でだけ生きているのにすぎない。

……生きている。おれは生きているのか？　怒りが彼をとらえ、曾田は足をとめた。突然、引きかえして、組合員たちに自分のしたことを告げようという衝動に駆られていた。Pの策謀をあばき、そして懺悔しよう。それだけがおれの、おれ自身のものといえる行為ではないのか。節くれだった力強い拳が雨あられとおれを打ち据えるだろう。だが、そうして滅茶滅茶に殴られながら、どんなにかおれは回復されたおれの充実に、いきいきと満足していることだろうか。その痛みをおれの実質の証拠として、どんなに快楽的に殴られつづけていることだろう。おれは、おれなりの誇りをもたなければならない。

「泥棒！　こら、泥棒！」かん高い少女の声がひびいた。「こら！」

びっくりして曾田は身をかわした。跣（はだし）の、坊主頭の四五歳の男の子が、緊張しきった顔で彼の横を走り抜けた。男の子は右手に葉のついた玉蜀黍（とうもろこし）を握っていた。

「おっちゃんに、いいつけるからね！」赤い水着の女の子は、怒りに頬を火照（ほて）らせて叫んだ。野草をおしわけて道に飛び下りると、砂利をつかんで放りなげた。少女も跣だった。

男の子はもう遠くに駈け、少女は粗い小石の道で地団駄をふんで追うのを断念した。「いいつけてやる、いいつけてやる」少女はくりかえして、汗と埃りにまみれたその日に灼けた顔が急に引きゆがむと、細く吊り上った目に涙があふれてきた。「……いいつけてやる」泣きじゃくりながら少女は道の端に立つ曾田の近くにあるいてきた。伸びあがって、男の子の消えた道の遠くをみようとした。その手が曾田の服をつかむように動いた。

「こら、汚ない」

咄嗟にその手をよけ、曾田は顔をしかめていた。女の子は、なにも聞かなかったようにそのまま歩きすぎた。激痛のような自己嫌悪が曾田を打ちのめした。曾田は歩き出した。

曾田はバスの停留所を歩き越した。彼は、自分がすでに告白をしに引き返す力をもっていないのを承知していた。暗い絶望が、彼の頬をひきつらせ、唇をゆがめさせた。

卑屈で、無力で、なんの勇気もなく、他人へのやさしい心すらなく、ただあくせくと二万余円の月給にしがみついている男。なんていやなやつなんだ、おれは。こんな男は、ひとつも魅力がない。その日その日をただおどおどと事なかれと暮している卑小なおれ。曾田はかぎりなく自分が、あらゆるいきいきと生きている者たちから拒まれ、さげすまれて、無力な孤絶の深い淵に沈みこんで行く気がしていた。ああ、だれがこんな男を愛することができるだろう。愛してくれるだろう。ああ、女たち、銀座の、流行の服を着た猫のような目のつんとした美しい若い女、会社の女の子たち、そして、バアの女給たち……

突飛な想像が、ふと冷たくその曾田の胸を刺した。「光子、」とおどろいて彼はいった。いま、この瞬間、妻がだれかほかの男と関係している——目をつぶり、かるく片方の眉を上げて、接吻を待ち唇をうすくひらいている光子の顔。抱きすくめている見知らぬ男の肩。まざまざとそれが彼の目にうかんできた。きっと、妻もおれを見棄ててしまっている。幼な馴染みの若いスポーツマンふうの逞しい従兄弟たちにかこまれ、はなやかに笑っている妻。昨夜も疲れた曾田がぐっすりと睡りこむまで、わざとのように二人きりの離れに寝にかえってこなかった光子。曾田は、一瞬その直感をうちこわすことができなかった。火をあてられたように頬が火照り、そうだ、すぐに家へかえろう、煙草屋の赤く塗られた小型の公衆電話を思い出して、彼は口のなかでいった。志村さんに用をすませたことを報告して、暑さですこし気分が悪くなったといおう。振りかえると、曾田はうすく砂埃りをあげて白くのびる乾いた土の道を歩き出した。足は次第に速くなって、やがて彼は小走りに駈けはじめた。暑さなどは忘れていた。

家までには、三十分と要らなかった。タクシイが、ギヤを嚙みかえて屋敷町のゆるい坂を左に折れながらのぼって行き、停まると、動悸はおどりあがるように不自然にたかくなった。金をはらう彼の手はふるえていた。

曾田はわざと玄関のベルを押さず、木戸を抜けて庭にまわった。椎の涼しげな影を落す苔の生えた土は、跫音を立てなかった。女の笑い声がきこえていた。短かい、しかしのんびりとした一人の笑いだった。

妻は母屋の茶の間にいた。手をのばして、菓子鉢から煎餅をつまみながら、さも可笑しそうに声が笑う。彼女は一人きりでテレビに見入っているのだった。跣の脚を横ずわりにして、清潔な若い足のうらが二つならんでいた。

曾田は額の汗を拭いた。「光子、」呼んで帽子を放りなげた。

「あら、もう帰ってきたの?」おどろいた様子もなく、妻は腰もあげずに夫を見た。テレビで笑ったままの目だった。

「今日は、もういいんだ」

「そう?」妻はテレビへ顔を向けた。「いま面白いの。劇場中継」

「光子」曾田は不愉快を感じながら縁側に腰をかけた。だが、声は力なかった。「……一人?」

「お留守番よ。みんないないの」

「どこへ行ったの」

「買物。お中元のお返しですって。お義姉さまに、子供たちもみんなついていったわ」妻はうるさそうに、テレビから目をはなさずに答えた。「ああ、田舎のお義兄さまから、手紙が来ていたわよ。あとで持ってくるわ」

曾田は妻をながめた。いままでほんとうに眺めたことがなかったような気がしていた。むき出された白くすべすべとした肩、花籠のようにきっちりしまった黄色いワンピースの胴、無意識に唇を尖らしたすこし出っ歯めの口もと。細い眼はうきうきした色をうかべテレビをみつめている。東京に戻ってから、妻はまるで娘っぽく、脚のながい、短距離の選手だったという大柄な女学生のころの感じにかえっていた。

「……水をくれ」曾田はかすれた声でいった。「ううん、……ちょっと待ってよ」顔をしかめ鼻を鳴らしながら、それでもやっと妻は腰をあげて茶袱台の下のコップと魔法壜を彼の前に運んできた。「この中に、冷たい麦茶がはいってます」と、妻は不機嫌な顔のままでいった。

立ち上り、テレビの前にかえろうとする妻の腕を、曾田はつかんだ。力をこめそれを前に引いた。「……ねえ、離れに行こう」と、唇をはなしながら彼は低くいった。

「……いや、いやよ、乱暴ねえ、いや」左右に顔をそむけながら妻は真剣な表情でもがいた。妻は赧い顔をしていた。ある理不尽な熱狂が曾田をゆらめかせた。強引に妻を抱きあげると、離れへと歩き出した。「ねえ。いや、ねえったら」妻は低い叱りつけるような語調でいい、脚をふった。かまわずに曾田はあるいた。

「いったい、どうしたのよ」妻は真面目な顔でいった。

曾田は妻を離れの畳の上に押し倒した。結婚して一年、あの蒲郡の新婚旅行の夜にさえも、おれはかつてこれほどの新鮮な激情はもたなかった、と彼は思った。あらあらしく顔を重ねながら、曾田の手はワンピースのホックをさぐっていた。離れにはむっとするような熱気がこもっていた。

「光子、」と曾田は喘ぐような、必死な声でいった。「君は、幸福かい？」

「……さあ」ちいさく、妻はいった。汗ばんだ顔で眉をすこし寄せて、妻はさぐるような目で彼の両方の目を交互に見た。

「おれを愛してるかい？」

「どうかしたの？　会社でなにかあったの？」

妻は力をこめ手で曾田の胸を押しやり、鈍くひかる目でみつめた。

「汗でぎらぎら。臭いわ」

「答えてくれ」曾田はくりかえした。「答えてくれ」

妻はいった。「……愛してるわ」

曾田は幸福の絶頂をかんじた。手が妻のワンピースを引きむしった。そのとき、はげしい音を立てて頰が鳴った。

「いやよ、こんなの」声をふるわせて妻がいった。

曾田は茫然としていた。痺れるほどの強烈な平手打ちで、反射的に手で頰をおさえたまま、なにも考えることができなかった。妻は飛びのくように胸をそらせ、部屋の隅にあとずさりしながら、蒼白な顔で曾田を睨みつけた。髪がみだれていた。

「こんなこと、こんなあなたって、京都じゃいっぺんだってなかった」はげしく妻はいった。「東京へ来てから、あなたどうかしてるわ」

「……ぼくは、君を愛している」曾田はかすれた声でいった。まだ頰をおさえていた。

「そんなことじゃないの」妻は長い脚を引き寄せ、裂けたワンピースの胴を両手で握りしめた。「……まるで、まるで面白半分みたいじゃない。昼間っから。私、こんなのいや。……こんなの、どこかまちがってる、まちがってるにきまってるわ、こんなの。こんなの。……」

妻は泣きはじめた。口惜しげに下唇をかたく嚙んで、声をころしながらその顔が崩れて行き、彼をみつめたまま歔欷（きょき）するのを、放心した眼眸で曾田は見やっていた。泣く妻の顔はひどく幼なかった。

——そうだ、おれたちは面白半分で生きているんじゃない。たしかに、おれたちはそのとき

そのときの気まぐれな興味や情熱で生きているんじゃない。

はじめて見る妻の泣き顔をみつめながら、曾田は急激な沮喪をかんじていた。妻は片手で顔を覆い、離れから跣のまま庭に飛び下りると、母屋のほうに駈けて行った。じりじりと暑さをかきたてるように鳴きつづける庭の蝉の声が、厚い壁のようにふとその彼をつつんできた。全部の窓を閉ざした暑くるしく狭い家のなかで、曾田は自分がいま、ある資格のない哀しみにとらえられようとしているのがわかった。

夜ふけ、妻との抱擁は、黙劇じみた義務に似たものでしかなかった。妻は、寝苦しそうに浴衣の胸をはだけ、かるい鼾をたてて眠った。ときどき、口を開け閉めする幼なく粘った音を立てて、妻はそのたびにため息のような大きな呼吸を吐いた。

曾田は妻との行為のあと、いつも自分が不機嫌になっているのに気がつく。気がないというのでもなく、ときに逆に積極的になってくることもないわけではない。だが、なぜか曾田は、そのときの妻にとって、自分がひとつの「物」にすぎないという気がする。妻が、勝手にひとつの外在に文字どおり身をまかせている、それだけのことだという気がする。だが、これもたぶんおたがいっこだろう。

暑く、ひどく寝苦しい夜だった。睡らなければならない、早く、と疲れ、不機嫌なまま彼は思った。どうせなにか似たもので間に合わせて行かねばならぬ人生。睡れ、ねむれ。そうして一日ずつ整理し、片づけ、忘れて行く。そのほかにおれになにができるだろう。曾田は、いつも悲しいほどの空腹をおぼえながら目ざめる朝の自分を、ぼんやりと思ってみた。おれの滑稽。おれの健康。おれの生命。おれの若さ。……そして、飼われた犬のそれ。

曾田は、透明な厚い壁の中に、あらゆるものから拒まれ、手脚をもぎとられ坐らされているような自分を感じていた。毎日みる同じ風景、通勤のたびに両側をすぎて行く街、会社、そして家庭。おれが動くのではない。毎日おなじ風景が一回転して、それがすこしずつ風化しながら果てもなくくりかえされて行くだけじゃないのか。それらを、おれはすり抜けることができない。パノラマのようなその世間という風景画の向うに出て、全身で外気を浴び、充実して力のかぎりはねまわることができない。閉ざされているおれ。おれはそれから免かれることができない。つねにおれをとりかこみおれを負かせ、従わせる現実。妻、家庭、会社、そんな風景たち。ここでも動こうとしない四方八方の重い壁たち……。

うとうとと睡りかけて、そのとき、その思いつきは来たのだった。曾田は呼吸（いき）をのんだ。ゆっくりと、反芻するようにそれをくりかえした。

――堀内ひさ子。おれはもう一度あの女と寝てやるのだ。

暗黒のなかに、頰に残忍な笑いが刻みこまれて行く。よし、と勢いこんで曾田は思った。おれはちっぽけな無力な卑怯者だ。おれはそれを引きうけよう。小汚ない臆病者らしく、おれは残酷に、ひさ子を蹂躙して飛んで逃げてやるのだ。こいつはいい。そう。おれにできる唯一つの悪。今日、おれは知った。あのぎっちりと実質のつまったPの表情。「悪」こそが人間の個性であり、素顔なのだ。おれはおれなりの悪を行うことによってこそ、おれを回復することができるだろう。あの玉蜀黍を盗んで全速力で逃げた男の子の緊張と充実、それをおれも手に入れることができるだろう。善良な秩序への盲従、あたえられた役目のなかの単調な日常からのがれて、おれは土を素肌で踏みしめることができるだろう。

いつのまにか、曾田ははっきりと目ざめていた。よし、おれは彼女を抱く。だいいち、昔の恋人として、おれは彼女が気がつかずに、いい気にみっともない醜態をさらしているのが羞ずかしいのだ。おれのしようとしているのは、親切というものかも知れない。おれは、彼女を現実に気づかせてやるのだ。

降って湧いたようなその思いつきが、彼を有頂天にしていた。思いながら、曾田は悲痛で滑稽なひさ子の頑固さに対抗して、充分に自分が意地のわるい軽蔑と嘲笑とでことを終えることができるのを信じていた。

闇のなかでの考えは発展した。ひさ子の拒否などは念頭になかった。ひとつみんな昔のままの舞台装置でいってやろう。あのホテルで、あの部屋で、あのときのように無茶苦茶にひさ子にしがみついて、乱暴におれはその服を脱がせるのだ。かえってひさ子はおれたちが四年まえと同じ人間ではないのに気づくだろう。曾田は、そのときのひさ子を残酷なよろこびにふるえながら空想した。彼女の厚化粧は、たんに皮膚や動作の上だけの問題ではないのだ。あざけりをもって、おれは見ていてやる、彼女のいい気な錯覚への固執を引きはがして、ひさ子が自分の風化したすでに若くはない肌の弛みにおののき、身勝手な夢から無慚に墜落して行くのを、おれは悪意をもって眺めつづけてやる。彼女が、そして逃れようのない現実を、はっきりと逃れられないものとして正当にみとめるまで。……

六時半の目ざましで曾田は目をひらいた。雨戸の隙間から、すでにあかるい幾条かの陽が部屋に斜めに刺さっている。そのうちの一本が、小机の白いダリアの花冠に当っていた。立ち上ると、彼はまるで昼の現実との対決のような気構えをすら感じながら、雨戸を繰りはじめた。なだれこむように朝日は部屋にあふれ、寝みだれた妻は顔をしかめ目に肱をあてて、ちいさく呻くような声を立てた。「おい、朝だよ、もう起きいな」と曾田はいった。

「また、義姉さんにおれの朝飯の仕度をさせるつもりやのか」

横を向き妻は唇を尖らせ、タオルを目の上にまで引き上げようとしていた。彼はタオルを足のほうから引き剝がした。「ううん」と、妻は不服げな声を出した。「……こら」といって、曾田は自分が妙に強くなっているような気がした。「さあ、起きないか。怒るよ」と、彼はいった。

「暑気あたりはどうだい、どうもその後、元気がないようだね」と、志村がいった。「すこし顔いろが悪いぞ、このごろ」と、村松もいった。

「久しぶりなもんで、なかなか東京の水に慣れないのかもわからないな。ま、ひと月たちゃ」

と、そのたびに曾田は答えた。

だが、曾田にはわかっていた。あの夜、夢想したひさ子への残忍な思いつきが、夏休みを終えようとする子供の宿題のように、日に日に重く彼にのしかかってきていた。くりかえし、彼はそれをせねばならないのだと思った。日ましにその意識は、曾田のなかで濃く、深く、重くなった。だが、彼は一日ずつ気おくれに負けつづけた。

毎日、同じような出勤と帰宅とをくりかえして、曾田はもはや速度と空虚とがあわただしく交替することの活気、そのあらあらしい盲目な埃りくさい気勢のような活気だけに身をまかせて時をやりすごすことができなかった。それだけで充足し、それだけを信じ、安定して、日々をすごすことができなかった。

でも「悪」は不得手だった。曾田は一日ずつ決意を明日にのばし、また毎日その口実をみつけてもいた。盛夏の外まわりは、そんな彼をひどく疲れさせて、曾田はいつのまにか、生活への幸福な適応、充実を失くしていたのかもしれない。彼には、いつもあまっている自分があった。「悪」というより、おれはおれ自身の行動というものを忘れて生きてきたのだ、と彼は思った。他人の指図のまま、定められた秩序のままに動くことの安易さ、その安全さの奥に、ひっそりと自己を隠遁させるのを習性としてきたおれ。……訪れて相手のあらわれるのを待つ会社や工場の応接室、一人で歩いて行く路上などで、曾田はよく自分の不甲斐なさについて、その従順や無感動やについて、考えに沈んだりした。国民学校と呼ばれた小学校の頃から、おれは卑屈ともそれを考えずに、ただ支配され、従わせられることだけを学んできた。おれにとって、なににも属してはいない純粋な自分とは、つねに夢想でしかなく、逆につねになにかに属しているのは「生活」にすぎなかった。おれは、夢と生活とを区別する生き方を習慣にしてきた。区別することによって、それぞれを保護してきた。……

夢としてだけしか、悪を、行為を、そういう人間の実質を所有できないとは、あまりにわびしすぎる。ふたたびひさ子を抱くという決意、それを曾田はただの夢想、二つの昼に閉ざされた闇の中でのみの水中花のような論理だとは、どうしても考えたくなかった。おれはそれを実行する。それは、おれにとって、人間としての部分を確認できる唯一の行為なのだ。

計画を実行したのは、決意した日からちょうど一週間めの金曜日である。その日、機会は向うから来た。堀内ひさ子から夕食をさそう社内電話がかかってきたのである。

曾田は一瞬考えてからそれを応諾した。受話器を切り、すぐビルをエレヴェーターで降りて行って、電車通りの公衆電話で妻の実家のダイヤルをまわした。出てきた妻に、夕食の要らないことを告げた。

「なん時ごろになるの?」と、妻はいった。

「わからないな、とにかく、お客と麻雀をやらなけりゃならないんだ」嘘は思いのほか簡単に唇から出た。「そうだな、もし帰れそうにもなかったら、また電話するよ」

「じゃあ、十時よ。それまで帰ってこなかったら、私、今夜はこっちの家で寝るわ。一人で離れなんか、いやだもの」

妻の含み笑いがきこえてくる。妻には、まったく疑う気配がなかった。受話器をとおし、かすかに、ラジオからラしい男性の低い歌声が流れている。歌はやくざなドラマーの歌らしくて、野兎のような小さな顔をして脚のながいその人気男優の、妻は熱烈なファンだった。

「ねえ、それだけ?」と、妻は明るい、しかしいそいだ声でいった。

「十時か。よし。じゃあ、それまでに電話しなかったら、つきあいで今夜は泊りになると思ってくれ」

受話器を置き、曾田はビルに歩き出した。はじめて、妻を裏切るのだという気持ちが動いていた。おれがひさ子に為そうとしている悪、それは、じつは妻への悪なのではないのか?……ことによると、ひさ子をおれは愛しているのか。妻よりも、ひさ子のほうに心を奪られているおれ。……いや、おれはたぶん、より妻を愛し、妻に愛されてしかるべき存在になるために、ひさ子を踏み台にしようとしているのだ。おれは、これではっきりと、ひさ子をおれの心から追いはらってしまうつもりなのだ。現在、ひさ子についてばかり考え、そのことで妻に悪を犯しているのかもしれぬ自分、それをいっしょに捨ててやるのだ。

ばかな。そんなくどくどとした理由づけなんかどうでもいい、と曾田は思った。ひさ子への悪、妻への悪、その二つの結節に位置して、おれはもはやどこにも流されぬしっかりとした足場を、おれ自身で自覚できればそれでよいのだ。おれはもう、悪をおそれない。したいことがあり、したいことをしてみる。それだけだ。

曾田は決意していた。はは。それだけや、それだけのこっちゃ。いつのまにか、上機嫌のときはあやふやな京都弁でぶつぶついう癖がついてしまっている。よっしゃ、嵐ぐらいは呼んだるぞう。彼は妻の好きな歌手の、その荒っぽいやくざな歌詞の調子よげな歌を、まるで景気づけのようにこころよく口ずさんでビルに歩き入った。

定時のすこし前に興信所から新規取引先きについての調査報告の電話があり、曾田はいらいらしながら十五分ほど遅れた。

ひさ子は、約束どおりビルの前のバスの停留所で、電車通りを見ていた。曾田は寄って行った。ひさ子は小さく首をふってハミングをしていた。曾田はちょっとびっくりした。さっき彼の口ずさんだやくざの歌を、かるく口の中で、小さく拍子をとるようにしてひさ子は歌っていた。

「威勢のいい歌だね」と、曾田はいった。

「威勢のいい歌だわ」ひさ子は、振りかえらずに答えた。「……あなたは、歌手ではだれがいちばん好き？」

「さあ」唐突な質問に、曾田は当惑した。

「歩きましょう」

そのまま、ひさ子は歩き出した。曾田はつづいた。ひさ子はひろい電車通りを横断して、日比谷公園に沿ってゆっくりと歩いた。彼女は道に目を落していた。

「いそがしそうね、曾田さん」

地下鉄の工事中らしい人夫たちの、なにかを呼びかわすような声がきこえる。夏の日はややおとろえてきていた。曾田は公園の樹々に、空に目を移しながら答えた。「暑いのがね、それがつらい」

「まえから、そんな暑がりだったかしら」

「いや、肥ったからさ、たぶん」

ひさ子は声を立てて笑った。おかしそうに、はじめて首を曲げて曾田の目を見ていた。曾田は、まるで自分たちが本物の恋人たちのように、いままで朗らかに無言の肩をならべて歩いていたことに気づいた。彼は卒直で、透明で、ほとんど幸福でさえあるといえた。すこし狼狽して、彼は緊張した。なんだい、いったい。おれはこの女に悪意をもっているんだ。

青山の、そのひさ子に連れて行かれたフランス料理店にいるうちに日は沈んだ。薄墨をながしたような舗装された坂道を、都電が明るく乗客たちの顔を見せて、ゆっくりと上って行く。葡萄酒は美味く、ひさ子は、これでも、これは日本製品なのと説明した。

「ちょっと甘口だけど、どう?」ひさ子は上機嫌でいい、鮭紅色の縞のテーブル・クロスに、コップを音を立てて置いた。「ここの、ぜんたいに甘口なの。お料理もそうだったでしょ?」「コーヒーは、まずいの」ひさ子は大げさに顔をしかめた。「だからここじゃ、いっぺんしか飲んだことない」

ボーイが進み出てきて、礼儀正しく彼女のコップに濃い赤い色の酒を注いだ。すこし酔って大きな眼をくるくると動かすひさ子はひとつも美しくなかった。「飲まないの? 飲みなさいよ」とひさ子は押しつけがましい声でいった。昔の口調だった。「元気ないわ、どうしたのさ。あなた、またすこしやせたみたい」

「まだ半月もたってないんだなあ、考えてみれば」曾田も葡萄酒に口をつけた。「うまい」畜生、これで三度めだな、と思った。

前よりも目がけわしくなり、頤の線がくっきりと目立ってきたようなひさ子、やはり袖なしの、横縞のブラウスから長い首を出したひさ子は、たしかに昔の彼女ではない。眼の大きな、美人系統の色白の小さな顔だけに、よけいに老けが目立つのだろうか。表情を動かすたび、ひきつれるように目尻を中心にあつまる皺、眩しい店内の照明のしたで小さく焦げたように見えるこめかみのしみ、どうみても三十五以下の女の顔じゃあない。曾田は、敵意をかりたてようと努力していた。力なくなにかが萎え、逃げ出そうとする心を、そして、どうでもよいような気分になって行く自分を、曾田はけんめいに越えようとしていた。燃えない心が重たかった。

「元気だなあ、堀内さん。……堀内さんのほうは忙しいの？」使い慣れた呼び名で、はじめて曾田はいった。

「私？」ひさ子は眸をあげた。「私のほうなんて」目をおとすと、ひさ子は急に疲れた弱よわしげな顔になった。かつて見たことのない自嘲的な笑いがひろがるのを、曾田はじっと注意して見ていた。

「汎用モーターなんて、たいてい出はいりは決まってるの。額も少なくって、ちょうど私たち課員全部の月給だけのものを稼いでいるだけですもの。会社に悪くなるわ」

「へえ」曾田はいった。その課が、同業の他社との張り合いで設けられた、それを扱っている幅と堅実さとを示すだけの実質的に意味のない課であるのはすでに承知していた。「でもね」ひさ子は笑った。「あの課にいれば、いつでも止められると思って、その点はてんで気楽よ。止めても会社に得もさせなきゃ、損もかけないんだもの」

「やめるつもりなの？」

「そう……そういわれりゃ、わかんないな。もしかしたら、その会社に得にも損にもならないってこと、それが口惜しくってやめられないのかもわからないわ」

やるんだ。今夜はチャンスなんだ。ぐずぐずしていて、やめられたらどうなるんだ。曾田は無理にそう自分にいいきかせた。酔いが足りないと思った。

「もうすこし飲みませんか」彼は低い声でいった。「場所をかえて」

「あら。いいの?」ひさ子はしなをつくるように首をまげた。深く眼がしらの切れた大きな目が濁っている。顔は白粉が斑らになり、ひどく醜かった。曾田は眸を落して、ほとんど怒ったような声でくりかえした。「ねえ、飲もう」

「そうね」ひさ子ははしゃいだような声でいった。「つきあうかな? 前と同じに」

「……うん、前と同じに」曾田はうつむいたままでいった。

「私、ほんとはちょっとあなたに聞きたいことがあったの」Uターンをして銀座に向うタクシイの中で、ひさ子は眸を窓の外にあそばせながらいった。澄んだ声は明るく、曾田は依然としてひさ子が上機嫌なのをかんじた。

「ぼくに?」と、曾田は自分でも不快げな声がわかった。「ぼくは、ぼくのことなんか、すっかりわかられていると思ってたな」

「そう?」ひさ子はそれ以上いわず、「ああ、とってもいい気持ちよ」と甘えた声でいった。「ねえ? ほんとよ、とってもいい気持ちなのよ、私。信じる?」

新橋のカクテル・バアは、経営者がかわっていた。ひさ子は、京都の話を聞きたがったが、返事には気がなかった。耳の大きなバアテンが巧みに酒をすすめて、曾田は次第に酔い、だんだんとその日が終末に近づくのを意識していた。ちきしょう。ため息をついて彼は腕時計をながめた。九時半だった。

「君は、よくぼくを待たせたねえ、待ちぼうけをさせたな」曾田はいった。酔いが舌をもつれさせた。カウンターの台の上のブランディ・サワアを彼はみつめていた。

ひさ子はバアテンとダイスをしている。笑いながら、その声が答えた。「なにを思い出したの？」

「君は、よく、ぼくをすっぽかした」

執拗に曾田はいって、急に、そのことについて自分は一度も怒らなかったなと思い出した。

結局、おれはひさ子にあのときはなんの悪意も復讐心ももたなかった。

なぜだろう、彼は思った。おれの現在のこの女への悪意は、たしかにおれがふられたことに根拠があるのではない。ふられて、屈従するより他になにもできなかった自分——そうだ、根拠は、むしろおれがこの女を愛したことにあるのだ。

「なにしてんの？」声がいった。ダイスをころがす音が軽快にひびいて、曾田は彼女に目を向けなかった。おれは、と曾田は思った。おれは醜く老けたこの女を抱く。それでもう、おれはこの女を、そして負けながらこの女に固執しつづけた過去のばかな自分を、二度と美化したり偶像視したりする感傷から縁を切れるだろう。おれは過去から自由になり、身がるく、そして積極的に、現実だけを相手にし、あたらしい適応を回復してそれに全身で没入できるだろう。

「考えているのね、前とおんなじ、その顔」ひさ子が横に来ていた。

「おいしそうね、ちょっとちょうだい」ひさ子は陽気に曾田のグラスをとり、ブランディ・サワアに口をつけた。「あなたは、一度も怒らなかったわ」

「へ？」と、曾田はいった。

歌うような口調で、ひさ子はくりかえした。「いくらすっぽかしても、嘘をついても、あなたから逃げてさえも、ひとつも怒らなかったわ。それはなぜ？　なぜなの？」

「……怒ってもらいたかったの？」と、やっと曾田はいった。ひさ子は手のグラスを眺めている。バアテンは遠くの隅でカップを水洗いしていた。「なぜか聞いているの」と、ひさ子は強情な横顔をみせていった。

「ぼくは」と曾田はいった。「だれにも怒れない男だったさ。ばかばかしいことだが。ぼくは、自分にしか怒ることができなかったさ」

「だから、それを何故かきいているのよ」

「ぼくは結局……」曾田はいいよどんだ。「君は、ぼくをふった。でもぼくは、それは君のせいじゃないと思ったんだ」

「自分のせいだと思っていたの？」ひさ子はからかうような目つきで、まだグラスをみつめていた。

「ちがう」と、せきこんだ口調で曾田はいった。「君は、いや、人間は、だれだって、自分の生きていることに責任はとれやしない。好ききらいだってその人の責任のとれることじゃあるまい、そう思った。君だって、それはぼくだってさ。ただ、人間は、その結果だけはしょいこまなければならない。ぼくはそう思った」

ひさ子は黙っていた。「退屈ね」と、やがて彼女はいった。「出ましょう」

「待ってくれよ」とうろたえて曾田はいった。「聞きたいことがあるっていったろ?」

「いいのよ、もう」ひさ子は高い椅子から下り、ハンド・バッグをもって手洗いへと歩いた。腰の小さなその後ろ姿が、すこし肩を張って、首をこころもち曲げ、素早く逃げるように部屋の隅の木の扉に歩いて行く。細い脚の動きは、踵のあとが一直線になるようにその上体を運んでいた。

曾田は片肱を黒い横板に突いて、じっとその後ろ姿をみつめた。重たそうな木の扉にかくれたその後ろ姿に、はじめて曾田は憎悪に似た欲求のめざめ出したのを感じた。おれは今夜、同じようにもう一度彼女を見送ってやるだろう。事を終えて、いやらしい満足の笑みをうかべながら、もう金輪際手もふれぬだろうその女の去って行く後ろ姿を、今夜、おれはもう一度あるさわやかな終結を意識した瞳で眺めてやる。どうしてもおれは今夜でそれを終らせてやらねばならないのだ。

店を出ると、狭い路次にひしめく汗と酒の匂いのする雑沓のなかで曾田はいった。「よう……、このまま、帰るつもり?」

「え?」ひさ子は両掌で赧くなった頬をおさえ、大きな眼で曾田を見上げた。飲み屋のならぶその横町の賑々しい明りの中で、充血した眼が濡れたように光りながら停っていた。「つきあってくれよ」曾田は乾いた声でいった。「つきあってくれ、たのむよ」

「……どうする気?」ひさ子は低い声でいった。曾田はその手をとり握りしめた。「つきあってくれ」叫ぶような声はかすれ、曾田の胸はまるで寒さを感じているように小刻みにふるえていた。

「……よう」と悲鳴に近い声で彼はいった。

「つきあうわ」ひさ子は、曾田の目を見て答えた。しばらく固い表情でみつめてから、その目はちらと曾田に笑いかけた。

タクシイの中で、曾田はひさ子の肩を抱き接吻した。予定にはない行為だった。重ねた顔をやっと離したとき、すれちがう自動車のライトが明るくシートにすべりこんだ。ひさ子は、固く目をつぶっていた。うんざりして曾田は顔を引いた。ひさ子は黙ったまま、胸で大きな呼吸をしている。なにもいわなかった。

曾田はひさ子と腕を絡ませながらホテルの玄関をひらいた。「三号室、あいてる？」出てきた白い看護婦のような上っぱりをつけた中年の女に、曾田はいった。女には記憶があり、白い上っぱりも同じだった。「……ああ」と、二階への階段を上りながら、ひさ子は彼の腕の中で呻くような声を出した。「ここ。ここね、おぼえている。あのときも三号室だったわ。私もおぼえている」

わざとあの夜と同じように、曾田は電燈を消さなかった。まるで暴行するようにはげしく衣服を脱がせながら、曾田はあるおぞましさが壁のように立ちはだかるのを、防ぐことができなかった。ひさ子の乳房は疲れた人のようにうなだれ、こまかな皺がその下部に走っていた。やわらかく、張りのないそれに触れて、曾田は初心の夜の演技の困難をかんじていた。ただ、ある残忍な意識の残り滓が、彼の無理に勢いづけられた行為を支えていた。硬直した屍体のように、ひさ子はじっと両腕を脇につけて目をつぶった。曾田はほとんど必死だった。彼も目をつぶった。

突然、ひさ子が身もだえをするようにして手をのばした。つめたかった肌はいつのまにか燃えるように熱くなって、ゆすりあげるように女は熱烈にこたえてきた。唸るような切れぎれの声をあげて曾田の胸を吸った。首をのばし、耳を嚙んだ。嚙みながら、ひさ子は泣いているのだった。「ねえ、ねえ」と熱い呼吸をして、泣きじゃくりながらいいつづけた。「あのときのように、あのときのように、もっと」

曾田は到達した。ぐったりとして曾田はひさ子にならび横になった。しばらくのあいだ、喘ぎながらガラス玉のような目で天井を仰いでいた。唇をまるめ、荒い呼吸を吐くと、額のあぶら汗を拭ったまま、肱をそこで休めていた。ひさ子は顔を枕にうずめ、まだその歔欷がやまなかった。長く、澄んだ時間がながれて行き、が、じつは五六分も経たなかったのかも知れなかった。

ぼんやりと曾田はひさ子の肩が肌にふれるのをかんじていた。肌をつけたまま、ひさ子はじっとしていた。それがふと離れたとき、曾田の唇に言葉がうかんできた。「ぼくは憶えている」と、彼はいった。「あのあくる朝、君はとてもきれいだったね。ぼくは、あの朝の君が好きだったな」

「私も、」と、ひさ子がいった。「私も、あの朝の自分が好きだったわ」

「前のままさ、なにもかわんない」

いつのまにか、曾田は悪意を忘れていた。「思い出したよ、前のときも、あの天井の隅に、あの枯れた菊の花みたいな形のしみがあったね」

「いいえ、なかったわ、前のときは」小刻みな呼吸をしながら、ひさ子はいった。ひさ子は顔の向きをかえて、冷静な声でくりかえした。「絶対に、あのしみはなかった」

「あったよ。昨日のことのようにぼくは憶えている」曾田はすこしむきになっていった。「あの茶いろいニスのドアの上のところさ。ぼくはあの茶いろのドアと、その上のしみをよくおぼえている」

「まえは、ドアは水いろだったわ」ひさ子は独りごとのようにいった。

曾田は笑い出した。「なにも憶えていないんだ、君は。じゃあ、きっと窓ガラスも、もとはこんな曇りガラスじゃなかったわなんていうんだろう。え？」

「ガラス戸？……ああ、あの三枚はまっているいちばん上は、まえは普通のガラスだったわ」

曾田はだまった。ひさ子の声はあまりに確信ありげだった。「……私が」と、ひさ子は天井を見たままの声でいった。「どうして今夜あなたにつきあったかわかる？」

答えようとしない曾田に、ひさ子はゆっくりと笑いかけた。耳をつまみながらいった。「それはね、あなたが、あのときとおなじ怒ったみたいにはげしい口調だったからよ。やさしくいわれてたら私、ことわったわ。軽蔑されていると思ったでしょう」

「かわらないね、なんにも」曾田は、訴えるような眼を向けていった。「ね？　そうだろう？　なにひとつ前とかわらないだろ？」

「さあ」と、ひさ子は遠い眼眸でいった。「そうかしら」

「……奥さんてかた、きれい？」ふいに、そうひさ子がいった。

曾田は起き直り、煙草に火を灯した。煙草はうまかった。煙を環にして吹き、その行方をながめていた。

「ねえ、きれい？」とまたひさ子は訊いた。「あなたを、愛している？」

「そう信じているけど」

「お子さんは？」

「それが出来ないんだよ」曾田は無心に答えていた。「もう一年たって出来なかったら、二人して病院でみてもらおうかなんていっているんだ。でも、女房のほうは、あんまり欲しくもないみたいでねえ、まだ」

ひさ子は、すると笑うような声でいった。

「あなた、もし私に子供が出来たら、どうする？」

「え？」

咄嗟に、曾田は答えることができなかった。声さえ出せなかった。

「な、に？……」いいかけて、ぶざまに頰が赧らみ、彼は口ごもった。「そ、それは君、それは……」曾田は、正面からひさ子に目を向けることができなかった。

「大丈夫よ」ひさ子の声は冷たかった。「絶対に大丈夫な日じゃなかったら、私、こんなことしないわ。……あの日だって、あなたは子供がほしいなんていってたけど」声は、あざ笑うようにひびいた。「あの日だって、絶対大丈夫な日だったのよ」

曾田はみるみる頬が屈辱にゆがむのがわかった。おれには、妻でない女に子供を産ませるほどの悪事すらできない。彼は、自分にゆるされている限界をみた気がした。おれには、おれにあたえられている生活の枠をこわすことができない。おれたちの「悪」はせいぜいそんなものでしかないのか。つねにおれたちは、なんとか手を打って流産させてしまうだろう。「悪」を、流産させてしまうだろう。

「灰、灰、煙草の灰」と、ひさ子の声がいった。長く燃えた煙草を、曾田はあわてて灰皿にこすりつけた。

「心配しなくたっていいの、ほんとに」声には同情はかんじられなかった。からかうような口調で、そこには軽蔑だけがあった。「私は現実的だわ。ぜったいに平気。安心してらっしゃい」

現実的、と曾田は思った。嘘をつけ。おれはだまされない。曾田ははげしく心の中でいった。われわれは本当の現実なんかにひとつも接触なんかしてはいない。それをゆるされていない。新聞の活字づらだけの現実、おれたちはその活字の向う側の、その新聞を動かしている現実に踏み入ることはできない。新聞紙でとざされた現実、パノラマのような風景にとざされている現実、その向うのなまの外気にあたることができない。宙ぶらりんの、しつらえられた人形劇の舞台のようなガラス箱の中での現実、頭上から勝手におしつけられた現実。おれたちは、そのつくりものの、贋の現実の中で生きているだけだ。その中で、その自分のガラス箱をこわさないための方法と秩序とを、ただ現実的なそれだと信じこまされているのにすぎない。それを壊すことができない。

ひさ子が高い声でわらった。曾田は絶望をかんじていた。彼女の軽蔑、彼女の悪意、と彼は思った。それはこのようなおれたちの無力さそのものへの悪意だ。むらむらと怒りに似たものが湧き上って、曾田はいまはじめておれはひさ子を憎悪していると思った。なんだ、お前はその現実から逃れられているとでもいうのか。よし、軽蔑には軽蔑、悪意には悪意でこたえてやる。

スタンドを引き寄せ、眩しげに目を細めるひさ子の醜く皺の寄った顔を、曾田は残酷なよろこびというより、ほとんど恐怖にふるえながらまじまじと舐めるような目つきでみた。彼はいった。

「君は、美しい。君は、みずみずしい」彼の声はかすれ、奇妙な熱っぽい調子は上ずるようにふるえた。「君は若い。ひとつも昔とかわらないよ。君は、あいかわらず社内一の美人だ。女王蜂だ。ああ、ああ、なんてきれいなんだ、君は。なんて君は……」

曾田はくりかえした。残酷な復讐のようなその敵意は、ひとつの情熱に似ていた。両掌で女の小さなまるい肩を力ずくでつかみながら、曾田は呪文のような讃嘆の言葉をいいつづけた。いまは、そのような同僚への悪意だけが、彼にゆるされた、彼にのこされた「悪」の部分であるのを信じていた。無言で、ひさ子は人形のような目をみひらいて曾田をみつめていた。はげしいものが彼をつきうごかし、必死のその残忍な戦慄を追いつづけて、曾田はシーツを蹴りふたたびひさ子の裸の皮膚にふれて行った。あきらかな凌辱の意識が、彼を鼓舞し、彼は、がむしゃらにそれを二度めの行為へと連続させて行った。

東京の本社に帰任して約一ヵ月がたつと、機械課主任・曾田次郎の机には、ほとんど完備した取引先の商社のリストが張られた。だいたい、約三十社ばかりあるその名前は、これからも大した変動はあるまい。要するに、彼は以後はだいたいこの数だけを守って仕事をつづけて行けばいいのである。

曾田は慣れてきていた。いままでこそたいへんだったが、リストが出来てしまえば、あとは一ヵ月にそれら全部に一度ずつ顔出しをするよう割り振ってしまえばよい。まる一日を一社に宛てたり、また毎日のようにそのうちの大口の社に出かけて行き、時間をつぶしていて、巧く仕事と結びつける手もある。曾田は毎日がようやく順調な軌道に乗りはじめたのを感じた。健康も、しごく安定してきていた。

堀内ひさ子からは、その後ぷっつりと音沙汰なく、曾田もそれは予期していた。彼のほうからも、なんの連絡もとらなかった。もはやとる必要がなかった。ひさ子とのこと、それは完全に終った、彼はそう思っていた。未練も悪意もなく、事実、ひさ子の態度、また自分の中のひさ子への関心からみて、それは正確な認識にちがいなかった。

一二度路上やエレヴェーターなどで顔を合わせたこともある。が、ひさ子はあの夜のことなどは忘れたように、若い社員たちとはなやかに笑い興じていたし、曾田ももう、ひさ子にながい視線は向けなかった。心にも、なんの痛みも、そよぐような光の変化さえも起きない。曾田はひさ子にはすっかり背を向けていたのだった。

曾田次郎は、自分が意図どおり悪事をなせたことを、ひとつの誇り、力とさえかんじることができた。心に期したとおり、自分がひさ子を越え、ある「悪」の実行により、彼女を過去に埋葬し、無に帰してしまえたのを彼は自信していた。もはや彼女は要らなかった。彼女を忘れたこと、それがふしぎなほど明瞭に仕事の上に力となって働き、曾田はふたたび申し分のない充実を取り戻しかけていたのである。

ある月曜日、村松が久しぶりに四階のデスクに歩いてきて、曾田に声をかけた。

「やあ」と、彼はいった。「すっかり落ち着いちゃったな。お茶でも飲まんか」

飲まんか、というい方が曾田を苦笑させた。そんな腹の出っ張った紳士たちのようないい方が、すっかり板についたおれたち。「ほな、おつきあいしまひょか」と、彼はいった。

「昨日、君、志村さんと保土ケ谷に行ったんだってな」エレヴェーターの中で、村松はいった。

「え？　いいスコアは出たかい」

「はじめてのコースだからね、そういうときは案外うまく行くんだ」と、曾田はいった。「でも、巧いねえ、志村さん。アマとしちゃ、ありゃ一流だよ」

「ああ」村松は不興げな顔でいった。

その村松が、いたずらっぽく光る眼と、いきいきした表情を取り戻してきたのは、地下のルーム・クーラーの効いた喫茶店で、しばらく協力できる口についてしゃべりあった後であった。そのひと言は、曾田をひどくおどろかした。

「近ごろ、愉快なことがあるよ」と、村松はいった。「知ってるかい？　堀内女史、あれがね、すっかりきれいになっちまったってこと」

「女史が？」曾田はぼんやりした。「きれいになっちまった？」

「うん」村松は、さも愉快そうに喉の奥で笑った。「ほんまだぜえ。ちかごろ、すっかりみずみずしくなっちまってさあ、女史。だれか若いやつが、ホルモン注射の役をやらせられたのにちがいないぞ、あの変化は」

ぽかんとして、曾田は二の句がつげなかった。

「女史、きっと処女をなくしたんだ」村松はいやらしくかすれた笑い声をあげていった。

「評判だぞ。すっかり若がえっちゃってな、なんだか女らしい潤いが、こう、からだについちゃってさ、てんでいきいきしてきちゃった」

「しみがあったね」と、かろうじて曾田はいった。

「あった、あった。ここにね、二つ三つ」村松は指でこめかみを抑えた。「それもね、いまじゃ目立たないほどに薄れちゃって。とんだ『細雪』の雪子さ、ほんとだ」

「おれは、杉中ってやつとできたんじゃないかと思っている。仲いいんだ」ほがらかに村松はいった。

曾田は冷えたコーヒーが空になっているのも忘れ、そのカップに手をのばした。氷のとけたなまぬるい液が、喉を下りていった。……ほんまかいな。心でくりかえして、曾田はあやうく舌打ちをするところだった。

「……ほんとか？」と、彼はいった。「ほんとに、ほんとなのか？」

「まちがいないって」村松は鷹揚に背をそらせた。「ほんとさ」

「きれいになったっていうのか」

「ああ。嘘だと思うなら、あとでちょっとみてみな。きっとびっくりするよ」

おれは、このおれは、いったいなにをしたんだ、と混乱して曾田は思った。おれは残忍な「悪」をしたのではなかったのか？　ひさ子を傷つけ、蹂躙するつもりで彼女を抱いたのではなかったのか？　ところがそれがひさ子にとり、好都合な慈雨のような「親切」にすぎなかったというわけになっちゃうのか？　まったく、なんてことだ。

「君はいま、志村さんにひどく気に入られているらしいな」村松は話題をかえていった。「あのひと、前はおれのいうことをよく聞いてくれたんだが」村松は、へんに憎悪のこもった目でちらりと曾田をながめた。曾田は気がつかなかった。

「牛を馬に乗りかえたらしいや。このごろじゃてんでおれを相手にしてくんない」

村松の言葉に、さも考え深そうにうなずいてみせながらも、だが曾田は彼の言葉を聞いていたのではなかった。彼は、必死に混乱を収拾しようとして、なおも絶望的なそれにおちて行く自分をかんじていた。畜生、いったい、おれはなにをしたというんだ、と彼は思っていた。きれいになった？　ひさ子が？　そんなばかな。

村松はしゃべっていた。「考えてみりゃあ、ばかばかしい。無気力な商売だなあ、おれたちの仕事は」

聞きとがめて、やっと曾田は顔を上げた。ひくくいった。「なに？　無気力？」

「そうだよ」と、村松はいった。

「おれはね、いま、近い将来、ココムね、あの、中共向けの輸出制限が、各国で大幅に解除されるというニュースをね、次長に注進してきたんだ。これは確実な情報なんだぜ」

「それがどうした」と曾田はいった。

「それがどうした？」と村松は鸚鵡返しに叫んだ。いらいらした早口で、彼はつづけた。「まったくさ、まったく、それがどうしたっていうのさ。次長の御挨拶は。つまらない話だ。これはまだ政府だっておそらくははっきりとは知ってないような情報なんだぞ。しかも確実だ。これを握っていてしかも生かせねえ商売なんて、ああ、つくづくいやになったよ」

「だって」曾田は、やっと皮肉に笑うことができた。「いくら力んだって仕方がない。だいいち、それですぐ日本で中共にどうだってわけには行きゃしない。中共とすぐ貿易できるわけじゃないんだ」

「そりゃあな」と村松は呟いた。「しかし大手筋は……」

「我が社はちがうよ」と曾田はいった。「うちは、バスに一番のりはしないかわりに、けっして乗りおくれるへまもしないさ。確実、堅実にちゃんと乗って行くさ。それがモットーなんだからな」

村松は口をまげた。「だから無気力だ、だからつまらないね、っていっているんだ。志村と同じことをいやがる。出世するよ、君は」

「なにを怒っているの」

「怒ってなんかいないよ」怒って、村松はいった。「畜生、おれはいきいきとからだを張ったかんじで生きたいんだ。こんな、影みたいな人生が、ときどきたまらなくなる」

「仕方ないよ。勤めているかぎりは」

いって、とたんにその言葉が重く自分に倒れかかってくるのを曾田は感じた。そうだ、勤めているかぎり、おれたちの影みたいな人生はしようがないのだ。

村松がいった。「……ふん、まったくだよ。勤めをやめたら、たちまち食えなくなるという次第だからな」

「だってさ」と、曾田はいった。「仕方ないじゃないの。おれたちのような会社でそんな派手な動き方をしようっていうのが、それがどだい無理な話なんじゃないのか？　歩合でこつこつ稼ぐ会社なんて、どうせたいした波もないんだ。また、波がないとこが取り得でもあるわけだな」

「ちえっ、ばかばかしい。君は、まったく骨がらみだ」

「怒ったって、仕方がない」

「仕方がないから怒ってるんだ」

「エネルギーの空転だよ。愚痴はやめろ」

「わかっている」ほとんどどなるような声で、村松はいった。やがて、「出よう」と、彼は低い声でいった。

七月の終りのやはりひどく暑い午後で、二人が一階の正面でエレヴェーターの降りてくるのを待っていると、舗道が白く光をのべたようにかがやき、熱した空気がじりじりと肌に密着した。曾田は玄関に背を向け、回転する昇降機の赤い針を目でたどった。村松には、なにもいうことがなかった。

「あら。二人そろって」かん高い声が背後にして、曾田は振りかえった。同じように後ろをみて、村松が彼に合図するように笑った。「いっぱいやる相談？」声は、堀内ひさ子だった。「ああ暑い、たまんないわ」ほがらかにいい、彼女はハンカチで大仰に喉を拭いた。

「いそがしそうだね」と、曾田はいった。手にハトロン紙の袋をもち、ひさ子は汗ばんだ頬を赧くしている。いきいきと目を動かして曾田に顔を向けた。「ううん、もう、あとは帰るだけよ」

村松の言葉は嘘ではなかった。肌に光をはじくような張りがうまれている。彼女は元気だった。

「肥ったね」と、曾田はいった。「へえ。張りきってるんだなあ、堀内さん」

「あら、そうかしらね」ひさ子は否定するのでもなかった。

「いまね、堀内さんが、てんできれいになったって話してたところさ。結婚でもすんじゃないかって」と村松がいった。

「へえ」ひさ子はうきうきとした声で笑った。「そう。じゃ教えようかな」

「なにをさ」と、村松がいった。

「私、会社やめるの。今月で」ひさ子は澄んだ大きな目でじっと曾田の目をみつめた。低い、しかしはっきりとした声でいった。「私、結婚するのよ」

「だれと?」と、曾田はいった。

「……杉中だろ」と、村松がいった。「相手は。え? そうだろ?」

「とんでもない」ひさ子の眼は笑っていた。「会社の人じゃないわ。まえから申し込まれてたの。小さな工場主よ、八王子の、……やっとその気になったわ」

頰で笑いながら、ひさ子は曾田の足もとに目を落した。そのときエレヴェーターがひらいた。

「式は来月。プレゼントをたのむわ」ひさ子は黄いろく塗られた鉄の箱の中でいった。声はひどく明るかった。

「四階です」女の子がいった。三階で村松と堀内ひさ子は降り、「同期で、送別会をしてよね」手をふってエレヴェーターを出て行ったひさ子のなめらかな澄んだ声が、まだ曾田の耳にのこっていた。

「……馬鹿にしてやがらあ」歩き出しながら呟き、曾田はどぎまぎして目を腕時計にうつした。エレヴェーターの女の子は、無表情に正面を見ていた。

定時にはまだ一時間あった。その一時間を曾田は、ほとんどなんの仕事もせずにすごした。今日はまだ月曜日か。思うと、よけい仕事には手がつかなかった。ようやくわずかばかり短かくなりはじめた日は、公園の上に徐々に翳りを沈めてきて、ひろい大きな窓で風がかすかな音を立てつづけた。夏の光はなかなかおとろえようとはしない。暑い、寝苦しい夜、と彼は思った。ああ、まだまだ、夏はこれからだな。たまらないな。

おれにはなにもできない。そう曾田は思っていた。けんめいに意地わるい気持ちに鞭をあて、ほとんど死にもの狂いで犯したあの夜、おれはせいいっぱいの悪事を為したつもりでいた。だが、おれの残酷、おれの悪意とはまるで無関係に、堀内ひさ子は元気とみずみずしさをそれで取りもどして、それはむしろ彼女を幸福にするための努力、いわば一つの善行にしかならなかった。おれの悪意は行方不明となり、おれはただぽかんとするばかりだ。どうやら、おれには一人前の悪も善もできないのだ。したいことを、自分のものにすることもできないのだ。あたえられた生活、月給と、それで飼われている自分の死とを引きかえにしなくては、本当の、完全な悪などというものはおれたちにはできない。おれの悪、おれだけの悪事、それを所有することができない。……あたえられた枠の中での、ガラス箱のような宙吊りの世界のなかでの行為、それらはたぶん、すべて自分の所有ではない。汚ないだまし合いのような日常の中でわかりつつだまされたり、同僚と憎みあい、気にとがめながらだましたりして、でもそれは操られている自分、役目、行為の代行なのにすぎない。そんなわれわれにゆるされているのは、にせの行為、気休めのような、なにかのふ
り、実質のない真似ごとだけでしかないのだ。……でも、おれは朽ちはてても
の役に立たなくなり、捨てられて行くまで、ただそれだけに耐えて行かなくてはならないのか。

いつのまにか、蛍光燈が灯っている。定時が近づき、人びとは机の上を片づけはじめていた。山口は神妙に課長の机にすわったまま、相かわらず、書類やカタログにしつっこく目を通している。

曾田を、奇妙な激情に似たものがかすめた。悠々とした悟りすましたような山口、彼はほんとうに心になんの風波もなく、ただじっと耐えつづけて行く能力のほかはなくしてしまっているのだろうか。毎日さす一時間で二番の将棋、それだけでほんとうに完全に彼の心は平衡を保っているのだろうか。剝製のような自分になんの不満もなく、なり切ってしまっているのだろうか。

曾田はなに気なく机からはなれて行き、応接室のひとつに入った。山口と老小使が毎日使う部屋であった。

将棋盤に重ねて、将棋の駒の箱が、片隅の花の活けてある三角の台の下段に置かれてある。箱の蓋をあけて、曾田は王将を一枚えらび出して箱と盤をもとに戻した。その王将を、汗ばんだ掌に疼くように固く握りしめて、なにくわぬ顔で応接室から出ると、まっすぐ窓ぎわに歩いた。大きく欠伸をするふりをし、手を振りまわして王将を力いっぱい遠くへと放りなげた。駒は、吸いこまれるように自動車のひしめく電車通りへと音もなく落ちて行った。

ぞくぞくするような快感が曾田の中で燃えあがった。山口の、あの安定したおだやかな顔が真赤に逆上して、なにかの崩れ出す狼狽に収拾のつかなくなった怒った顔。曾田は、おれはそれを期待しているのだと思った。だまって、おれはそしらぬ顔でそれをながめていてやる。坦々とくりかえされる山口の道路に罅がはいり、その亀裂が彼をどうよろめかすか。山口がその怒りをどう始末するか。……進み出て、おれはいう。「どうかしましたか」さりげなく、しつっこくくりかえしてやるのだ。

「山口さん、どうかしたんですか?」

その一瞬の悪意、その一瞬の興味がおれを支えている。わざとのろのろと机のペン置きや扇風機の位置を直したりして、そのとき、曾田の心は鞠のようにはずんでいた。犯人がおれと知ったら、山口は怒りに目をつりあげておれを引っぱたくだろう。曾田はその痛みを、ある鮮烈な充実のように頰に想像してみることができた。もしかしたら、そのときこそおれはこの山口に、はじめて軽蔑と同感のこもったあふれ出すほどの愛情、われわれにゆるされているその唯一つの人間的な感情を、意識できるのかも知れない。山口を、愛せるかも知れない。

小使の老人が、手拭いで手を拭きながら部屋にはいってきた。無言で目を合わせて山口は立ち上った。おどろいたことに、いつのまにか山口の机は、きちんと整頓ができてしまっていた。

動悸がはげしくなり、痛いような期待を胸におぼえながら、曾田は小使と肩をならべ、応接室に入って行く山口のすこし丸くなったやせた背広の肩をみつめた。ほとんど彼は二人が将棋盤を中央の卓に置き、満足げな無言のまま、そこにざらざらと箱の駒をあける姿を肉眼で見ているように目にうかべた。音までが聞こえるような気がする。胸をときめかせながら彼は待った。

山口が部屋を出てきた。自分の机に腰を下ろしたまま、曾田は頰が赤く染まってきた。さあ、いまだ、いよいよだぞ。そわそわと手を椅子の肱にかけ息をのんで、曾田はけんめいにわざとらしい無表情で山口の挙措を見ていた。

歩いてくる山口の表情は硬く、いつもとはちがっている。おだやかな微笑が頰には、なく、だが、といってそれは怒った顔でもない。彼はまっすぐ自分の机に歩いて行き、抽出しからボール紙の板を出した。わきの小抽出しから鋏を出し、真剣な表情でボール紙を切りはじめた。もう、曾田はだまっていることができなかった。音を立て椅子から立ち上ると、彼は山口に寄って行った。

「……どうしたんですか？」と彼はいった。われながら上ずった声音だった。

「なにね、王が一枚なくなっているんですよ」眉を寄せた難しい表情のまま、山口はボール紙を左の手で器用にくるくるとまわした。

「なくなっているんですか」

「ええ。ちょいちょいこんなことがあるんで」

「で、どうするんですか？」

「つくっています」と、山口は答えた。

ボール紙を駒の形に切り抜き、やっと山口は振りかえって曾田に笑いかけた。ペンにインクをたっぷりつけ、そのボール紙に、「王将」と、ていねいにいくどもなぞりながら書きはじめた。机の上にかがみこんで、熱心なその姿勢は、どこか愉しんでもいるみたいだった。子供のような生真面目な顔をしていた。

代用の駒が出来あがると、山口は鋏をしまい、ペンの尖を拭いて、インク壺をきちんともとの場所に直した。黙ったまま、笑顔で曾田に会釈をして、いつもとかわらぬ前かがみの歩き方で、せかせかと老小使の待つ応接室へと歩いた。ドアを押して、中に消えた。

立ったまま、曾田は茫然と山口の消えた応接室のドアを見ていた。ある空虚が、連続したながい瞬間となってどこまでもつづくのを曾田はかんじていた。なにかが喉につまり、かすかに自分は大声でなにかをしゃべりたいのだという思いが掠め去ったが、彼はなにものも自分のものにすることができなかった。たしかな彼のものなどはなにもなくて、怒りとか、哀しみとか、焦ら立ちとか、それは名づけることのできぬ透明な佇立なのでしかなかった。曾田は握りしめていた掌をひらいた。掌は汗ばみ、指がふるえていた。だが、それはなにも握りしめているのではなかった。「……さて」と、やがて曾田はかすれた声でいった。ある納得、ある安定が彼にかえってきていた。表情がよみがえって、彼は頰に微笑をひろげていた。目瞬きをし、もう一度「さて」といった。なにかが自分のなかで墜ちて行って、底で停った。これでいいのだ。これがあたりまえだ。彼はもはや、二度と自分がそんな悪戯をしないだろうこと、悪戯に悪戯以外の意味をみつけようとしないだろうことを思った。なにかが生きはじめた。大きく腕をあげて、彼は、憑きものが落ちたようだ、と思った。もう、おれは余計な、無駄ごとばかり考えることもあるまい。自分を、一人のサラリー・マン以外のものと考えようとすることもあるまい。「さあ、かえろう」口の中でいうと、曾田はゆっくりとデスクのうしろの洋服掛けの環にぶらさがった麻の上着をとり、機械的にそれに手を通した。ぶらぶらと応接室の前の通路を歩いて行き、受付を通り抜けようとしたとき、「あ、」と低い声でさけんだ。振りかえって、曾田はパナマ帽をとりに引き返した。

〔1958（昭和33）年10月「文學界」初出〕

画廊にて

そのとき僕は画廊の二階の細く長い部屋の隅で、蓋つきのマホガニイの机につまれた美術雑誌の頁をくり、煙草をふかしていた。僕は、美術雑誌は読まない。原色版の作品の写真だけをさがすことにしている。

奇妙に一冊に一つずつ気をひくものがあって、でも退屈は退屈で、次つぎとちがう雑誌を手にしながら、ときどき僕は肩をよせた縦長のガラス窓から、下の裏通りをみた。特別な風景はなかった。ひどく高価な女たちが立つという時刻にはまだ間があり、初夏のこまかな雨が舗道を濡らしていた。目を細くすると、窓のすぐ前の空間に、交錯する音のない雨の軌跡がみえた。顔をもとにもどし、ふと白地に緑と黄の、おどり上るような奇怪な図形の絵が目に入った。縦にしても横にしてもいい絵だ。その絵が僕をとらえた。吸いこまれるように見入って、そして、そのとき僕にあの恐怖が、なにかの崩れ落ちるような恐怖がきたのだった。

どぎつい、明るい、あざやかな、いやらしいほどなまなましい黄色。拡大された葉緑素みたいな、うごめくような不気味な緑の色。……ある記憶を、いま、僕はよみがえらす。昔、あるサボテン栽培で有名な家の、その庭のサボテンの群れのなかに、一人で足を踏み入れたことがあった。おおいかぶさるように乱立するその怪奇な緑のなかに立って、叫びも声にならず、僕はへたへたと砂地の上に坐りこみ急激な眩暈（めまい）と吐気とをこらえた。「こわい。こわい」とくりかえして、僕は真青な顔をしていたという。

それが、植物についての静的な固定観念がけしとび、いわば四方八方から襲いかかってこようとする植物の獣性ともいえる気配に射すくめられ、自分が緑いろの世界に吸収され消化されようとしていることの怯えだった、とはあとでつけた理窟だ。だが、いま、僕はそれを、自分が植物との距離をなくしたこと、秩序の崩壊したことの危機感だったのだ、と思う。秩序とは距離であり、距離の意識、距離を虚構するもの、そして距離の上に築かれるものだ。距離をなくし、まじまじとなまのものと直接に向きあうとき、われわれは原始の無秩序の中にもどる。その日、なまなましい緑とパイレーツ・イェローの図形に僕がかんじたのも、その恐怖、その惑乱だったのではないのか。僕のうけた恐怖は、秩序の崩壊した世界のそれ、すべての約束ごとが消えさり、なんの武器もなく裸で物とじかに向かいあった人間の、生命の危機のそれではなかったのか。

……もちろん、僕はその画廊で、これらの一切を言葉にして考えたのではなかった。呼吸をつめ瞳を吸われたまま、僕は恐怖を遮断するように雑誌をとじ、目をつぶった。すこし、疲れているのかな、おれは。と心のなかでいった。だが、僕をなにかから顚落させ、原始の砂漠へと連れ去るようなその色彩、強烈な、裸で僕をじかに物たちの中に埋めてしまうような力をもつ不気味な黄と緑は、奇妙に僕をその魅力の虜にもしていた。

「こわい色だ」

もう、雑誌を見る気にはならなかった。口に出して、そう呟いたのを僕はおぼえている。

郁子がその部屋のクリーム色の扉をひらいたのは、雨粒がきらきらと光る窓から、僕がやっと顔を上げたのといっしょだった。「……待たせるなあ」と、僕はいった。

「あら、ほら、煙草の灰が落ちるわ」

郁子はあわてて低い卓から九谷焼の皿をとって、速足に僕のそばに寄った。

「だめ、部屋を汚しちゃ。……いつも、だからぶつぶついわれちゃうのよ、ここの女の子に」

腰をかがめ、足もとの褪せたような赤い色の絨毯に落ちている二三本の吸殻を拾うと、郁子は、上気した赤い頰になった。白いレイン・コートの肩にこまかな水滴が光って、彼女には雨が匂った。

「挨拶は」郁子がいう。僕は、小さなまるいその湿った白バーバリイの肩に両掌をおき、接吻した。気の入らない接吻。疲れていたのではなかった。僕は、とても腹をへらしていた。

「……いやよ、気がないわ。もいちど」

いきいきとした目で、郁子は両掌でうながすようにそっと僕の胸を押した。だが、僕たちははなれた。合図のようなわざとらしい大きな笑い声をひびかせ、画廊の主、この私室の主、郁子の伯父が有名な美術批評家を案内して階段を上ってきた。年甲斐もなく、伯父は僕たちが二人きりなのを見たりすると、赧くなりもじもじして目のやり場にこまる性質だ。かえってこっちのほうが、彼にいわせれば「失礼な」笑い声をたててしまう。

僕らは部屋を出ねばならなかった。

ちょうど二週間、僕たちは逢わなかった。

その土曜日、会社で郁子からの電話をうけると、すぐ僕は交換台に僕の家を呼ばせた。今夜はかえらないから。そう告げると、「また郁子さんと？　いいかげんに結婚したらどう？　あなたたち」と、すこしヒステリックな声、いらいらした声で嫂（あによめ）がいった。ときどき、彼女は僕たちのことにへんにムキになるのだ。

画廊の、郁子の伯父にしても、一時は顔をあわすごとになんとなくたしかめようとしていた。僕たちの結婚式をあげる予定の日を。

でも、僕らにはまったくその気がなかった。むしろ「結婚」は禁句だった。……結婚を考えないこと、それは郁子の希望であり、拒むだけの確信も理由ももてないまま、僕が従わざるをえない彼女の意志でもある。彼女と別れ、ときどきほっとしたり、のびのびしたり、彼女を忘れたまま幾日もすごす自分がいる以上、おたがいに逢いたいときだけ逢うの、という郁子の主張に、僕もまた価値をみつけざるをえない。郁子は、むつかしい言葉を使った。私たち、おたがいに、それぞれの消費面だけでのおつきあいをしましょう。——つまり、遊び以外の関係はもつまい、ということだろう。それがもう四年になる。

僕は、それを彼女の意地だとか、遠慮だとか、また不幸だとか考えることはやめた。たぶん、それは彼女の理想なのだ。

十五歳のとき、皮膚の細胞が腹の中にできる絨毛性なんとかという奇病のため、郁子は子供の産めぬ女になった。子宮を四分の三、とってしまったのだ。病院を出た日、父のドイツ語の字引で、けんめいに暗記しておいたカルテの文字をひっぱり、彼女はそれを知った。

きっと未熟な、清潔な、まだちっちゃな子宮だっただろう。が、それとともに、彼女は、自分が生涯母になることを喪ったのを理解したのだ。夏だったという。

それを聞いたとき、なにげなく指を折って、僕はそれがちょうど僕の大学生時代、大学の学内細胞が禁止された夏にあたるのを知った。朝鮮事変が起った夏。あのころからの傷の歴史。——そろそろ就職を考え、僕が党や血気の連帯や他人の幸福に、うつつを抜かせられなくなってからと同じ歴史。そう思うと、はじめてそれからの年月、その喪失の郁子の心における重みと意味、その歴史が、僕にもとどいてきた。彼女の言葉を信じるなら、両親のほか、このことは僕一人しか知らず、両親も彼女が僕に打明けたことは知らない。五センチ角の黒ぐろと毛の生えた肉塊が、腹から出た、と泣きながらあとで母が話してくれたという。

だが、もはや僕はその事実が、彼女を卑屈にしているとは考えない。そのせいで彼女が結婚をあきらめ、それでそんな申し出をしたのだとは、あえて考えない。(もちろん、郁子がそのかなしさ、淋しさ、弱みを、ふいにさらけ出す瞬間がいつきても僕はおどろかない。が、勝手に、したりげにそんな彼女だけを考え、一切をわかった気になるのは、彼女への無礼であり、誤解だろう。いつか、「なんでもないじゃないか、そんなこと」と僕がいったときの、みるみるまるで侮蔑されたように歪んだ彼女の怒りにみちた顔を、僕は忘れない。けっして、彼女にとりそれは「なんでもな」くはないのだ。それを「なんでもない」というのは、強引に彼女の存在そのものを否定するのと同じことだ。だれにもそれはできない。僕は、自分の傲慢と僭越とを恥じねばならなかった。)

かえって近頃では、肉体のその欠陥を逆用して、彼女が意志的に、積極的に、理想の自分をつくりあげつつある充実、その颯爽を、僕はかんじる。一人ではたらき、一人であそび、一人で暮し、一人で献身し、……一人で享楽し、たぶん、彼女は一生を一人きりで生きるつもりでいる。完全な自分の主人、しかし、自分だけの主人として、ひっそりと自分ひとりをまもり生きるつもりでいる。いつどこで死んでも悔いのない、いつも面白半分の生活。つねに自分だけの所有にかかる毎日。それは、僕としても、一つの理想の人生と思えなくもないのだ。

僕は、べつに彼女に好都合な肉欲の処理場だけをみているのではない。気分をまかせたくなるとき、僕たちはどちらからともなく連絡して逢う。たいてい、引きずりまわされる僕にくたびれて僕は別れる。要するに、郁子は疲労器という名の僕の玩具である。が、それはかけがえのない、僕にとり生きることに必要な一つの玩具でもある。……おそらく、僕は彼女を愛している。

私たちは友だち、と郁子はいう。でも、そういいたい人にはいわせておけばいいわ、私たちは、それぞれ、おたがいのジョウフなんだって。ただし、とても純粋なね。

気の向かないときは逢わなくていいの。と郁子はいう。なんの義務もないのよ。片っぽが片っぽを必要じゃなくなったら、別れましょう。私はでもこのままがいちばん好き。

郁子は去年A大学を出た。二十四だ。

「私、今日はとってもサーヴィスしたい気分。家へこない?」

僕たちが夜をすごすのは、もっぱら彼女のアパートでだ。

たいていのとき、郁子は、そこではひどく家庭的にいそいそと立ちはたらく。いつまでも僕の服の掃除やプレスに熱中しつづけたり、部屋じゅうを白い煙の出る臭い駆虫剤をもち走りまわったりするので僕が不満がると、今日は私を女中にして、とせがんだりもするのだ。ダンナ様、とか、御主人様、と僕を呼んで、くすぐったがる僕の足の裏を拭いてうれしがったりする。

……そういう本能のようなものが、女にはあるのだろうか。僕は、彼女の気分により、さまざまな郁子をみた。女中、母、踊り子、女給、ストリッパー、女海賊、ファッション・モデル、芸妓、歌手、男装の麗人、幼女。その他、気が向けば、郁子はいちいちそれを実演する。

すべてが「遊び」なのだ。だが、僕らはこの遊びを大切にする。人間だから、虫のいどころが悪かったり、だれとも口をきかずにいたかったり、どうしても遊ぶことのできぬ気分のときがあるのだ。そういうとき、僕らはけっして逢おうとはしない。たとえば郁子が「今日はキゲン悪いの。一人で寝ちゃいたいの。ひどく疲れてて、ヒスよ」などと電話で答えたなら、僕はシャット・アウトだ。いくら逢いたくてもあきらめるよりほかない。酒をのんだり、映画をみたりして僕はごまかす。もちろん、僕がことわる場合もある。

郁子のほうでのそんな不満の処理法は、僕は知らない。僕らは、自分だけの部分は自分だけで処理することにしている。そして、そろって心理主義的な理解や詮索、そういうややこしく不正確な空想による思考を蔑視しているから、また、他人の内部などこんりんざい理解できるとは信じないから、目にみえたものしか見ず、聞こえただけのものしか聞かない。

おたがいの必要、気分が合致しないときは、フランクにいい、フランクにうけとるのが暗黙のルールなのだ。ごく自然に、一月ほど逢わなかったりする。こんなことから、僕らにはいわゆる同居しての結婚が、むしろ、不必要な一つの負担だと思えてくるのだろう。

「元気だった?」

「うん。元気だった」

「今夜はね、音楽の夕をモチましょうよ、レコードをたくさん借りてきて家においてあるの。どう？　むろんジャズばっかり」

「すてきだ、でも待ってよ。まずお腹だ。ああ、もうおれはダメだ。おれは死にそうだよ」

郁子は笑う。さもおかしそうに目尻を下げて笑う。ぼくだけにみせる笑いだ、となんとなく僕は思う。次第に、僕には郁子のほか、だれもいなくなりはじめる。

画廊を出て、その日、いつものとおりまず行きつけのレストランへと歩いていたとき、僕にその思いつきがきたのだった。そう、郁子を、あのパイレーツ・イエローで飾りたててみたい。あのけばけばしい色の水着や服、あの色のスカーフが郁子ならきっと似合う。

僕は声をあげた。目のまえのしゃれた角店の飾窓に、正確にその色のスカーフがかかっていた。まるで、魔法みたいに。……魔法、といま僕は書いた。たしかに、そのとき僕たちは、いや、すくなくも僕は、魔法にかかりはじめたのかもしれない。なまなましい、一つの過ぎさった夢のような時間が、そのときから僕にながれはじめたように思えるのだ。

「……今日は、うんと君をかざりたてたい」店で、そのスカーフを頤に結び、角度を調節しながらガラス・ケースの上の鏡に見入る郁子に、低声でそう僕はいった。郁子は、小動物のように鼻を鳴らし、「飾リタテラレタイ」と、いった。「でも、ジェニコ、あるの？」

「あるさ、少しくらい」

「ムリしちゃいやよ」

「したいときはするさ」

「だめ。永つづきしなくなるから」

「ぼくの勝手だ」

だが、結局郁子はそのスカーフしか、僕に買わせてはくれなかった。「洋服を買うんだったら、お店だとずっとやすくなるもん」「ちきしょう、ならダイアの王冠でも買おうか」ふしょうぶしょうの僕に、彼女はいった。「ねえ、今日はうんとご馳走して。うんと高価いお肉のお料理がたべたい」とたんに空腹を思いおこし、僕は食欲一途の男となった。あたりの洋品店の飾窓の存在も忘れた。郁子は、僕の操縦法を、よく心得てしまっている。

駅の近くのひどくよく冷房のきいたレストランを出たとき、もう街は夜で、音のない雨はまだつづいていた。郁子は僕の傘に入り、傘をもつ僕の掌をそっと撫でた。いたずらっぽく上目づかいに笑った。

「……好き？」

「好き」

すぐ、僕はこたえた。この言葉は符牒だ。僕が彼女を「チョン」と呼び、彼女が僕のことを「ボーチ」と呼ぶ時刻に、まっすぐ進み入ろうといういつもの合図なのだ。

僕は、一流の下くらいの見当にあたる貿易会社につとめている。会社は都心にある。郁子は西銀座の洋裁店のデザイナーをしている。といっても、郁子はまだ一人前ではない。店の主人の未亡人のデザインを手つだったり、雑用をかねたお針子の仕事もする。知りあったのは、その店が僕の担当の繊維会社の特約店であったためだ。たのまれて嫂の服をやすくつくるためにそこへ行った。服が出来上ったとき、お礼に、あとで御馳走でもするつもりで友人からもらった試写のハガキを送ったら、未亡人の代りにきたのが郁子だった。仮縫のときピンを口にふくみ、いやにてきぱきと仕事をしたお針子だとはおぼえていた。丸顔で顔が小さく色が白く、郁子は、まだ四肢だけがちぐはぐに長い、やせた子供みたいな娘だった。

郁子が、デザイナー志望のA大の女子学生で、洋裁店の主人の未亡人にとっては、パトロンの姪なのだとは、ずっとあとで知った。そのパトロンが、いま僕たちが待ち合わせによく使う画廊の主の伯父だ。郁子の父は地方で銀行の支店長をいまだにつづけている。郁子は一人娘だった。

郁子は、デザインをみるためにフランス映画は欠かさないのだとしゃべった。やはり雨の秋の夜で、彼女を送り私鉄の駅に下りると、仕方なく僕はレイン・コートを脱ぎ、二人でかぶって行くことを提案した。「ちょっとロマンチックね」と、いきいきと郁子は笑った。すこしして、ポツリと、「オトコくさいわ」といった。

一週間後、べつのフランス映画をいっしょにみて、僕はまた彼女をアパートまで送り、部屋に入った。僕は、あまり経験をつんではいなかったが、それでも郁子にとり、僕がはじめての男性であるとはすぐわかった。二回目の夜、わざわざ電燈をつけ郁子は下腹部の手術の痕をみせた。ながい蚯蚓(みみず)状のつるつる光る線が急角度にまがっていた。僕は指さきで撫でてみたが、べつにいうこともなかった。くすぐったがって跳びはね、僕にかじりついて笑いながら、彼女もなにもいわなかった。

郁子が「消費面でのつきあい」としてだけ逢おう、といい出したのは、次のときだ。一応僕は反対した。そんなの、ばかげている。郁子は笑顔のまま、だが頑強に意志をかえなかった。いや。それがいやならいや。絶対にいや。これきり。

半年ほど、僕は郁子に会わなかった。翌年の春、学生時代からの古いつきあいだったある酒のみの混血児の女が、僕を捨てた。その夜、ひどく酔って僕は郁子のアパートにころげこんだ。郁子の条件にしたがうことを誓った。ふしぎなことだ。僕は、それからはじめて彼女への愛が芽ばえ、僕が郁子をほんとうに愛しはじめたのだという気がする。そして、僕には女性は郁子だけになった。

郁子はみずみずしく、率直で、ほがらかで、残酷なほど疲れを知らなかった。アクロバットのように、両手を背中でたてに合掌させたりもできる柔軟な肉体、骨細でやわらかな肉のひきしまったその身体は、けっして瘦せているのではなかった。よく動く白い木実のようなその若い裸体。彼女は真冬でもこのんで全裸になり、僕も真裸にせねば気がすまなかった。僕の胸のしたで、収拾がつかぬように崩れながら、しかしつねに僕を負けさせ、いつも僕をリードしている存在。どこまで追ってもいつもちゃんと一歩さきにいるみたいな、底のないその挑発的な眼眸。五つも年下の、でもいつも僕を溺れさせ平然としている一つの沼。

僕たちがもつれあう部屋、僕にとり、それは中空にうかんだ一つの閉ざされた箱に似ている。現実から隔離された一つの箱。あるいは、郁子そのものが僕にとり、そんな一つの部屋であるのかもしれない。

部屋にあるのは遊びだけだ。そして「遊び」だからこそ、僕らはその遊びに凝り、つねに遊びを「遊び」とせねばならないのだ。僕たちの愛撫の順序も、だんだんと手がこんできている。……彼女のアパートからの帰り、一人で駅に向かう道すがらなど、彼女にとり僕は何であり、彼女に僕は何をみているのか、この「遊び」は、いったい僕たちをどこへ連れて行こうとしているのか。僕は、そんならちもないことを考えてみたいような気分になる。

「遊び」のなかの僕たちだけの現実、それは夢だ。それはわかっている。まぶしい昼の光、マーケット街の雑沓、事件を告げる週刊誌の洪水、大声でどなりつけ走りすぎるタクシイ、どこか殺気だったはたらく人びとの表情。なぜか僕は、自分がそれらとのあらゆる連繋をたたれている気がする。食品店のまえに群がる子供づれの主婦たち。近くの製菓会社のグラウンドに行くのらしい野球のユニホームを着た男たち。かれらの無数の眼眸に射られながら、だが、僕はその中で自分が一つのからっぽな鎧(よろい)にすぎないという気がする。そこには僕はいない。僕はべつなところにいる。郁子と同じように、僕も単独な「遊び」だけを生きようとしはじめているのか。それは、郁子の部屋の匂いが、僕にまだ残っているせいだろうか。そしてふと、僕は、ひとりだけ自分が停止も引き返しもできぬ道を、かぎりなく遠くへ逸走しつづけているような不安にとらわれたりもするのだ。

僕は思う。どうやら、郁子にとり僕とは、一つのエネルギー体としての存在にすぎず、彼女は僕にとり麻薬の匂いなのだ。女は、男によりその存在をみたし謳うことがゆるされ、男は女により自らを不在のなかにはこぶ。そう。たぶん男とは一つの存在であり、女とは一つの不在なのだ。だからこそ女は男にとり神にも悪魔にも似、どうしても打ち克てぬ「悪」になりうるのだ。悪はまず、幻影をもつことのなかにあるのだから。……

「なにを考えているの」

と郁子がいう。

郁子は、天井をみている。というより天井の向う、いや、若い共稼ぎの夫婦が住むその二階の部屋の向う、夜の天に、その焦点のない眸をそそいでいる。

「……あなたの考えているのはみんなムダよ。ムダなことばかり考えているのね」

目をとじ、郁子は笑っていう。

「男って、みんな妄想のなかで暮しているのね」

「でも、その妄想の利益をいちばん受けているのは女さ。女はみんな男の妄想で飾られているんだ」と、僕は答える。「それに、アイスクリームだって、映画だって、人工衛星だって、みんなだれかの妄想がなかったらつくられやしなかったさ」

「それがなくったって、平気で生きていられるものばかりね、そんなの」

郁子は、ときどき目が青く光る。首をもたげていう。「あのね、ある動物実験の話。男と女をね、カーテンのある部屋に一人ずつ入れて閉じこめるの。するとね、男の人は、かならずカーテンをあけて向うを見る。女はね、こわくてもただじっとして、せいぜいふるえているだけ。カーテンにさわろうともしないの。わかる?」

「とにかく見なくちゃおさまらないんだ、男は。怯える理由があるかないか」

「でも、カーテンのうしろになにもなくても、こわいのはおんなじだわ。なんにもかくれていなくっても、事態はなにもかわらないわ。男の人はムダなことをして、気休めをしてるだけよ。なにもなかったらこわがる理由もない、なんてムリなリクツをつくって、なにかをごまかしているだけだわ」

「男は弱虫なんだよ。そして、バカだ」

「あら、男の人が自分でそう思っていちゃつまんないわ。弱虫で、バカで、そして自分ではてんでそれに気がついてないとき、男はきっと魅力的なんだわ」

「女は、自分のことをバカだと思いこんでいるとき魅力的なんだよ」

「ほんとね、いったい、どうしてそうなっちゃったのかしらね。なにが、そうしちゃったのかしら」

「たぶん、おたがいの、夢がさ」

……こんなとき、僕はほとんど郁子に年上の女をかんじている。もちろん、癪にさわらないでもない。でも、郁子にはひどく子供っぽいところもあり、一度、電燈を消してから、おたがいがなにを考えているかのあてっこをしたとき、僕が、そのころの新聞に出ていた「バラバラ事件の足」というと、とたんに暗闇のなかでオッとかワッとかいう叫びをあげ、泣き出してしまったことがあった。だから、ときに僕は昔みた事故現場の光景を仔細に描写して彼女をこわがらせる。手術のイメェジがあるのか、彼女は血がきらいなのだ。僕は、そしてまたてきめんにこわがる彼女に、なんとなくその年齢をたしかめたような安堵も味わうのだ。

「潔癖よ、あなたは」と、郁子はよくいう。そうだろうか。下着を替えるのは忘れるし、帰宅して手を洗うこともしない。だれの残りものでも平気で食う。相手とその場の風向きで、マージャンやゴルフで負けるのも知っているし、勝って賞品をもらうこともわかっている。ときに郁子以外の女と寝てみたいと、考えないこともないのだ。

「なまけものなんだな、おれ」

というと、

「うそよ、すぐ夢中になっちゃう性質よ。それが自分でこわいだけよ」

と、ウガったような返事がくる。

「じゃ、臆病なのかな？」

「図々しい。本気でいっているの？」

「不真面目なのかな」

「くそ真面目よ」

「人間ぎらいなんだよ、おれ」

「なによ、淋しがりやのくせに。呆れちゃうわ」

さもおかしそうに、郁子は声をたてて笑う。だが、そんなことは、じつはどうでもいいのかもしれない。

ふと、僕は気がつくのだ。それらの言葉が、外界での僕の衣裳にすぎないこと。この部屋では、僕らはまったくそういう言葉とは無縁なこと。ただの感覚、ただの皮膚としての自分たちだけでしかないのだということ。

両肩の、腕のツケ根の痕だけが白い、黒いボディだけのマヌカン。ミシンと截ち台。片隅につまれ崩れているアメリカ版とフランス版のヴォーグ。針山の下に波をうつはやりの布地。ころがった絵具と描きかけのデザインがあるデッサン帖。ほうり出されたメジャアや型紙。絹の造花。持ちこまれた郁子の、仕事のそんな色彩のなか、彼女の部屋のなかで、僕たちはそろって外界で身につけたすべての衣裳を脱ぐ。言葉を脱ぐ。

結局、僕らはよく似ているのかもしれない。相手のためデッサンのポーズをとりあったり、代りばんこに暴君や奴隷になりあったり、探偵小説のあてっこをたのしんだり、しかしおたがいに自分にしか関心をもっていない。もとうとしてはいない。……もしかしたら、ちがうのは郁子が女であり、僕が男であるというだけのことかもしれない。僕は男だから、だからそのちがいにときに深淵の間隔を見たりするわけだし、郁子は女だからそんなことはどうでもよく、掃除や洗濯や料理などにそれこそ僕にはどうでもいいような工夫をこらしたりして、それさえを自分の「遊び」にできるのだろう。

思いながら、よく僕はベッドに頰杖をついたままで、古くなり黄ばんだレースのカーテンを引きよせ、素裸の尻の上にエプロンを結んでたのしげに夜食のカナッペやババロワの仕度をする郁子のよく動く白い肉を、なにかひどく透明な気分のまま、ぼんやりと眺めたりもしているのだ。季節には、その部屋は蛙の声がきこえる。通りの向う側は畠なのだ。窓が二箇所にあるその八畳の部屋は、だから、朝がとてもはやい。

ベッドの頭に立つ黒いガラス窓は、遠く、かすかに白みかけているのかもしれない。しずかな初夏の雨の音は、ちょうど、僕たちの愛撫とともにおわった。

——恋人よ、よく見ていろ、おれが首を吊られるのを。その罪のない無垢の顔をあげて、空中で踊るおれを、よく見ていろ……部屋のすみのL・Pプレイヤーから、絶叫のような黒人の歌声が音量をころし低くながれている。郁子の好きな歌だ。そして、僕の好きな歌だ。しばらくは、僕はそれだけに耳をすませていた。

レコードの音が消えて、じっとそのまえに脚を横に出して坐っていた郁子は、肩で大きく呼吸をして、プレイヤーをしまい、またベッドへともどった。ネグリジェを着た。

起き直り、僕は煙草に火を点した。いつも、獣のようにぎらぎら光る眼の時間からこうしてすっかり脱け出たあと、煙草がとてもうまい。

が、郁子はそれをきらう。彼女は、ゴクゴクと喉を鳴らしひどく水を呑むのだ。妙になまなましく、僕が、それをきらう。

「いやよ、煙草」

「君だって、水をのんだよ」

「水ははためいわくじゃないわ。けむい」郁子は手で、眉をしかめた顔の前をはらう。「……ボーチ」と、その唇がいう。

「……ねえ、ボーチ」と、また郁子がいう。「ねえ、なぜボーチっていうか、教えたげましょうか」

僕は煙草をふかしていた。

「ちいさいとき、神戸にいたとき」と、一人で郁子はしゃべった。

「ふだんはおとなしいのに、御飯をたべるときだけとても熱心な顔になる子がいたのよ。男の子。それがね、自分のことボーチ、っていっていたの」

「なんだ、じゃそんな意味だったの」

「その子とよく遊んでたの」郁子は天井をみながらつづけた。「私、その子のお嫁さんになるつもりだったの。まだ幼稚園のとき。でも、もうその子の顔もおぼえてはいないわ」

「おぼえていたのは飯をくうときの熱心さだけで、それがぼくに似てたわけかい」僕は笑った。

「きっと、いい男だったぞ、その子」

「おぼえてはいないの。お父さまがね、すぐ転勤になっちゃったの」

郁子は、どこか歌うような声でいった。「人間って、忘れるのね」

「忘れる」と、僕はいった。「それがあたりまえだ」

どうでもよかった。もう、僕は睡たかった。

郁子がいう。

「ボーチ。……私、幸福だわ」

「幸福」

僕も答えた。さあ、あとは眠ることしかない。

そのとき、郁子がいった。

「私、死んじゃいたい」

僕はだまっていた。目の上に肱をのせて、目をつぶっていた。意味のない言葉だと思っていた。

「本気よ、私……。私、このまま、死んでしまいたいの」

「なら死になよ、勝手に」

ときどき、郁子は僕を焦立たせる。たとえば郁子はよく、「私、一生……」という言葉を使う。一生トマトはたべない、一生洋裁の仕事をつづける、一生だれそれとはつきあわない。……僕はそれがいやだ。そんな言葉は、だれも予知できない未来への一つの傲慢とさえ思える。僕は「不変」を信じない。もしかしたら、僕が思わないことにしている「永遠」を、彼女は考える性質なのかもしれない。

僕は、でも、まだ郁子の真剣さには気がつかなかった。

「死にたければ、死にな。ぼくは知らない」

「殺して。ボーチ」

「いやだよ。ぼくはいけないことはしないよ」

「……どうして？　どうしていけないことなの？」

「どうしてって、それがルールだもの」

「そんなルールなんて、知らない。私たちと、なんの関係もないじゃないの。……ねえボーチ、あなた、なぜ死なないの？　なぜひとを殺さないの？」

郁子の目は青く光り、刺すように正面からそれが僕を見ていた。

「私たち、だれにもなにも禁じられてはいないわ。ボーチ、あなた、ほんとうに一度も死にたいと思ったことない？」

「死ぬ理由が、ないもの」と、僕はいった。

「……じゃ、どんな生きる理由がある？」

郁子はあざ笑うような顔をつくった。「人間は、みんな生きる理由をもつべきだわ。そして、生きる理由のある人なら、かならず死ぬ理由だってもっているのよ」

「じゃ、君は」と、やっとすこしムキになって、僕はいった。「君には、どんな理由がある？」

「私？　私はちゃんとあるわ」と郁子はいった。「私は、もうこれ以上、なにもほしくないの。なにも忘れたくないの。私は、いつも、したいことだけしかしたくないの。その幸福だけがほしいの。私は、このままあなたに殺されてしまいたいの」

「よせよ。超過サーヴィスだよそんなの。おれにしたら」

僕は笑った。わざとふざけようとした声音だったが、声はかすれ、短かった。

「どうして私を殺さないの？　ねえ、殺したくならない？　殺したいと思ったこと一度もない？　私を」

さもふしぎそうに、郁子がいう。彼女は、かえって冷静な声音だった。「私だって、いつあなたを殺すか、わからないのよ」

「君が、ぼくを殺す？」

「そんな想像、したことない？　もししたことがなかったら、ふしぎね」郁子は微笑していた。

「……好きな人を、殺したくならないなんて、ウソだわ。そして、だれだって、ほんとうは好きな人に殺されてしまいたいのよ」

僕は胸を刺された。煙草を灰皿にこすりつけて、僕は笑った。すぐ二本目のそれに火を点しながら、いった。「……それほど、ぼくを愛している？」

「うそだと思っているのね」

郁子はベッドを下り、部屋の電燈を点した。小さな水いろの三面鏡に歩みよって、抽出しから光った箱を出して僕に渡した。

「あと三箱あるわ。一人二箱ずつ。見せましょうか？」

「……ブ、ロバリン」と、僕は読んだ。

「もう、一年もまえから買って持っていたのよ」郁子はふだんの声でいった。

「だいじょぶ。この箱なら、一箱で充分一人死ねるよ」と、僕はこたえた。

郁子の顔は影になり小暗く、表情はみえなかった。そのとき、なぜか僕のかんじていたのは恐怖ではなかった。透明なパラフィンに包まれたその薬の箱を手にしたまま、突然、烈日に照らされた気の遠くなるほどの曠野に、僕は置かれていた。僕は、ただ、目のまえのその晴天のような眺望、明るい空白のようなものだけをみていた。

あらゆるものからの自由、おそろしいほどの自由、際限のない自由だけが僕の肩にあって、そこにはなんの制限も規則もない。……戦慄に似たものが、すばやく僕をはしった。そうだ、彼女にもこの自由はある。郁子は、僕になにをするかしれない。僕も、なにをしでかすかしれない。郁子と僕、それはそんなきりのない自由を、おたがいにゆるした関係ではないのか。いままでも、これからも、また、現在のこの瞬間にも、いつ郁子は僕に襲いかかり、首をしめたり、毒を嚥ませたりするかわからないのだ。そして、同じことを僕がしないという約束も保証もない。

パラフィンに包まれた箱を手にのっけたまま、僕は首をあげて部屋の内部をみた。黒いマヌカンが背を向け、肩に電燈の光が潑ねたようにあたっている。この部屋のなかで、僕たちには、いいいねばならぬことはひとつもない。同時に、なにひとつ禁じられてはいないいい。絶望や、まして虚無感などが僕をとらえたのではなかった。そのとき、僕は、いわば僕を照らしだした一つの光源、灼熱した太陽のようなものを、首をねじむけて仰いだのだ。

僕はいった。「いやだ、薬なんか。ぼくは君の首をしめたい。あのスカーフ、あのパイレーツ・イエローのスカーフ、あれでぼくは君の首をしめたい」

「いいわ」

と郁子はいった。

カム・オ・マイ・ラヴ。僕は、あのどぎつくなまなましい原始の黄をその細い首に巻いて、苦悶に空間に跳躍する郁子の肉体をおもった。若いやわらかな肉のついた、しなやかに空をつかむその指。すこしまくれた上唇。みるみる充血する血管の透けてみえそうな薄くなめらかなその頬。反りかえった彼女の喉を締める強烈なあの黄色の布。

「私たち、なにをしたっていいのよ、いけないことなんてないのよ、どんなことをしたって、私たちの自由なのよ」

郁子の声、言葉は、すでに一つの歌、一つの呪文にすぎなかった。伴奏のようにそれを聞いて、僕にはただ、きりもなく愛に向かい歩みよることしかない。愛に行きつくことしかない。目をとじ闇のなかで、はじめて僕は気づいた。愛とは、相手への殺意なのだ。

ふと、その鼻腔をもれるあらい呼吸が顔にかかり、郁子は、「好き、好き」とくりかえし僕の耳朶を嚙んだ。悲鳴をあげ、彼女をおさえつけて、僕らは、ふたたび動物の目を見あった。動物の呼吸をしていた。僕は、郁子の胴を抱いた。

「……いつ、いつ、殺すの?」胸の下で、郁子がかすかな声をあげる。

「いつでもいい」

「じゃ来週、来週の今日、土曜日。……私、それまでどんなに……」

郁子は、急に僕の肌に爪を立てた「ああ殺して。ほんとよ、きっとよ。……殺して」

……気づくと、固く目をつぶった郁子は、青白い光のなかで声をころし喘いでいた。頬が涙で濡れ、小鼻がぴくぴくとふるえながら、でも顔は笑っていた。涙の粒がゆっくりと生れ出ては、すっと眦(まなじり)から耳朶のほうに消える。それが止まなかった。もう、なんの決意もいらない、まっすぐにただ歩いて行けばいいのだ、と僕は思った。そうしたら、僕は僕たちの愛の完成に行き着くのだ。意味もなくその涙の粒をみつめながら、僕は睡った。

その一週間、僕はふだんのままの毎日を生きたのだと思う。べつになんの準備も要らなかった。たのまれてまた倉庫にジャージイの布地を見に行き、安く手に入れてやったのも、べつだん兄への餞別のつもりだったのではない。僕の日常だったからだ。

父母をはじめだれにも特別な挨拶を考えつかなかったし、どうしても払わねばならぬ借金もなかった。ただ、学生時代からの机に、いっさい好きなように処分してくれ、まかせる、と書いた紙を入れた。宛名を現在の家長である兄の名前にした。預金は僕ひとりの葬式の費用にはあまるだろう。

郁子を殺し、僕は催眠薬を飲むつもりだった。それでいっさいの煩雑とお別れする。——そんな死の決意が、どんなに僕の日々を豊かにし、いきいきとさせたことだったか。奇妙なことなのだが、会社に行くのまでがへんにたのしかった。いつもなら一泊してくる名古屋の繊維会社の工場行きも、その夜の列車で東京にかえった。僕は、ひどく張り切っていたのにちがいないのだ。もしかしたら、それは、かつてなく僕が充実をかんじとれた期間であったのかもしれない。なんだがひどくたのしそうだね、と問屋筋の男までがいい、事実、いささか滑稽なことに僕の頬っぺたには肉がついてきていた。

おそらく、死ぬための勇気とか図々しさなら、僕は幼いころから充分に準備もあり、たくわえてきていたのだ、と僕は思った。（生きるためのそれには、どうやら、僕はいつも自信がなかったらしいのだが。）

信頼しきったように郁子から電話はなく、僕のほうでも連絡することはなかった。一週間はひどく短かった。

その土曜日、時間つぶしに入っていた映画館を出ると、頬に冷たい水の粒があたった。梅雨の空は、また雨を落しはじめていた。

僕は、その雨のなかを、手ぶらでいつもの画廊へと歩いた。映画は大作の西部劇で、満員だった。ふと、僕は死の爽快、死の魅惑をよろこぶ人びとが、すくなくないことを思った。みんな、死にてえんだよな。だれかを殺しちまいたいんだよな。と口のなかで僕はいった。ああ、みんな、なんてみじめなんだ。なぜ遠慮しているんだ。君たちは、ふうふういいながら世の中のさまざまな禁止にけんめいに調子を合わせている。そんなにまでして、なぜ生きねばならないんだ？　なにが君たちに生きるのを強制しているんだ？

おつきあいか？　孤立への恐怖からか？　君たちは、どうしてそろって他人たちと同じようにしか生きようと望まないのだ？　したいことをしたいと思わないのか？　他人たちの目や評判ばかり気にして、どうしてその夢想をこそこそと闇の中だけのものにしておくのだ？　……あたりを歩く男女たちの顔を次つぎと眺め、くすくすと笑いつづけながら、僕は映画の中の西部男になったように、腰にあてがった幻のピストルで、バン、バン、と彼らのひとりひとりをたいて、いつも現在から跳び出すのをのぞみながら、不義理や仲間はずれへの恐怖から、それをごまかし圧し殺すことで明けくれている君たち。きょろきょろといつも他人たちにばかり気をつかって、ゆっくりと、小刻みな自殺を完成させようという努力だけをつづけている君たち。死ね、死ね、みんな死ね。呟き、笑いながら僕は歩いた。たぶん、僕はすこぶるつきの上機嫌でいたのだ。多少度はずれな陽気さに、すこし滑稽にみえたくらいに。

いつものとおり、僕は挨拶をし、画廊の主人の横を抜けて二階の私室へと上った。郁子はまだ来ていなかった。お茶をもってきてくれた女の子と冗談をいい笑いながら、僕は自分がひどく平然とし、むしろいつもよりどこか潑剌としているのを確認した。たしかに、僕はごく自然に、はればれと死へと移行しようとしていた。

「あんまり話してると、郁子さんにわるいわ」女の子は腰をあげた。すこし横幅がひろいが、栗色の目のよく動く可愛い娘だった。

「遅いですね、でも、もういらっしゃるわ」

「こんど君に絹の靴下をもってきてやるよ、たくさん」

無責任にいい笑いながら、僕も彼女の後について時間つぶしに画廊へと下りて行った。僕は、やや退屈をかんじはじめていた。

抽象だか、アンフォルメルだか、もっぱらスノブを顧客とするこの画廊の絵は、僕にはあまり面白くなかった。ぼてぼてした熱っぽく重くるしいマティエルで、厚塗りの絵具の層だけで売っているようなわけのわからない絵ばかりが並んでいる。まったく、出来のわるい工芸品とかわるところがない。

でも、そんな感想も、待ちくたびれた僕の焦立ちのためだったかもしれない。あいかわらず傘をもたず、今日は白いレイン・ハットを頭にのせた郁子が、からだごと倒れこむように画廊の一枚ガラスの扉を押しひらいたとき、ほとんど僕は怒っていた。

「なにをしてたんだよ」と、僕はいった。

「ごめんなさい？　このごろ、お店がすごくいそがしくて」

駈けてきたのか、郁子は目をきらきらさせ、大きな呼吸をしていた。上気したまるい頰が雨でひかり、さもなつかしげな笑顔で僕を深くみつめたまま、右手の指で睫の雨滴を拭った。郁子は胸のなかに、尖端をひねった白い紙の包みをかかえていた。

「伯父さま、これ差し上げます」

挨拶をおえると、郁子は包みを両手で前に出した。「お花。ちょっと珍しいお花よ」

「花をくれる郁子のほうが珍しいよ」伯父は包みをとり、鉢植えの花を出して「ふう」と、意味のわからない声を出した。「二階に置いといたらいい。ここじゃもったいない」

「なあに、それ」僕はきいた。

「アフリカ鳳仙花」と、郁子はいった。

郁子を先に、僕も二階へと上った。細く長い、横に立てたマッチ箱の内部みたいな部屋。白い壁に閉ざされたせせまい空間。赤い絨毯とマホガニイの調度が、妙に淫蕩な気分にさそう部屋だ。すぐ、僕は郁子の唇を吸った。「挨拶」というのではなく、ごく素直な欲情の発露だった。

「仕度はできたの?」郁子がいう。

「もともと、いつでもできていたんだ」

「ほんとう?」

「ほんとう」

「……このお花ね」卓に鉢を置くと、それに目を落しながら郁子はいった。「月曜日にね、先生が二鉢くれたの」

先生、というのが、店主のデザイナーのことだとは承知していた。

「二鉢?」と、僕はきいた。「どうして?」

「しらない」と、郁子はいった。「でも先生、男運がなくなっちゃやはり淋しいから、だれか持って行って、っていったの……。これ、タッチ・ミイ・ノット、って別名があるんだそうよ」

「さわらないで。か。なるほど」

重い赤い色の花びらと、茶がかった緑の葉の落着いた感じの花。五枚の花びらのうち、一ひらだけが大きく、中央の切れこみが深くて、それが底辺になっているようにみえる小さな花。

茎がながく、三輪のその花びらがまだふるえていた。

「一つはここ……。一つはうちに置いてあるの。どう？　私たちの意志表示にいいでしょ？」

「……タッチ・ミイ・ノットね」

僕たちは笑った。僕たちは癒着していた。僕たちは二つの顔をもつ一人だった。そう僕は感じていた。そのとき、窓ごしの裏通りで、女の声らしい叫びごえがきこえた。女は、切迫した声音で、そのあと二言か三言、なにか大声で叫んだ。が、短いそれはすぐやみ、いつもの退社時らしい自動車の警笛や人ごみの騒音がつづいていた。

「お茶、飲んだの？」

「え？」

僕は、郁子のふいの質問の意味が解せなかった。「これ？　……飲んだよ、半分」

卓の、さっき女の子の運んでくれた茶碗を見下ろしながら僕は答えた。突然、郁子はそれをつかみ、茶の残りを乱暴に絨毯の上に撒いた。「いや。いや」悲鳴のような声でいった。

郁子の目は血走り、泣き出しそうに歪んだその唇がふるえていた。

「いや。もう、だれのお茶も飲んだらいや。私のほか、あなたにはもうだれもいないの。だれとも話しちゃいや。だれの顔も見ちゃいや」

「……チョン」と、僕はいった。はじめてみる郁子の嫉妬だった。僕は、郁子を胸に抱いた。いとしかった。「もう、離れっこないんだ、ぼくたち」と僕はいった。すでに、光にみちた砂漠のような世界、だだっぴろい無制限な世界に、僕たちは包みこまれていた。郁子がいう。

「私たち、二人きりなの。もう、私たちしかいないの。……いい?」

むせぶように、血の気のないその襟あしで郁子の毛がそよいでいた。しがみつくように顔を僕の胸によせたままで、郁子はポケットから黄色の布を出した。あのスカーフだった。

「ああ」と僕はいった。むごたらしいようなその鮮やかな黄の感触。それが、ふしぎに快い戦慄に似たものをつたえる。

「あれから、ずうっと、いつも持って歩いてたの」

「……ああ」無意味にくりかえして、しっかりと僕はそれを握った。「よし。今晩」

「ええ。……今晩」

郁子は涙で汚れた顔をあげた。大きな瞳がきらめきながら僕を見上げ、交互に僕の左右の瞳をみつめた。僕は郁子の頬を吸った。舌のさきに、涙の味がのこった。

裏通りで、しきりに大勢のひしめきあうような気配がする。ざわざわと群がり立つようなどよめきがいちだんと高くなって、男のどなる大声などがまじる。「なんだろう」と、僕はいった。

「なにか、さわいでいる」「なにかしら」と、郁子もいった。

「喧嘩かな」

僕はいった。

「いや。気にしないで」

「だいじょうぶ、野次馬にはならない」

でも、僕は郁子の肩を抱えたまま、縦長の窓のほうに歩いた。郁子もさからわなかった。

画廊の女の子が、顔を緊張と奇妙なよろこびでかがやかせて二階の扉をひらいたのは、ちょうど僕らが窓のまえに立ったときだ。

「——あら」女の子は、寄りそった僕らをみて一瞬唾をのみこむような顔をすると、みるみる赧くなった。

「どうしたの？　なにさわいでるの？　みんな」僕はいった。

「ごめんなさい」と、低くいった。

「心中です」女の子は答えた。

女の子は、勢いを得たようにつづけた。「心中があったんです。そこのバアで、いま、心中がみつかったんです」

「……もう死んでいるの？」郁子がたずねた。ひどく冷えた、透明な、ガラス板を伏せるような声音だった。

「ええ、もちろん」扉のノブをいじりながら、女の子はやっと表情をとりもどした。「すぐそこのKなの。そこの住込みのバーテンと、女給さんなんですって。たぶん今朝やったんだろうって、いっていますよ。それをさっきマダムがみつけたんですって。パトロール・カーもきていますよ。サイレン聞かなかった？」

出勤して約三十分間、マダムは気がつかずにいたのだという。二人は一畳ほどの二階、というより屋根裏で、男がまず女を刺し、自分の胸を刺した。

「お店の庖丁でやったんですって。血みどろだったんですって」

一息にしゃべりきると、思い出したように女の子はまた赧くなり、にやにやした。からだを部屋の外に出して、扉を閉めかかった。

「あ、待って」と、僕はいった。

「待って」同時に、郁子がいった。

どうして、僕たちはそんなことをいったのだろう。もう、聞くことはなにもなかったのだ。なぜ、そこに女の子にいてもらいたかったか。郁子も僕も、そのときなぜ他人の目をほしがったか。なぜ、二人きりになるのをおそれたのか。……女の子は、さも心得たような顔で、いたずらっぽく目で笑った。そのままノブを引いた。

突然、恐怖が僕をつかんだ。あわてて片手をあげ、なにかをいいかけようとしたまま、僕は、目のまえに音をたてて閉まる一枚のクリーム色の扉をみた。小刻みの駈けるような女の子の靴の音が、階下へといそいで曲って行く。その跫音が消える。僕は、そして僕の横に、顔を蒼白にした郁子、やはり同じように目をぴったりと扉に吸いつけ、それだけが奇妙にあざやかな濃く赤い唇を喘ぐようにぱくぱくさせ、なにかをいいかけたまま声の出ぬ郁子をみたのだった。

共通のその瞬間、郁子をおびやかしたのがなんであったかは知らない。だが、僕をおびやかしたのはけっして血ぬられた庖丁、のたうつ血みどろな苦痛、なまなましい死の光景ではなかった。……それがなかったとはいえない。しかし直接には、僕をおそれさせたのはあくまで女の子の、そういう一人の他人の目の喪失でしかなかったのだ。ほとんど、僕はそれを奪われたようにかんじた。僕は、その他人の目といっしょに、他人の目でつくりあげられた一つの網のようなもの、一つの正常な浮力みたいなもの、そんな一つの支えみたいなものが自分から取りはずされ、奪いとられたのがわかった。

それが恐怖だった。僕は、突然、僕たちが棺の中に閉じこめられたような気がしたのだ。沈黙がつづいていた。物と物との沈黙のような、たえきれぬ沈黙が部屋を占拠していた。「……はは、はは」無理に、僕は笑った。

「はやるな、心中が」

うつろに、僕はいった。ふざけた口調だった。

声にならぬ叫び、郁子の、大きく呼吸を吸いこむような喉の音を聞いたのはその刹那だ。びっくりして、僕はまじまじと郁子の顔をながめ、とたんに堰を切ったようにある厖大な恐怖が僕をめがけ、そこから僕の全身におそいかかるのをかんじた。焦点のない目をみひらき、唇をあけたまま硬直し、青白く変色して、郁子は死人の顔をしていた。

「チョン」

僕は悲鳴のような声をあげた。郁子は床にくずれた。

それからの数瞬間、（現実には、一分間ほどの時間だったかもしれない）僕には、一つの激浪のような恐怖の記憶しかない。巻きこまれ、翻弄され、そのなかで僕は夢中だった。無意識のうちに僕は郁子の肩をつかみ、郁子が、それをふりもぎろうとしている。褪せた赤い色の絨毯にぺったりと坐りこんで、両掌でそれをおさえたまま、郁子は肩をゆすり、呼吸をきらし、必死に僕からのがれようとしていた。郁子はもがいていた。郁子は、あきらかに僕から逃げようとしていた。そして、のしかかるように僕の掌が横からその肩をつかまえ、あらんかぎりの力で彼女をおさえている、白いレイン・コートの肩をつかんでいる。……いまそのときの光景については、僕には、それ一つしかのこってはいない。

僕は、必要以上の力をこめていたのかもしれない。が、それは郁子への愛からでも、彼女と二人でいたかったためでもない。僕には一つのながい眩暈、世界がゆらめきだし、床が崩れ落ちるような、そんな惑乱だけがつづいていた。郁子は一人の他人だった。根かぎりの力で郁子をおさえながら、僕はただ、かろうじてその根かぎりの力で自分を支えていたのにすぎなかった。できたら、僕もまたせいいっぱいの声でわめき、彼女を突きとばし部屋の外へ逃げたかった。でも、掌が、脚が、もはや僕のものではない。……見も知らぬ他人の死、他人の心中の話に、なぜそれほどの恐怖が、惑乱が急にやってきたのかは知らない。かぎりのない世界、どこまでも果てのない白い砂漠のなかに、僕ら二人はいた。死体になった僕たち、それぞれ、なんの関係もない二箇の物体になった僕たち。僕は孤独だった。墜ちて行く、なんの支えもなく、きりもなく墜ちつづけて行く、と僕は思った。なまなましい死の恐怖だったか、それとも、それは、はじめてそのとき僕が一つの「死」を、自らにぴったりと重ねたことだったか。

「……チョン」と、僕はいった。

美術批評家が、新しく手に入ったという外国の画家のリトグラフをもち郁子の伯父とともに二階の部屋に来たのは、たぶん、それから間もなかった。血の気が失せ、虚脱したように椅子にもたれている郁子、そして、そのうしろに立ち、おそらくは同じように蒼ざめ放心した表情をしていた僕の二人をみて、彼らはそのリトを置いただけでどこかへお茶を飲みに行った。二人には、近くのバアの心中も、なんの興味もひかぬ様子だった。

同じ部屋に、僕らはまた二人きりになった。

窓の外にきこえる街のざわめきも、いつのまにかふだんのそれにもどっていた。

「……すんだようだね、もう」郁子の肩に手をかけたまま、僕はいった。

郁子が、深くうなずく。意外なそのうなずきかたの深さに、僕はだまった。すんだのは、僕らの心中ではなかったのか。——急に、その理解が僕に来ていた。そう。たしかにいま、僕らは心中を経験してしまったのだ。

「……知ってる？」汗で光る青白いうなじを伏せたままで、郁子が低い、かすれた声でいった。

「心中が未遂におわったとき、たいていその二人は、さもばからしかったって顔になって、もう、心中どころか、二度と顔を合わせるのも、いやがるようになってしまうんですって」

「だが、ぼくたちは、心中をしちゃったんだ、もう」と僕はいった。ある確信が僕にうまれ、僕は、自分でも予想外の言葉を口に出した。「チョン。結婚しよう。とにかくもう、消費面だけでのつきあいなんてものは、これで行きどまりだ」

「行きどまりね」

と、郁子はいった。立ち上った。「私、かえるわ」

郁子は、僕がついて行くのを拒否した。僕の顔も見ずに去った。僕は画廊の二階の細長い部屋の中に、ただ一人でのこった。

僕は煙草に火を点した。赤い花は、そのままマホガニイの卓の上にあった。そして、その卓の下に、あの黄色のスカーフが、皺になったまま崩れていた。

細く長い部屋は急速に暗さをまし、花もスカーフも、その色彩はぼんやりと煙ったように眺められた。郁子が部屋を去って、十分ほどたったころかもしれない。

もはや花にもスカーフにも、さわる必要はなかった。それは、すでに捨て去られたのだ。

——僕は思った。僕は、郁子の、そのかつての「意志表示」にも、二度とふれぬだろう。僕らはもう、あたらしく出発してしまったのだ。近いうちに、きっとまた僕は郁子に電話をかけるだろう。……

ふと、あの恐怖が、淡く胸をすぎて行った。それが、近い過去に味わったことのある感覚のような気がした。近い、ごく近い過去、それも、たしかこの部屋、窓のそとに繊細な雨の線がきらめきながらはしっていたこの部屋。——僕は思い出した。窓のそばに歩いた。蓋つきの机につまれた美術雑誌をとり、いつかの絵をさがした。白地に緑と黄のおどっていた、あの奇妙な図形の絵を。

どぎつい、明るい、あざやかな、いやらしいほどなまなましい黄色。拡大された葉緑素みたいな、生きているような不気味な緑の色。やっとみつけ出して、僕はながめ入った。そのとき、あのサボテンの記憶がよみがえった。

ガラス窓から、僕は下の裏通りをみた。すでに通りはまったく平常に復していた。心中のあとなどはどこにもみえなかった。僕は、自分がひどく疲れていることに気づいた。

ところどころ水溜りのできた舗道、こまかなその初夏の夕暮れの雨のなかを、人びとが賑やかに笑いあいながれて行く。一人の傘、水いろの女の雨傘に、樋をこぼれたらしい水がそそぎ落ちる。女は、走りすぎて、傘をななめにし怒ったような顔でビルの窓を仰いだ。

遠出でゴルフに出かけた社の仲間たちのことを思った。どうせ小雨決行の連中だ。明日あたり追いかけて行ってやろうか。思い、僕は苦笑していた。疲れというより胸ぐるしいようなある無気力の感覚、不快なその虚脱感は、たぶん、ただの空腹感にすぎなかった。

はなやかにネオンが活き、そろそろ画廊も閉める時刻なのだろうが、でも、窓だけが青く澄んだその暗い部屋のなかに立って、僕はしばらくは飽きもせず雨の裏通りをみていた。べつに、郁子の伯父の帰りや、雨のあがるのを待っていたのではなかった。僕はもう、なにひとつ待っていたのではなかった。

僕はもう待たない、なにも待ちはしない、と僕は思っていた。

〔1959（昭和34）年9月「文學界」初出〕

にせもの

なぜ、おれは女を愛さなければならないのか。——いや、このいい方はまちがっている。魚や犬や、虫だって、愛するのだ。ただ、魚や犬や虫は、詩は書かない。心中をしない。あくまでも単独な一本の線の自分だけをしか生きない。そうだ、こういうべきなのだ。なぜ、おれは魚や犬や虫のように、女を愛することができないのか?

おれは人間だ。正常な人間だ。それはまちがいない。客観的にも五体と健康をそなえ、手取り一万三千円の月給とり、下町のある乾物屋の次男、そしてたぶん、勤め先で机を向かいあわせている阿井トヨ子の、恋人であるらしいこともまちがいない。おれは、どちらかといえばクソ真面目な、平凡な、いいたくないことだがやや感傷的な、気の弱い二十八歳の独身者でもある。でも、たしかにおれは人間であり、人間の一人だからこそそいうのだ。……ああ、あのいやらしい人間。一つの理不尽のかたまり。そのくせしゃあしゃあとした、もっともらしい、わけしり顔のバカな動物ども。そうぞうしく、うるさいだけの混沌。……そして、べとべとと肌にねばりついて、不定形な、不透明な、つかみどころのない曖昧な雲みたいな、つねにそんな肌をこえてくる一つの重みであるすべての人間との関係。生きているというだけの理由で、なぜ、おれはそれをしょいこみ、この侵入を負担しなければならないのか。なぜ、人間だけが、それに耐え、それをあきらめねばならないのか。

おれは、女ぎらいではない。(だから困る。)でも、おれが愛するのは、やわらかく、白くあたたかい人形、その股のあいだだけでしかないのに、女どもは、きまって自分の人間そのものを愛された気になるのだから、始末におえないのだ。おれの愛は、正確にその皮膚にあるのであり、相手の皮膚の向う側などにはない。だが、その皮膚をこころよく手に入れるための手つづき、——不たしかな、欺瞞にみちた、いい加減な、単におれには手つづきにすぎぬ行為が、女には、どうやら動かしがたいある真実を醸成していて、気がつくと、もうおれはそれから足を抜くことができない。おれと女とは喰いちがって、足を切り落さずには、おれは逃げきることができない。

おれは途方にくれ、泥沼のなかで立ち往生をするのだ。女は、するとそのおれにべとべととまつわりつき、「人間」を強調して、ちょっとでもスキがあればおれに繋がってしまおうとするみたいに、へんに意味ありげなしたりげな言葉や笑いや沈黙やで、おれをみつめる。一つの、オンブお化けになる。ああ、なぜおれを一人で行かせてはくれないのか。しかも、結局、おれは女なしに慰むことができない。なんという不愉快なことだろうか。——やむなく、おれはこの三年間というもの、女との行為を我慢している。

魚や犬や虫のように、どうしてすることだけをすませたあと、さっぱりと別れて行くことができないのか。どうして、人間だけが、それをゆるされないのか。

あきらめ、べつにさした反抗もせずグチもこぼさない人びとともに、そういう人間どもの習慣に適応し従属して、かえってみずからその負担を歓迎する態度に出ること、そうした勇気をもつことのほうが現実的、すくなくも家庭的だとはおれも思う。が、おれは曖昧なことがきらいだ。あらゆる不正確、あらゆるごまかし、あらゆる絶望がきらいだ。……ときどき、おれは思う。あらゆる人間どもとおれとのあいだにある、この隙間風のような真空の感覚、これはなんだろうか？　人びとのように生きるためには、おれは、演技をしなければならない。人びとは、みんなこのことに耐えているのか？

阿井トヨ子——この、色白で頬っぺたのまるく張った十九歳の背の低い小娘が、おれを愛していることは、おれにはよくわかっている。だからこそおれは手を出さないのだ。……トヨ子は、ひどく難解なほがらかさと、わけのわからない騒音のかたまりのような女で、おそろしく気がつよく、あまりにもいつも元気いっぱいで、口ぎたない。おれはこの粗雑で頑迷な小娘に、おれの愛についての好みを無事に納得させる自信もなく、興味もない。それでよけい手を出さない。

大学を出てからずっと、おれは親戚の世話でありついたS区のある土地家屋周旋業のボロ会社につとめている。入社して一週間たたぬうちにおれは外交には向かぬと判断され、それからは毎日このモルタル塗りの社屋の二階、となりのD・P屋が汗くさいような濃い醋酸の匂いをいつも吹き上げてくる会計課の、夕日しか射さぬ窓を背にすわっている。べつに不足はない。会計課は、社長の弟だという頭の禿げた小男を長とし、おれとトヨ子しかいない。トヨ子は今年の二月ごろ、社長がどこかから引っぱってきて入れたまだ新入りだが、おれへの言葉づかいの異常なほどの乱暴さは、おどろくべきものだ。でも、おれにはすぐその意味がわかった。

彼女は焦立っているのだ。強引におれの心を彼女のほうへ向かせ、おれの愛を得ようと必死なのだ。彼女はおれを愛し、彼女のなかにおいて、それはきっと疑いようのないただ一つの真実とすら思い做されている。だから彼女はもう、見栄も外聞もうち忘れ、いっさいの衣裳をかなぐり棄て、心情のストリップで是が非でもおれに迫ってこようとしているのだ。……でも、おれはひとつもそんな愛などはほしくはない。そして、すくなくもおれのなかにトヨ子への同様な愛は存在してはいない。……ときには、可哀そうになってしまう。わかりすぎるほど、その心がよくわかるからだ。

まったく、しまいには胸がいっぱいになってしまうほどだ。(これがおれの欠点だ。おれはいささか他人への感覚が、繊細すぎる男なのだ。）たとえば、ときどきトヨ子は酬われぬ愛のせつなさ、その辛さに悲鳴をあげるように、ヒステリーめいた声でおれの気をそそってくる。いつも影のように音もなく部屋にしのび入ってくる競輪中毒の課長が、たいていはその反射板にされてしまう。トヨ子は、しいておれを無視したふりで叫ぶ。

「ねえ課長さん、やっぱりユウちゃんてステキねえ、あれみた？」

ユウちゃんとはだれか。だれでもいいのである。要するにおれの名前でなければいい。それは、じつは好きなのはおれだからなのだ。「おなじオトコでも、こうもちがうのかねえ」彼女は、だから、その言葉をわざと切実に発音し、やっと理由のついたよろこびに震えながら、それもムリに軽蔑をよそおった目つきでしげしげとおれをみつめ、そして、うれしさにたえかねクックッと笑い出すのだ。

「まったく、このひとでも、男なんだからねえ」それは、抗しがたい認識と期待にみちた讃嘆の叫びごえだ。

だから課長は嫉妬にたまりかねて、かぼそく遠慮がちな声をあげる。「これ、トヨちゃん、仕事中だよ」

「ちょっと、また材木の数字がまちがっちゃってるわよ。ちゃんと伝票みてんの？　しっかりしてよ、叱られんのは私なんだからね」

トヨ子は仕方なく帳簿をみて、不満をかくさず下唇を突き出し、将来支配力のつよい主婦になることを約束されているような迫力のある声音でいう。それだけが妙にその体軀にそぐわない細い銀の腕環をひけらかすようにぶらぶらさせたりして、じっとおれをみつめる。ともあれおれとの会話のきっかけを摑みたいのにちがいないのだ。

「これでも一人前の男かねえ」

おれは答えない。その誘いの意味を知りすぎるほど知っているから。

充たされぬせつない思いをこめ、課長の留守、彼女が復讐のためわざわざおれに今川焼を三つ買わせにやったり（もちろん三つともトヨ子が食う。さもなければ復讐の意味をなさない）、自分の性を強調するためのように、デンセン病を直した靴下や、踵をとりかえたハイヒールやをとりにやらせたり、わざとおれに勘定のたりぬ金で映画俳優のブロマイドを買わせにやったりするとき、さすがにすまなさで、おれの胸は張りさけんばかりになる。ときに帳簿をおしつけ、自分の価値をたかめるため彼女が一人でそっと早退したりするときなど、おれは本当に目がしらがにじんできたりするのだ。おれはいいたい。トヨ子よ、君のおれへの愛はわかっている。おれはそんなに鈍感な男ではない。でも、すまないがおれは君を愛してはいない。はっきりいって、愛する気もないのだ。ひがんじゃいけない。これは、君のせいではない。また、おれのせいでもない。もう少ししたら君もわかるだろう。だれが悪いのでもない。これはしようのないことなんだよ。

君は、おれを愛している。しかし、おれは君を愛してはいない。これが事実だ。いいかい、人間てものは、みんなそんなきびしい、残酷な、理不尽な存在でしかないのだ。この事情は、だれにもかえることができない。いくら君にすまなくても、君のつらさがわかりおれ自身つらくってたまらなくても、でもどうすることもできない。人間にはできないことがあるのだ。それをわかってくれ。君の愛は尊重する。君自身、どうにもならぬものだということもわかっている。しかし、おれのどうしてもそれにこたえられぬ、おれ自身の理不尽さへの誠実も、どうか君のそれと同じなのだということを理解し、尊重してくれ。たのむ。こらえてくれ。

トヨ子は、けっして頭は良くはないが、そんなに鈍い女ではない。(もしかすると愛の通例としての敏感さが、おれにたいし彼女にもうまれているだけのことかもしれぬが)このおれの誠実な拒絶は通じたのだ、とおれは思う。幸いにして、彼女はおれにまだ直接にその愛を打明けてはいないからだ。

もし彼女がおれを愛していなかったら。そしたら、おれは一度だけ彼女に手を出してやったかも知れない。でも、金で解決のつかぬ女たちのその後のわずらわしさには、いくつかの機会で充分おれはこたえてもいたから、やっぱり手は出さなかったかも知れない。

どっちでもいいのだ。とにかく、おれは人間の愛というやつがきらいなのだ。この世に愛なんていう厄介なものさえなかったなら、だれとでも結構うまくやって行ける。おれは、そんな気がしていたのだ。

愛は重くるしい。おれを疲れさせる。途方にくれさせ、立ち往生をさせてしまう。たぶん、おれは責任感のつよい男なのだ。すこしつよすぎるのかも知れない。でも、それがおれの生れつきだ。

おれの理想とする人間の関係のしかたは、事務的なそれ以外にはないのだ。だから、母や兄にすすめられて、もしどうしても結婚をせねばならないのだったら、愛のないそれをしたい、とおれは思っていた。むしろ、愛なんてもののないほうが、うまくやって行ける。愛なんてやつはおれは要らない。一生、おれは愛なしに充分うまくやって行くのだ、と。

二十歳代の後半の男なりに、それが大人っぽい考えのつもりでいた。でも、それは二十歳代の後半の男なりの、ひどく子供っぽい考えであったらしい。どうやら、おれはちょっとばかり滑稽で、傲慢でもあったようだ。

いくら拒絶したつもりでいても、愛は、そんな主人の意志にはいささかもおかまいなく、垣をやぶって入ってくる一箇の動物のような生きもの、一箇の不法侵入者であり、いわばおれの存在そのものとおなじ、一つの理不尽でしかなかったのだ。そのことを、ある日、痛切におれはみとめたのだ。

おれがその白手袋の女を見かけたのは、夕暮れちかいS駅の前の広場の、その外れだった。春で、おれはいつものとおり、家に向かう地下鉄の階段を下りようとしていた。

薄地の褪紅色のスプリング・コートを着ていた。女は、どこかいらいらした感じであたりを眺めながら歩いてきて、正面からおれの肩にあたった。「……ごめんなさい？」かるく語尾を上げていうと、すこし眉を寄せて腕時計をながめた。

おれのみぞおちのあたりに、甘美な氷のようなものが垂直にすべり落ちて、おれは呼吸がとまった。胸のふるえていることがわかった。

女はひどく高い黒いハイヒールの小さな円い踵をみせ、小刻みにそれを運び歩道のはしを歩いていた。一瞬みたやさしい白い喉のあたり、小さな頤と大きな猫のような黒い瞳とが、おれのまえで重なりあって揺れ動いた。おれは動くことができなかった。

文字どおりおれは痺れていた。棒のように、どちらへ足を出すこともできなかった。咄嗟に、おれはもはや自分が完全に女を愛してしまったのを理解していた。かつて、こんなに瞬間的に女への愛に全身を占められた記憶はなく、また、これほどぬきがたい鞏固(きょうこ)な愛を自分の裡に感じたこともなかった。女のあとを追おう。おれは思い、おれは歩き出そうとした。そのとき、女が白い手袋の掌をかざした。

寄ってきたタクシイが扉をあけた。女が腰をかがめ、勢いよく扉が閉じた。小さな窓にほの白くその頬だけが浮いて、タクシイはすぐ他の自動車のかげにかくれ、見えがくれしながらその車体は、ガードをくぐり抜け都心の方角に走りさった。

「ばっかやろう、なにぼやぼやしてんだ、邪魔じゃねえか」

額を剃った与太者ふうの男がおれをどなりつけた。突然の大声におれはほとんど腰をぬかすほどびっくりして、あわててこそこそと階段を下りる人ごみのなかにまぎれこんだ。

そのときから、おれには屈辱の季節がきたのだ。……愛とは、理由のないものだとはわかっている。たえきれない熱病のようなものだともなにかで読んだ。おれは、おれがごく通俗的な、まるでニキビの中学生みたいな愛、お話のなかのような愛に、しっかりとつかまえられてしまったのを、ある驚嘆に似た感覚でみずから認めねばならなかった。

しょっちゅう、おれの目のまえであの白手袋の女が、おれに笑いかける。おれは歯がみせんばかりの怒りにもえ、その映像をはらいのけようと努力するのだ。しかし、いっこうにそれは消えない。そして、おれが疲れ、逆にそっとその映像に近づこうとするたび、まるで嘲(あざけ)るようにそれは薄れ、おれを遠ざかって行くのだ。白い手袋をひるがえして、春の街をタクシイに乗って消えて行くのだ。

おれは無念だった。……ふたたび逢えたにせよ、おれは、おれがあの女になにもできないのは確実な気がしていた。実体としての女は、おそらく余計なお荷物にすぎない。そして、その肉体も性器も必要なく、女は、ただイメェジとしてのみ、かえがたくおれに必要であるのだ。それが恋だよ、と声がおれの耳にささやく。恋とはそんなものだ、恋をすると男ってやつはきまって精神的になるのだ。そういう俗諺(ぞくげん)が嘲弄のように耳にひびき、おれは自分が性交の対象としてではなく、むしろ純然たる精神的な愛の対象としてのみその女の映像をみつめているのに、ほとんど憤怒していた。おれには愛は要らない。要るのはその肉体だけ。おれには愛はできないのだ。ばかな、まだ寝もしない女に愛なんかもって、いったいどういう気なんだおれは。ばかな。

……でも、心ならずもおれは、その合間に内心で呟いているのだ。ああ、おれは君を愛している。君のあそこなんか、おれは要らない。ただ君がいてくれればいい。肉体なんかなくったって、いや、ないほうがずっといいのだ。目で鼻で耳で、そして心で、君を感じるのをゆるされてさえいたら、それでいいのだ。

おれは、行為に関係のない愛を、はじめて経験したのだ。そう、まるで幼稚園の生徒の、初恋のように。しかし、愛はやはり愛で、それは一つのいやらしい負担にはちがいなかった。だから、おれは、まるで気が狂ったみたいに、まだ寝もしない女、その白手袋の女への重くるしい愛の負担にせいいっぱいの反撃をしてやるような心で、夜ごとイメェジのなかで女の帰途をおそい、強姦した。お前なんか、ひとつも愛してなんかいないんだ、要るのはお前のあそこだけだ、けんめいにそう呟き、考えうるかぎりの残酷な方法で女を侮蔑し凌辱して、全身に汗をながしながら自瀆をかさねたのだ。おれは疲れきった。しかし、昼も夜も、にっこりと笑いかける猫のような眼の女の映像は、おれのまえにただよいつづけ、消えない。おれは、ぼんやりとしていることがひどく多くなった。

「いた」

おれは顔を上げた。目の前にゴムバンドがころげている。トヨ子がそれでおれの顔を狙ったのにちがいなかった。

「閉めてよ、窓」トヨ子が顔をしかめていう。「くさくって、かなやしないよ」

D・P屋の鋭い汗のような匂いを吹き上げてくる風は、しかし、いくぶんかの涼しさも運んできている。そうは考えたが、でもおれは従順に窓を閉めた。トヨ子の充実したまるい顔は、たちまち汗の粒をうかべ赤く茹だってきた。彼女は暑がりやなのだ。

「開けてよ。暑くって、とてもじゃないがたまんないよ」

トヨ子はいう。だまっておれはそれに従う。

「あんたったら、……」トヨ子は、さも呆れたような声をつくっていう。なんとかしておれと話をしたくてたまらないのだ。「いったい、なにを考えてんのさ。ちゃんとさ、一応大学まで出ててさ、毎日こんなオンボロ会社にじっとすわっててさ、なにをじっと我慢してんの？　さきのことを考えないの？　ほんとにこのままでかまわないの？　よう」

またはじまった。おれは困惑する。おそらく、これは自分がおれの妻になったことを空想してのトヨ子のテストである。でなければこんな親身な疑問は湧かないし、必要もないのだ。

「返事したらどうなの？　……よう」

かまわないのだ、本当に、と心のなかで呟き、でも自分のその答えが、どこか諦めの匂いをおびているようにも思えるその質問は、やはり厄介なことの一つだった。ときどき、うだつがあがらない男、と自分につき考えることがないでもない。が、たぶんそれはトヨ子の考えるのとはちがった意味でなのだ。おれのほしいのは、おれに納得のゆく責任の制度なのだ。それを探しつづけている。おれは、清潔な一箇の石のように生きたいのだ。だから、おれにはとりたてていいたいことなどはないのだ。ただ、したくないことだけがあるのだ。

トヨ子にそれを説明したところでムダなのはわかっている。どうせわかってくれはしないし、彼女の求めているのは、おれが将来高給をとるようになること、妻子にけっして迷惑はかけないこと、そういうつまらないおれの宣言にすぎず、彼女がつかまえようと企んでいる口約束、相手自身が確約する、生活の安全の保証なのでしかない。だから、せいぜいおれは彼女を傷つけないために黙りこむよりないのだ。おれは自分の安全だけで手いっぱいだし、またそれを話しへんに親密なものを勝手にうけとられて、すこしでも彼女におれとの結婚の可能性の幻影をあたえるのは、つつしむべき悪でしかないのだから。

「黙ってるのね、また。……やな人だね、ほんとに」トヨ子の笑いは、急に自嘲めいた色をおびてきこえた。「――あんたって、笑わないのね」

おれは胸をうたれた。かつて、これほど淋しげな声音で、トヨ子がものをいったことはなかった。そういえば近頃、トヨ子は急に発狂したようにはしゃいでみたり、不意にむっつりと暗く押しだまったりして、浮動するその感情の明暗の度が濃かった。

みたされぬ愛。自分ひとりの、自分でもどうにもならぬ感情。受け入れられない愛。あわれさがあふれてきた。おれたちは、おなじ理不尽の患者なのだ。

課長が一日じゅう不在だった五月のその日、なんとなく帰りがけにトヨ子をさそい二人で喫茶店に入るのをためらわなかったのは、そんな同病あいあわれむとでもいう気持ちに似た、共通の敵と苦闘しているものどうしの友情からだったかも知れない。おれたちは孤独なのだ、どうしようもなく孤独なのだ、とおれはケーキと珈琲を注文するトヨ子のむっくりと汗ばんだ腕のまるみを眺めながら思った。ひどくむし暑い夕方で、トヨ子は依然として不気味なほど元気をなくしていた。

「君もつらいだろう、でもおれもつらいんだ、でもおれたちは離れた点、まじわりっこないそれぞれの点から生えた二本の線でしかないのだ、おたがいに、じっとしていよう、そしてこのひとときのあいだに、それぞれのつらさをそれぞれだけで耐える力を、いっしょに養おうよ」

おれは、そういうつもりでいた。が、それをいうまえにトヨ子は、まるでふだんの彼女からは考えられないような動作をした。

トヨ子は、毒々しいチョコレートのかかった茶いろの安っぽいケーキを、つとおれのまえに押してよこしたのだ。だまって、おれは首をふった。他人を侵害したり、また他人に侵害されるのをのぞんだりしてはいけない。おれたちは、正確にそれぞれの責任と権利だけを生きるべきであるのだ。

「私って、不幸なのね」とトヨ子はいった。それをいってはいけない、とおれは思う。トヨ子は堰をきったように声を大きくした。「あんたにはわかんないんだよ、あんたみたいな、のんびりしたウドンみたいな育ちの人なんかには」

トヨ子は薄い眉のあたりを引きつらせて、ハンドバッグから一枚の写真をひっぱり出し、唇をゆがめそれを裂いた。「この男、婚約したんだってよ。どうせ相手はどっかのお金持ちの娘さ。……ちくしょう」

引き千切られた写真には、アメリカの西部男の帽子とウクレレがみえた。どうやら、それはあるウエスタン歌手のブロマイドの様子だった。

「私もバカだよ」トヨ子は洟をすすり、目にいっぱい涙をうかべ、唇を嚙みけんめいになにかを怺(こら)えていた。要するに彼女の稀有の食欲の不振と不元気は、その歌手の婚約に理由があったらしく、それも結局はおれが色よい態度を示さなかったからにちがいないのだ。いたましさにおれは黙りこんだ。

「私もバカだよ」くりかえし、口紅のはみ出たトヨ子の唇はふるえた。「私、あの人って、こんなバカだとは思わなかったわ」

それはどういう意味だろうか、と沈黙に抗しかねておれは訊ねた。結婚することが愚行なのか、婚約を発表したのが愚かなのか、それとも相手の女がバカなので、それで歌手がバカであることになるのか。

「うるさいねえ、ぜんぶよ」と、トヨ子は答えた。「私、あの人のステージ、一度もみてやんなくてよかった。お金はらってたら、もっとバカバカしい気分がしたにちがいないもん」

トヨ子は、またすこし涙をこぼした。多少いつもの戦闘的な口調になりくどくどとその青年歌手のバカさを固執しつづける彼女の言葉を聞き、おれはトヨ子がまだ彼の実物を一度も見てはいず、手紙や電話で言葉をかわしたことすらないのを知った。……おれはうたれた。たしかに、人間は説明可能の感情や、ちゃんと条理のたった行動や、常識だけで生きているのではない。たとえおれの拒絶により、一時の場ふさぎとしてもとめた愛にすぎなかったにせよ、トヨ子が朝の新聞でその男と他の女との婚約をみて指がふるえ、顔が真赤になり、やがて資格のないかなしみのなかに沈んだこと、めずらしく一日じゅう大声をあげず笑い声も忘れて、極端な食欲不振におちいり、ケーキさえおれに押してよこしたこと、これらの彼女の苦しみは、たしかに生きている人間の本質的なそれの一つ、神聖なかなしみの一つにちがいないのだ。

「あんたは幸福よ」最後に、トヨ子はいった。そう思うほうがまだしも救われるのだろう。おれはわざと逆わなかった。おれは彼女への、そしておれへのあわれみで、喉がつまっていた。

もちろん金はおれがはらった。

日が永くなってきていた。やや風の出てきた空は、まだところどころ昼の青をのこしていた。トヨ子の日には、もう涙はなかった。

「ああ、サバサバしちゃった。……あんたって人も、あんがい役に立つことがあんのね」さも意外なふうに、トヨ子がいう。彼女は大きく顔を仰向けて、ゴーケツ笑いをした。きっと、せいいっぱいの努力でほがらかに振舞っているのにきまっている。痛いほど、それがおれにひびいてきた。

「私、ここの地下街で明日のお弁当のおかずさがしてくる。さいなら」トヨ子はいった。

いつものとおり、おれは一人で地下鉄の駅にあるいた。ふと、トヨ子のウエスタン歌手への失恋を、滑稽だな、と思った。

轟音をたてて走る地下鉄にゆられながら、おれはそのことにつき考えつづけたのだ。……おれは思っていた。人間には、他人を笑う資格はない。すくなくも、その無智や貧しさや愚かさにつき、なにかの操作の拙劣さや突飛さにつき、笑うべきではない。それを笑うやつは傲慢の罪を犯している。人びとは、平等な知能や運動神経や、均一な世界や生活、同一の不幸や幸福や、おなじ平衡のとり方やをあたえられているのではなく、顔がちがうように、一人ずつそれはちがっているのだ。だから、他人にたいしもし笑うのなら、ただその不誠実さだけを告発し、それだけを笑うべきだ。そして、おれにはトヨ子は不誠実だとは思われない。

だが、突然、まったく突然に、おれはおれの胸が震え、頬がくずれ、どうしようもなく声をあげ笑いはじめている自分に気づいた。おれは笑うべきではなく、しかしおれは笑っていた。胸の奥の、緩慢な小爆発は連続した。おれは笑いを止めることができなかった。

おれは笑いつづけ、そして笑っている自分を認めたとき、おれはあることを理解していた。――夕刊からはみ出た人びとの目がふしぎそうにおれを見ている。隣りの席の婆さんが気味わるげにもじもじと腰をずらせる。しかし大声でおれは笑いつづけ、遠慮なくからだを左右にゆすり、やめなかった。自然にそれがおさまるまで、もう、おれはおれの笑いを抑えようとは考えなかった。

正確に、おれはトヨ子を笑ったのだ。その愚かしさを、そのかなしみを、その全存在を、大口をあけて笑ったのだ。おれは、笑う自分をゆるし、はっきりと以後も支持しようと決心した。おれはひどく快くて、自分がとても健康になったような気がした。

おれもまた他人に承認されなければならない、とおれは思ったのだ。写真か活字かでしか知らないアカの他人の婚約に涙をながし、自分の幻影の崩壊に憤ってバカだバカだと彼女を知らぬその男の行動を糾弾し、毒づき、指をケイレンさせ食欲を麻痺させる人間が存在するのだとしたなら、それを笑いたいときに笑うおれの存在も、同等に承認されていいのである。おれだって、べつにいつも他人なるものに気をかね、他人なるものに扈従(こしょう)し、他人どもの承認係りとしてのみ存在しているのではない。おれもまた他人に、他人たちがそうおれにするのと同様、暴力的に自己の存在を主張していいのである。なんの遠慮もなく、おれなりの行為をもっていいのである。

おれの笑いはとめどがなく、正確にいつも降りる終点のA駅の改札口までつづいた。おれは、他人たちのなかで、はっきり孤立する勇気をもてなかった、とおれは思った。しかし、もうおれはおそれない。他人を軽蔑し、無視することをおそれない。だれもかれもがもっともだとは考えない。なぜなら、かれらにとりおれもまた一箇の他人、どうしてもわけのわからない隔絶し孤立した一箇の暴力としての他人にすぎぬからだ。おれは、なんの気がねもなく、鉄の棒のおれ自身をまっすぐに歩めばいい、それしかない、とおれは思った。

裏口から家に入りかけると、闇のなかにとなりの槐の木がほの白く梢に満開の花を飾っていた。昨夜は、これほど美しく、いっぱいに木そのものが白く煙るように、その花をひらいていたのではなかった。おれは、そこに昨日は昨日のうちに終り、今日は昨日ではないことのなまなましい事実を、はっきりと確認させられたような気がした。

翌る日はひどく暑い日だった。いつかの白手袋の女をみかけたのは、その土曜日が二度目だった。あの春の日とおなじように、女はつれをもたず、おれも一人だった。女は、すこしせかせかした歩調で、S駅のまえの広場を横切るように歩いていた。高鳴ってくる胸をおさえ、ちょっとためらってみたあと、おれは女のあとをつけはじめた。

おれは、おれなりに女を愛さねばならない、と考えていた。おれなりの、女への精神のなかでの愛を、なんとか行為に結びつけねばならない。具体的ななんの考えもまだうかんではいなかったが、まず、あとをつけねば、とおれは決心をしたのだ。

女を、イメェジのなかだけの存在にしておくのは、たえられなかった。猥褻であり、女々しく、不誠実でさえあると思えた。しかし、おれは他の女たちへのそれのように、その性器のみを要求したいのでもない。……それがどういう形をとるのかは知らない。とにかく、おれははじめてただの肉欲だけではなく、一人の女を愛そうとしていたのだ。それを、行為しようとしていたのだ。

もうスプリングの季節ではなかった。女は、黒いタイトのスーツをむき出しにしていた。柔軟にその腰をくねらせ、すんなりと長い脚を動かして国電の改札口に歩いて行く。おれは十円区間の切符を買い、あわててあとを追った。女は、内回り線のホームに上って行く。いつかのように、やはり都心に向かうらしい。おなじ箱に、おれは乗った。

まだ午後二時をすこし過ぎたころで、車内にはちらほら空席もみかけられたが、なぜか女は腰をかけなかった。扉のそばに立って、窓の外をみていた。

ちょっと疲れているみたいな、怒ったような顔をしていた。若い、張りきった肌の色で、目がきらきらと光っていた。やさしい白い喉がながく、よくみると女は思ったより大柄で肉も豊かであり、健康な、いい母親になるだろう感じもした。ときどき、欠伸を嚙みころすような表情をうかべて、そのたびに眉と目のあたりが曇り、肌がへんにざらざらとした生気のないものにみえる。しかし、それも光線のいたずらかもしれなかった。明るい初夏の光がきらめくように注ぐと、すると女には眩しいようなゆたかな若さがあふれだすのだ。

女は、一度もおれには視線を投げなかった。横顔をみせたままで、車体がはげしく揺れ動くたび、あぶなっかしく高いハイヒールで調子をとる。その都度、おれは錐でもまれるように胸が痛くなって、発散してくるおそらくは湯上りの肌のように白く汗ばんだその肉体からの香気を、そっと鼻でもとめたりもするのだ。なにもできなかった。ただおれはちらちらと女を眺めたまま、女とともに車内の震動をかんじていることしかできなかった。おれは、声をかけることすらできなかった。

やはり都心の繁華街にちかい駅で、女は降りた。おれも降りた。おれは、女は酒場にでも出ているのかなと思った。

女はつや止めの黒革のハンドバッグをつかむように片手にもち、両方の肱をかるく曲げ、はさみこむようにそれを胴につけて、さも用事ありげな小走りの速度でハイヒールをはこんでいた。やわらかな感じの黒のスーツが、なめらかな肌の起伏にぴったりと吸いつき、尻の肉づきをあらわにして速足にあるく女は、ひどく颯爽としているようにも思えた。この街をいかにもわが街としているような調和と、安定した活気に似たものすらがあった。女はいそいでいた。

幸福なのだな。女の背をながめながらおれは思った。ひどくいそいそとしている。橋をわたり、女は幅のひろい道路を右に折れて、また左に折れ、もとの道路と平行に歩いて行く。おれはつけた。ただつけること以外に、おれにはなんのあてもなかった。つけることだけがおれの仕事だった。

女は、ある大きな広告代理店のビルのなかに消えた。女と同様に縞の日除けのある裏口からそのビルに歩み入ると、一階、二階、三階、と階段をゆっくりと上って行き、おれはとうとう屋上に出た。まばゆく一面に光を潑ねかえす、白い平坦な石の砂漠のような屋上で、影が濃く小さくおれの足もとに倒れていた。どこにも、女の姿はなかった。

おれは孤独だった。ふしぎに、しかしその孤独が、おれを静穏な落着きに似たものにさそうのにおれは気づいた。やっぱり、結局おれにはあらゆる他人たちは、ひとつも必要ではなかったのか。おれは自分が誠実に、けんめいに女を追いかけ、まったく不可抗力にちかいもので女を見失ったのに、ある意味では満足さえしていた。ただあとをつけるだけで、おれはおれの愛を、どういう形での行為にむすびつけるかの確信もなかったのだ。女は失われていた。そして眼界に、一人の人間の姿もない場所、そこでの自分——おれにとり、それは一つの安らぎででもあったのにちがいなかった。

なにを考えていたのでもないのだ。なんの目的もなかった。ただ、おれはなんとなくそこを去りたくなかった。屋上には、番人のいない鳩舎があり、鳩が糞だらけの金網のなかで、思い出したようにときどき羽ばたきをくりかえした。……はるかな下界での騒音、都会の喧騒が、泡沫のようになんの実体もなく浮び上ってきては、消える。大きなひろい空の下に、都会は光りかがやく漂流物にみちた海のようにみえた。青空は、地上ちかく白っぽくにごり、薄れていて、それを背景にし、正面のデパートのやはり屋上に群れている人びとが、蟻のようにうごめきつづけている。九百万のこの都市に蝟集した人口。それぞれに歴史とややこしい理不尽とをぎっちりと充実させた単位。地上にへばりついた、みじめな、しかしそれぞれの生きていることの負担にあえいでいる無数の人間ども。その中へやがてはかえって行かなければならぬ自分。想像して、おれは息苦しく全身をおさえつけられるようないやな圧力の渦をかんじ、唇をゆがめ唾を吐いた。屋上には、意外なほどのつよい風があった。

無数の窓がこっちに向いてひらいていた。だが、おれはわざと、その一つ一つにやりきれない人間どもの営みをみせている窓には、目を向けなかった。おれは、屋上に突き出したコンクリートの出入口の横に立って、ぼんやりと煙草をふかしていた。

ふと、人の気配をかんじ、目をあげておれは呼吸をのんだ。黒いスーツの女が、そこにいたのだ。

女は一人だった。片手を庇のように額のあたりにかざして、女はことことと歩きにくそうなハイヒールで屋上の中央に進んだ。振りかえって、固い表情でちらとおれを眺め、まっすぐ屋上の縁に歩みよった。下をみて、急にからだをそらした。「おおこわい」とでもいうみたいに、おれを向いて、へんに親身な顔で笑いかけた。おれも笑った。

呪縛がとけたように、おれの筋肉がほどけた。おれは煙草をはじき捨てた。おれは、吸いよせられるように女のほうにあるいた。女は、遠いデパートの塔をながめているみたいだった。

おれは女を愛したのだ。おれの行動につき、いえるのはその一言だけしかない。おれは女の背中をつき、女は短い鳥のような叫びごえをのこして、一瞬のうちにおれの視野から消失した。そこが、地上七階のビルの屋上であったことで、女は死んだ。即死かどうか、そこのところはよくしらない。

積極的な殺したい意識があったのではない。おれはいま、それを、はっきりと愛の衝動だった、純然たるそれにすぎなかった、と確言することができる。おれには、それは、雪の山の斜面であろうと、ベッドの上であろうと、タクシイのなかであろうと、川のほとりであろうと、どこでだってよかったのだ。おれには、ふと女を突いてやりたいという、ごく親身な、切実な瞬間の衝動があっただけで、まちがいなく、おれにはそれは女への愛の衝動だとしか考えられない。それが、おれの愛の行為だっただけだ。おれは率直な、無心な、幸福な、ひどく天真ランマンな気持ちでそれをしたのだ。

女の横に立って、ふいに女を突きとばしてやりたい、と思ったとき、おれは、はじめて女へのおれの愛が形をとることを実感した。女への愛が、はっきりとおれのなかに存在しているのを確認した。こころよい屈服、ある弛緩の感覚のなかに、おれは充実した、まっしぐらな、ほどばしる水のような、明朗な愛で自分がまっすぐ女へと向かって行くのがわかった。おれが、おれのなかに肉欲と一応縁のない他人への愛をみとめ、それを行為に結びつけたのは、生れてこのかたそれが最初のことだったのだが。

……墜落。死。屍体。それらあとに起った一切は、つけ足しのようなただの結果でしかない。

愛にしてもなんにしても、行為のあとに附随する結果が、つねにしらじらしい、よけいな荷物でしかないのは、たぶん、だれしもが経験していることだろう。おれにしても同じだった。

あのとき、おれはきっと、ひどく朗らかな、素直な、無邪気な目つきでいたのに相違ないのだ。女が証言できないのが残念だが、おれはおぼえている。おれは、けっして思いつめたような愚かな目、血ばしり逆上した目や、おっかない顔つきなどはしていなかったと思う。おれは、愛しあった男女が抱擁する映画のラスト・シーンのように、やわらかな微笑のまま右手をあげ、ゆっくりとそれを前にのばしたのだ。女は、わざとのように知らん顔でどこか遠くをみていた。笑顔のまま、のばした右手で、おれは、ふいに女のあたたかいスーツの背を、押しあげるように突いた。……しばらくのあいだ、おれには、ある恍惚のような満足が持続していた。性器の挿入は、じつは愛とは無関係な行為の一つなのにすぎない。肉の、肌の慰みにすぎない。なにかをその相手につき、迸り出るように心の内部にかんじるとき、おれは、そこに愛が存在することを認めざるをえない。おれはまちがっているだろうか？

おれは女を突きとばした。顚落させ、おそらく即死させた。でも、おれは理解していた。過去のいくつかの経験を思いおこし、そのときはじめておれは理解していたのだ。おれはいいたいのだ。これがおれの愛なのだ、と。嫌いなものを突きとばすのではない。おれだけではない。おそらく、一般に男は好きなものを、はじめてこの感情により心のなかに刻み、それを所有しうるのだ。もし、そこが七階のビルの屋上の縁でなかったなら、もし、女がベッドかどこかにいてそんな些細な気休めのような衝動的な行為により、視界から消えなかったら、いっさいは世の中のあらゆる愛の風景とかわらず、おれにもしっかりと女を抱きしめる次の瞬間がつづいたかもしれないのだ。

でも、とにかく、女は消えてしまった。鳩舎のなかで、鳩がさわいでいた。おれには、その白い首すじにあった小豆粒ほどの黒子と、おれの掌に捺されたへんにあたたかなその背中の記憶のほか、女はなにひとつ残ってはいなかった。おれはあたりをみて、ひろい平坦なかがやく石の上に、おれが一人きりなのを知った。青空のなかで、おれは孤独だった。重たるい日常のなかの自分がいまいましく回復してきて肩に重く、焦立たしい、すんだことの結果だけがふとおれを包むのを感じながら、おれはゆっくりと階段を下りて行った。さわぎや屍体になった女などは、おれには関係がなかった。おれは野次馬たちには目もくれずに、ちかくの地下鉄の駅にあるいた。おれには、所有できたはじめての愛の行為の記憶だけで充分だった。

いつも均一な明りに照らしだされている地下鉄のA駅の階段をのぼり、改札口を通って、上り坂になっているゆっくりとうねる四角い腸のような地下道を歩いて行く。地上へとつづく人びとの垢と埃りで汚れた洞穴のようなその通路の終りちかく、きまっておれは伏目がちになってしまう。その日も同様だった。表に出て、いつものように、おれは習慣の大きな深呼吸をした。急に、地上のひろい空間をはしる音がなまなましくよみがえって、おれを包んでくる。やかましい電車や自動車や人ごみで雑沓するにぎやかな商店街のその通りを、おれは、まるで急用でもかかえている人のような速足と一途な顔になって、ただまっしぐらに家への方角にいそぐ。なにも考えない。ほとんど、おれは機械的に人や車をよけるほか、なにも見てはいない。なにも聞いてはいない。

まったく、いつもとおなじだった。街はまだ明るく、さすがに週末らしく、子供づれの人びとや老人たちがまじり、歩道は人びとであふれていた。いつもここを歩くたびに、おれは一つの恐慌に似たものにおそわれ、そわそわと夢中で逃げるようにその雑沓の渦のなかを歩ききるのだ。おれは人びとを避け、逃げたい。その一つ一つの理不尽と歴史とに充実した、重くるしい皮膚の袋としての単位たちの、目にみえぬその重圧、せまってくるその熱気といやらしい活気のようなものから、脱れ出したい。その日も、おなじ恐慌に似た感情がおれをしめつけ、おれをとらえていた。そんなとき、いつもおれは考えるのだ。ああ、おれは一人きりになりたい。一人きりにならなくては、けっして休息はやってこない。たとえ、その休息がいささか死に似たそれであるとしても、おれにはおれなりの休息のしかたがあり、おれにはその休息が要るのだ。

昼の光のなかで、小さな白い蝶のあつまりのような槐の木の花は、あまり美しくなかった。おれが木戸をあけると、その小さな花弁が三四枚、ひらひらと散ってきて肩にあたった。それが針で刺されたような疼痛でおれに感じられたのはなぜだろうか。おれは、そのときからおれは発熱したのではないかと思う。おれは部屋に入るとすぐ蒲団を敷き、ふらふらとその上に倒れた。原因のわからない九度ほどの熱がおれを喘がせ、おれは汗みどろになりながら眠った。おれはとても疲れていたのかもしれない。夢はわけのわからないオレンジ色の砂漠の風景がひろがり、一人だけそこに立っているおれの前に、考えられぬほど巨大な鯨が赤黒い大きな口をあけてせまってきて、おれをその口のなかに吸いこもうとする子供のころからよくみた悪夢の一つだった。きまって、その口に吸いこまれるところでめざめるのだ。全身から汗をながし、くりかえしおれはその夢ばかりをみた。

でも、翌る日の日曜日には、おれはけろりとしてしまっていた。すこし頭は痛かったが、家の手伝いを休む口実にはならなかった。おれは、勇気を出さねば、と思った。他人たちのあいだで、孤立する力をもたねば。白手袋の女への愛の行為の記憶は、せめてものそのおれの支えだった。

月曜日から、おれはまた何気ない普段の習慣どおり、S区の会社へと通いはじめた。けんめいに他人たちへの無感覚を心にいのりながら。

おれには女を「殺し」たことの自責などは、毛で突いたほどもなかった。当然だろう。おれは女を「愛し」ただけでしかないのだから。そんなことより、おれはあの女を消してさえ、なおおれに押しかけ、のしかかってくることをやめない他人たちに、必死で頑張らねばならなかったのだ。そのことだけがおれには大切だった。

新聞で、おれは女の死が、どうやら自殺だと解釈されているらしいのをよんだ。彼氏があの広告代理店につとめているちょっと有名なユーモア作家らしく、そんなことはどうでもよかったがある新聞は、「某作家」としてしたりげな手つきでニュースの種にしていた。それによると、女は銀座のバアの女給で、その日広告代理店で、男に結婚できないのをはっきりと告げられたのだということ、(「某作家」は、それを認めていた) そして、女が妊娠していたということ、女の黒いスーツは、内心かれの拒絶を予期した死装束だったのだということ、などがへんに生真面目な女の写真入りで書かれていた。……おれは失笑した。おれは、屋上で笑いかけた女の目をおぼえている。だいたい、若くてきれいな娘が、そんなに安く自分をみつもったり、自殺などするはずがないのだ。まったく、いやになるほどそれはたしかな事実なのだ。

暦はもう七月に入っていた。その日、おれはトヨ子と喧嘩をした。シャツ一枚になっても暑い、うだるような午後で、旧式の黒い扇風機がカツカツとやかましい音を立ててまわっていた。氷水を買ってこい、という彼女に、おれはどなったのだ。「うるさい、氷をくいたかったら自分で行ってこい」

「ほうスゴい」トヨ子は唇に人さし指を突っこみ、オナラのような音を立てた。禿頭の課長を向き、片手を耳の近くでひらひらさせていった。「ねえ課長さん、この人、ちかごろどうもコレね、アタマにきちゃってるよ」

「自分のことは自分でしろ、とおれはいってるんだ」と、おれはいった。

「ただしな、勤務時間中なんだぞ、いまは」

「……知ってるわよ」トヨ子は、不意にうなるような低音の声で答えた。両掌で頬をささえ、ふてくされた白い目でおれを睨んでいた。

「おれはあたりまえのことをいってるんだ」と、おれはいった。

「そうです、ほんとにそのとおりです」と課長がいい、薄暗くむし暑い部屋のなかに、とたんに吹きそこねたトランペットが鳴りひびいた。トヨ子は泣きはじめた。さかんな叫ぶような泣声を断続させ、ひどく熱心に仕事をしている感じで机にうつぶせたその肩が慄えていた。

「……ばかやろ、なんだいえらそうに、ばかやろ」と、涙のなかでトヨ子はくりかえした。

そんなものはただの騒音にすぎない。なだめにかかる課長を黙殺して、おれは冷然と仕事をつづけていた。どうやら、おれなりの愛の行為を所有できたという自信が、おれという存在に一本のゆるがない芯をあたえていたのかもしれない。おれは、おれの輪郭をまもることしか考えてはいなかったのだ。

トヨ子の薄い白ブラウスは汗でぴったりと肥ったその肌に貼りつき、乳当てや吊り紐が透けてみえた。課長はいささかそれを娯(たの)しんでもいるらしい手つきで、くどくどと低声であやしながらトヨ子の肩や背をさすっていた。……突然、トヨ子が椅子を蹴倒して立ち上った。さもうるさげに課長を横に突きのけ、そのままばたばたと階段を下りて行った。

「君、……君、……トヨちゃん、阿井くん」

課長は狼狽してさけんだ。おれは中年のそのやせた小男が、頭のてっぺんまで赧くなっているのにちょっとびっくりした。おれを見、なぜか彼はおどおどと目をそらせながらいった。「……なにも君、ねえ、べつにぼくは、べつになんにもしなかったんだよ、……ねえ」

語るに落ちるというやつで、きっと慰めることに便乗してちょっとたのしんだのにちがいない、とおれは思った。ぶつぶつと口のなかで呟き、だが課長はひどく困惑し、まるでなにかを怖れているような顔をしていた。

「氷をくいに行ったんでしょうよ」と、おれはいった。

トヨ子はその日、とうとう社には戻らなかった。おれはすっかりトヨ子のことは忘れていた。おれは金庫の番人ではないし（どうせめったに使いもしない金庫だけど）、絶対に新聞広告の文案などは作らないことにしているから、伝票を引き合わせ帳簿に記入すると、もう用事らしい用事はない。おれは意気銷沈した課長だけをのこし、すこし早目に会社を出た。久しぶりにきれいな女の映像を安直に売ってくれる映画でもみようかと思っていた。

日はまだ高く、雨の日はすぐ始末におえぬ泥濘と化す石や煉瓦やコンクリートの破片のちらばっただらだら坂の道が、うねりながら駅のほうに下って行く。その道を、おれはいつもとはちがう内科医院の字の書かれた電柱の角で折れた。板塀の上に首を出した黒ずんだ木の葉が、無気力なかるい音を立てる。そのあたりは軒なみに連れこみ宿かちいさな割烹がつづき、そこをまっすぐに抜けるとアスファルトの道路に出る。映画館は、そのアスファルト道路を軸にかたまっているのだ。

あまり愉快ではない比喩だが、おれは疲れた犬みたいに、道の端っこを日陰を拾いながら歩いていた。暑さにすこしまいっていた。人気のない、二間幅ほどの石ころの多い道で、正面に一台の塵芥車が傾いたまま置かれている。ぶらぶらと歩きながら、おれはぼんやりと前をみていた。

右側の貧弱な一軒の連れこみ宿の門から、一組の男女が出てきた。はじめ、おれはそれが社長とトヨ子だとは、まったく気がつかなかった。

女が、男の首にぶらさがって、甘えてなにかをいう。ひきつれて肌に密着する白ブラウスの背に、ふと見憶えがある気がした。トヨ子、……仰天して、あわてておれは目をこらした。トヨ子だった。まちがいではなかった。赧く太い首をねじまげ、困ったようににやにやするよく肥った白アロハの男、それは社長だった。いつも階下のソファに大きな尻を下ろし、しょっちゅう客といっしょに社を出たり入ったりしている社長、課長の兄の、あの社長なのだ。

「……そんなことといったって、わしだって……」聞きなれた男の声、社長の声がきこえる。咄嗟に、おれは塵芥車のかげにかくれた。

「……だってさ、ずいぶんながいことほっておくんだもん、それくらい買ってよ。今日だって、ざっと二月ぶりじゃないの？　意地わる」

戦闘的で押しつけがましい女の声。トヨ子にちがいなかった。

二人は、もつれあうように道を遠ざかった。呆然とそれをおれは眺め、おれの目のまえには、べとべとに腐りかけた植物やら動物やらの残骸が、どぎつい陽光を浴び膿みただれたような酸い悪臭を放っていた。ねっとりと重く、それがおれを包んでいた。

正面のアスファルトの道路は、ひっきりなしの自動車の往来がはげしかった。二人の姿はそこに消えた。おれの目に、するとみるみる熱いものがあふれ出して、透きとおった風景がゆがみ、滲みだした。おれは胸をふるわせて泣きはじめた。

おれはかなしかった。ただ、かなしかった。おれは、ほとんど目のまえの塵芥の山のなかに、頭から突っこみたかったのだ。

いやだ、いやだ、と赤児のようにくりかえして、おれは泣きつづけた。あわれんだのでも、さげすんだのでもない。一瞬のうちに、トヨ子の全重量がおれにかかってきていた。トヨ子という一人の人間、一人の女の、あらゆる細胞の一つ一つ、生き、うごめき、重くるしい生命の営みに耐えているその一つ一つが、びっしりとおれに摑みついて、おれは生きているその全存在の重みをかんじたのだ。べつに、彼女の愛を拒絶した自分の責任を思ったのではない。おれはつらかった。かなしかった。生きている人間のせつなさ、やりきれなさがくるしかった。耐えきれなかった。

嗚咽をけんめいに怺えながら、おれは近くの板塀によりかかり涙をながしつづけた。そう、社長だってだ、とおれは思った。近くの町に妻と三人の子供のいる家をもって、親戚じゅうで鼻つまみの、競輪狂いの弟の面倒をやさしくみてやっている彼。彼もくるしいのだ。あがかずにはいられないのだ。弟を会計課の責任位置に置くのは、かえって自分が監督しやすいためだ、とおれにいったこともあった。彼だって、必死に彼なりのバランスをとらねばならないのだ。でなければあんな小汚ない、バカな豚娘のトヨ子なんぞに手を出すわけがないのだ。おれは、なにかをトヨ子にねだられ、困惑しうるさげな表情をうかべていた彼を思い出した。ときどき妻や子供への土産に流行のあそび道具を買って帰ったりする彼。トヨ子との浮気にも、彼なりのいい分があるにきまっている。そして、トヨ子にもまたトヨ子のいい分があるにきまっている。その、それぞれのいい分というやつがたまらないのだ。ひとつもそんなものは聞きたくない。知りたくない。でも、いやでもおれはそれをかんじる。それがわかる。それがくるしいのだ。嫌悪に顔をしかめ、けんめいにおれは涙をはらった。わかるということは、それがおれのものになってしまうことだ。おれのなかに侵入し意味と重みとをもち、吐息のように暗澹とひろがってしまうことだ。それがおれには耐えきれない……おれは、たったその数瞬のあいだだけで、せっかくあの猫の眼の女を愛して得たおれの輪郭があとかたもなく消え、必死に拒否しつづけてきた他人の存在の重みとの境界を、おれがなくしてしまったのがわかった。せっかくのタガははずれていた。……ああ、ああ、とおれは呻いた。みんな、仲間なのだ。みんな、つらくてたまらないのだ。みんな必死なのだ。みんな、囚人でしかないのだ。ああ……。

おれは気づいた。汚れた縁の垂れたソフトを頭にのせた小男が、日にやけた顔でぽかんとおれをみている。男は地下足袋をはき、だらりとさげた右手に鈴をつかんでいる。塵芥車の主にちがいなかった。

おれは肱で涙の最後の粒を拭った。そのまま二三歩あるきかけて、汚臭を放つ塵芥車を振りかえった。ふと思いついて、それをいった。

「……生きているから、腐るんだね」

小男の顔には、まるで表情がなかった。かまわず、おれはつづけた。

「そうなんだな。生きてるってことは、腐りかけてるってことかもしれないんだな。なにも、生きてなかったなら、腐ってこんな匂いを出すこともないんだ」

映画館のまえまでは行ったが、なぜか入る気にはならなかった。といって、そのまま地下鉄で家にかえる気にもなれなかった。おれはアスファルトの坂道を駅のほうに歩いて行き、いつかの白手袋の女を思い出した。あの女は、もう、はっきりとこの広場にも、東京にも、日本にも、地球上のどこにもいない——はじめて知ったことのように、不意にそれを痛感した。女は死んでしまっている。女は、一つの透明な空白、一つの明るく軽快な空虚に化してしまっている。

おれはうらやましかった。正確には、その一つの完全な不在が、おれを呼んだのかもしれない。おれはちょっとセンチメンタルな気分だけを意識していた。なんとなく、おれはその不在のあとを追いかけるように国電の駅にあるいた。改札口を通って、いつかと同じように、内回り線のホームに出た。やってきた小豆色の電車に乗った。

白っぽく窓は濁り、そろそろ日の暮れだった。暑かった。退社時のためか電車は混み、車体の震動につれ人びとはそろって人形のように全身をゆらしていた。もちろん、おれもその一人だったのだが。……そのとき、おれにその考えがきたのだ。その考えが、しっかりとおれに根をおろし、確信となり芽ばえはじめたのだ。

――贋ものがいる。どこかに、きっと贋ものの人間がいる。

かならずいる。かならず、それがどこかにいる。……電撃のように、その考えがおれをとらえていた。おれたちが、共通にしょいこまされている理不尽、内部に暗くつめこまれている血と肉、心ならずも重たく充実させられてしまっているそれぞれの屈辱にみちた歴史と意味、身うごきができぬ、どうしても逃がれることのできぬ生きていることの重くるしいそんな条件、それらから免れ、それらとまるっきり無関係な人間、人間の贋ものが、かならずどこかにいる。からっぽな人間、腐ることもない無機質の人間、形骸だけの人間の贋もの、それがきっとどこかにいる。知らん顔でそんな贋ものが、きっと平然とこのおれたちのなかにまざっている。……

どうしてそのような確信がうまれたかは知らない。しかし、おれはそれを疑うことができなかった。絶対にたしかなのだ、と力みかえっておれは思った。ウソじゃない、そいつはきっといるのだ。いま、この車内にゆられている人たちのなかにいるのかもしれない。なんの感情もない形だけの人間、しぜん、あらゆる不幸やくるしみに無感覚な人間、プラスティックでできたロボットのような人間。人間としての責任の意識がない人間。まるっきり人間としての意味をもたない人間。生きていない人間。そんな、人間の贋もの。

ひどく熱心な目つきで、おれは車内の人びとを次つぎとみつめた。奇妙な怒りに似た期待に、おれは燃えていたのだ。その感情は、あるいは嫉妬というべきものだったかもしれない。とにかく「贋もの」は、あんがいそんなポーズをとっているようにも思えて、それでまずおれはすぐとなりの、新聞で顔をかくしたソフト帽の課長か部長級らしい男をまじまじと眺めた。男はうるさそうにじろりとおれを見、また新聞に目をおとした。かまわずのぞきこんで、男の読んでいるのが時代ものの連載小説なのを知り、おれはがっかりした。贋ものなら逃避することもいらないので、そんな活字の列でせめてものなにかの消費を行うこともないのだ。おれは左右に首をよじり、満員の車内でのびあがって、おなじ震動にゆれ動く人びとを片端からしげしげと観察した。目をつぶって、睡ったふりをしている男もくさかったが、そいつには酒が匂った。女たちはみんな所帯じみていたりなまなましすぎて問題にならなく、おれのさがすのは老耄や幼さではないから老人や子供は関係なく、若いやつは精力の鬱屈をかんじさせて失格した。なぜかおれは「贋もの」は、標準の背丈をした、やり手然とした中年の男性の姿をとっている気がしてならなかった。しかし、目星はつかない。おれは頭ががんがんしてきた。畜生、ここにはいねえらしいや、とおれは口のなかでいった。

おれはその電車の扉をよろめき出た。そこはいつか女のあとをつけたとき降りた駅で、これは偶然でしかなかった。もう、あの女のことは忘れていた。おれのさがしていたのは死者ではなく、生きている人間の「贋もの」でしかなかったのだ。

かならずいる。どこかにいる。くりかえし呟きながらおれは歩いていた。おれは賑やかな通りに出た。きょろきょろとすれちがう人びとの顔ばかり眺めながら、どうしてもおれはそいつをつかまえてやるつもりだった。

空はまだ明るいのに白っぽくネオンが点りはじめ、奇妙に情緒的に澱みかけてゆく黄昏のなか、巨大な河のような持続するざわめきのあいだに、繁華街はいきいきと動いていた。おれは、約一時間ちかくものあいだ、「贋もの」をもとめその街を歩きつづけた。だが、どうしてもそれをつかまえることができない。……暗く、頭上には肌いろに濁った低く醜い空がひろがり、街はネオンが次第に美しく多彩な光のカクテルをつくりはじめている。そのなかで、おれはほとんど絶望をかんじていた。ひきもきらずかがやかしい店舗の照明のまえを歩きすぎる人びと、縦横の道路から絶え間なくあふれ出、交差し、合流し、わかれて行く無数の男女たちは、みんなおなじようでいてちがった顔をしているのだ。よくみると、みんな生活がせまってくるのだ。

おれは疲れ、もう歩くのがいやになった。喉がかわき、へとへとのおれをかんじていた。だいいち、もともと人間の圧力、その集団の熱気によわいおれが、こうも熱心に群衆にひるまぬ目を注いだなど、ふだんなら考えられもしないことだ。おれは、ふらふらと一本のプラタナスの木にもたれた。人がたくさんいるところにくりゃ自然にわかるだろうと考えたのがまちがいだった、とおれは思った。畜生、どれがいったい本物の「贋もの」だか、こうぞろぞろと歩いていちゃ見当もつかない。どれがどれやら、いっこうに区別がつきゃしない……

突然、白い氷のような巨大な掌が、しっかりとおれをつかんだ。おれははねあがった。「贋もの」は、こいつら全部ではないのか？

こいつら全部が、じつは皮膚のほかなんの中味もない、「贋もの」ではないのか？

おれは走り出した。恐怖がおれの喉をつかみ、おれは声も出せなかった。おれは、そいつをさがしていたのだ、とかろうじて意識の上空でおれは思った。なのに、それがこんなにこわいのはなぜだろう。考えている暇もなかった。「贋もの」たちは、前後左右から、まるでおれを包むように押しよせてくるのだ。にぎやかに笑いあいながら、おれを殲滅しにくるのだ。おれには、昇天でもする以外に、逃げ道がなかった。

必死にかくれ場所をさがしあたりをみて、おれはてっぺんの赤いクリーム色のボックスに気づいた。公衆電話だ。さいわい、なかに人の姿はない。おれはまっしぐらにその箱のなかに走りこんだ。


「すみませんが、あなた」と、巡査はいった。

知らん顔で、おれは受話器を握っていた。答える必要はないのだ。

「べつになにを話しているか聞く権利はないんですけどねえ」と巡査はいった。「あなた、もう二時間以上もここに入っていますよ、公衆道徳の点からいってもですねえ」

おれは片手を振った。うるさい、という顔をしてみせ、「あ、トヨちゃん？」といい、受話器に向かいでたらめをしゃべりはじめた。巡査は怒ったように扉をしめた。

ぐったりとしておれは壁によりかかった。おれだって、とけんめいな目つきでおれは思った。生きるためには、いつも、ちょっぴり暴力がいること、ちょっぴり相手をダマさねばならぬことくらい、ちゃんと知っているのだ。おれはわざと不機嫌な、とりつくしまもない顔をつくって、喘ぎながらまた受話器を耳にあてた。自動車の列が、ひろい通りへとゆっくりと動いていた。

窮余に飛びこんだ公衆電話のボックスが、思いのほかいいかくれがだということはすぐわかった。まず、そのなかは人びとの渦から完全に隔離され独立した世界であり、騒音さえ厚いガラス板にさえぎられあまりきこえてはこない。第二に、三方にガラス板をはめこんだその箱はあたりの観察にしごく便利であり、しかも人びとは、そのなかにかれらをみつめている目がかくれているのに、ちょっと気がつかない。街の一つの盲点であり、自らをかくししかも観察に都合のよい、恰好の避難場所であるのだ。ことに、おれが誰の目からもまぬかれ、しかも人びとのなかに位置をしめて、おれが見る「目」だけになれているのが、ある安息に似た感情におれをさそう。その点、それはおれの理想の場所だともいえた。

……ただ、暑い。空気が動かない。蒸風呂のなかにいるみたいだ。胸もとから、首すじから蒸発して行くのがわかる汗が、せまい空間にむんむんたまってくる。二三度、眩暈がきた。また頭がずきずきと痛くなった。ときどき、おれの腹や腿を、あたらしい汗がはしった。

おれは出ないでいた。結局、出ることができなかった。恐怖が、あいかわらずおれをそのなかに釘づけにしていたのだ。恐怖――もはや、おれはそれが「贋もの」へのそれか、他人どもへのそれか、判断がつかなかった。いや、こういったほうがよかろう。おれには、もう、他人どもが「贋もの」なのかどうか、まったく区別がつかなかった。そして、ほかならぬそのことがおれの「恐怖」だったのだ、と。……ただ一つ、おれがはっきりと感じていたのはおれの孤独、おれが絶対に「他人ども」の一人ではなく、いわばおれがその圧倒的な敵軍のなかに包囲されて、完全に孤立無援の状態にいるということだけでしかなかった。

三時間がたった。おれは出ることができなかった。四時間がたった。まだ、おれは出ることができなかった。

かぎりなくながい一つの瞬間のような時間だった。おれは頭が内側からふくれあがり、波を打って額がせり出してゆくような激甚な頭痛を、ときどき板壁に頭を打ちつけることで耐えつづけた。その合間には仮眠のような茫漠とした夢の空間がひろがり、そのなかでおれはあれからの観察の成果をまとめるように、ぼんやりととりとめもないことを思った。……遠くにいるとき、他人どもは、無数の「贋もの」どもの集団に思えるのに、しかし、どうしてだろう、近くにくると、一人一人はみんな本物になってしまう……みんなが「贋もの」だなんて、ばかな、そんなことはありえないのだ。「贋もの」はたぶん、一人か二人しかいやしない。だからなかなかみつからないのだ、しかし、どこかにいる、いるにきまっている……そいつを、おれはさがしているのだ、いまも、さがしている……そいつが、一人きりでやってくるのをおれは待っているのだ、一人きりで、清潔な顔をし、無感動な足どりでこの道を通りかかるのを待っているのだ、本物との区別がつかない集団なんかではなく……まだこない、おれはお前をつかまえてやりたい、早くこい……はっきりと、本物との見分けがつく、一人きりのそいつを……ガラス窓にかじりついて、おれは頭を壁にぶつけながら、暗くなり人通りの途絶えはじめた舗道に目をこらしていた。ふと、人の気配がして、あわてて受話器をとり、耳にあてた。振りかえった。

丸いゴムの穴のあいた扉のガラス窓に、ほの白く一つの顔が浮んでいた。女だった。なんだ、と思い、おれはがっかりした。それは、あの、いつかの黒いスーツの女だった。

だめ。だめ。というようにおれは首をふった。大きな猫のような眼の女は、じっとおれをみつめつづけている。黒い四角いガラス窓に截られて、女のその姿は、額入りの肖像画のように見えた。苦笑して、おれはいった。「おれはもう、君には用はないんだ、だいいち、君は死んだんだよ？　なにをまちがえているの？　あっちへ行ってくれよ」

女は去らなかった。よけいしげしげとおれをみつめていた。仕方なく、おれは鄭重にくりかえした。

「君は、ぼくを怒りにいらしたんですか？　どうぞ、文句をいいたいんだったら、いくらでもおっしゃって下さい。でもぼくは、どなたにも文句は申しません。人間が人間を非難することがどうだとかいうんじゃない、ぼくはいくら非難されてもかまいません。どうせ、他人なんてやつは、非難にしか値しない存在なんですから。君にも、トヨ子にも、ぼくはだれにいくら非難されてもかまいません。でも、ぼくはいま、人間どうしで非難しあったりすることなんかに、まるで関心がないんですよ。そんなもの面倒くさいんです。ぼくはね、人間にはもう関心がない。つくづくいや気がさしています。だが、といってじつは、悪いけれど君みたいな死人にも用はないんで、いま、ぼくはね、生きている人間の贋ものをつかまえるのに夢中なんです。わかった？　わかったら、ね、ほっておいて下さい。失礼します。ぼくはいそがしいんですよ」

女は、ふいに叫ぶように唇をあけた。そして消えた。おれは受話器を放り出した。

激痛が頭の芯を嚙みはじめた。顔をしかめ奥歯をかみ、おれはまた壁に頭をぶつけはじめた。膝の力がぬけ、おれは明るいボックスの隅にすわりこんだ。こめかみのあたりから暖いものがながれてきて、掌で拭いてみると血だった。でもおれは頭を壁に打ちつけ、やめなかった。二三度、急激な眩暈がおれを過ぎた。

「あんた、まだいるのかい？」声は巡査だった。「おや？　怪我をしたんですか？」

頭痛に唇をゆがめたまま、おれはなにもいわなかった。

「なにをしてるんですか？　え？　いったい」

「……さがしてるんだよ」かろうじておれは答えた。

「だれをさがしてんの？」

「だれ？　だれじゃないよ、人間の贋ものをさがしているんですよ」

「……出て下さい」

「いやですよ、そんなの」必死に、おれはいった。「ここがいちばんぴったりしているんだ。そのためにはね、ここがもっとも適当な場所なんです。わからないのか？」

「身分証明書、もってますか？」

急に事務的な声になって、冷ややかに巡査はいった。まだ若い男だった。おれは定期入れをわたした。「なかを見て下さい、あやしいもんじゃありませんよ」

「出て下さい」巡査はくりかえした。

「いやだったら」頭痛をこらえながら、おれはせいいっぱいの声でどなった。「向うへ行ってくれよ。君には用はないよ。おれはここに……」おれは絶句していた。苦痛はあまりにもはげしかった。

「……おれはここを出ない」酔っぱらいたちが垣をつくりはじめたのを感じながら、おれは最後の力をふりしぼって叫んだ。「おれはここにいるんだ。ここは、おれの場所だ」

「出て下さい、さあ」

「さわるな、人間ども。あっちへ行け」

「とにかく出るんだ、君」

巡査はおれの腕をひっぱり、おれは抵抗した。打たれつづけている半鐘を頭にすっぽりとかぶせられているみたいに、あまりの頭痛のため、四角い石のならぶ舗道しかおれはみることができない。でもおれは毒づき、巡査への呪咀をどなりつづけ、力ずくで連れ出されてもそれを止めなかった。おれは、人びとの靴がこちらを向きならんでいる歩道にうつぶせにへばりついた。「かわいそうに。やっぱりきちがいなのね、この人」と、どこか遠くで女の声がいった。そのとき、おれは失神した。

おれは、いつかきっと「贋もの」をつかまえてみせる。どうしてもだ。……いま、おれはいつか、かならずおれがそれに成功できるような気がしている。かならず。

あの夜、気づくとおれは氷枕をして、見おぼえのあるおれの部屋で寝ていた。母がなにかをいい、涙で汚れた顔で喰いつくようにおれをのぞきこんだ。瞬間、おれは、醜い、と思った。いくら六十近いといっても、すこしは肌の手入れをしたらどうだろうか。

見まわすと、父や兄や、嫂の顔までが心配げにならんでいた。うんざりして顔をしかめ、おれは目をつぶった。おれは、お前たちのような「人間」なんか、もう沢山なのだ。

「どうしたんだい、いったい」と、おろおろと母がいった。

「すこし疲れたんだろ、卒倒したらしいね」

と、いやいやおれはいった。「大丈夫だよ、もう」

急に、目の上の赤茶けた電燈がまぶしく、繃帯の下で頭がずきずきと波を打ちはじめる。痛みに唇をゆがめ、おれは、しかし必死に戦術をかえなければならぬのを意識していた。「贋もの」は、おれだけの秘密なのだ。それをしゃべってはならない。しゃべったら、みんな我れがちにそいつをつかまえに行ってしまう。いいか、だれにも教えてやっちゃいけない。おれが損をしちゃう。

「ねえ、……きちがいだ、って、そうお巡りさんがいったよ。ねえ、どうしたんだい?」

母の声だ。

「あばれたのか?」と、父が声をそえる。

「ばかばかしい」おれは、唇の乾きをおぼえながら笑った。「あの巡査が、あんまり横暴だから喧嘩をしたんだ。きちがいだなんて、ほんとに、なれたらなってやりたいくらいさ」

「そうだ、人間は、そう簡単にきちがいにはなれやしねえ」

安心したように、父がいった。

「まったくだよ、きちがいなんてトクなもんだ、自分だけでいられるんだからな」とおれはいった。眠たかった。

「みてもらわなくていいのかねえ、あのお巡りさん、心配してたよ」母がいう。

「ごまかしてんだよ、きっと。こいつと喧嘩して怪我をさせたもんで」と兄。

「そうねえ、こんなひどい怪我をさせて、それできっと具合がわるいんだわ」嫂もいう。

「そうかねえ、だって……」

「バカ、お前は子供をきちがいに仕立てあげてえのか？」父がいった。「たかが若いもんの喧嘩だ。若いときはだれだってするんだ、敗けたほうが悪いんだ。昔からそういうことにきまってらあ、ほっとけほっとけ」

「おれは、悪いことはしないよ」目を閉ざしたまま、おれはいった。「……おれは正気なんだ。おれは、きちがいなんかにはならない」

おれはくどくどといいあう父母の声を聞きながら睡った。そして、その翌る日から、おれには、隠微な、しかしはっきりとした目的に貫かれた、あたらしい日々がひらけたのだ。会社を一週間休んだのは、額の裂傷がみっともなかったためにすぎなかった。

たしかに、おれは狂人なんかではない。おれは正常だ。困りはてるぐらい正常な男だ。だが、おれ自身の考えはおれのものだ。だからおれは、おれの貴重な秘密につき、だれにもなにもいわぬことを決心している。先きまわりをされたら、バカをみるのはおれだからだ。……外見上、なにひとつかわらない毎日がつづいている。課長はあいかわらずこそこそと競輪のノミ屋に通っているし、トヨ子はいかにも安物の贋の真珠のネックレスを、さも得意気にひけらかすようにいじりながら、暑くるしげにいつもおれの机のまえにすわっている。依然として、おれに秋波を送りつづけている。でも、おれにはもう、かれら人間たちは眼中にはないのだ。

どうしてもおれは「贋もの」をつかまえてやる気でいる。つかまえて、こらしめたり、軽蔑したりするのではないのだ。おれはたぶん、そいつを憎んでいるのでもない。おれはただ、つかまえてそいつをおれのものにしてやりたい。こっそりとおれ自身が、「贋もの」になりきってしまうこと、それが望みなのだ。

おれは、ただ、あの因循な、わけのわからない人間についての伝説、人間というややこしく理不尽な負担に、はっきりと訣別する覚悟をしただけなのにすぎない。「贋もの」を、おれの生甲斐としただけなのにすぎない。

夏の朝はまぶしい。おれが家から地下鉄の駅にあるくあいだ、たいていの店舗はまだ表戸を閉ざしている。きらきらとどこかのガラス窓が光を射て、家々の破風の影が濃い朝の道を、おれは油断なくあたりの人びとをそれとなく眺めながら歩いて行く。街は、もうすぐ秋のさわやかな色と光に染まるだろう。冬が来、またこのおれに春が、夏がめぐってくるのかもしれない。しかし、おれはこの緊張を、おれが「贋もの」をつかまえる日まではやめない。一瞬たりとも、ゆるめたり、忘れたりはしない。「贋もの」は、いつどこでおれの目のまえにあらわれるかわからないのだ。

生きているかぎり、どうせ生きものであることはまぬかれないとしても、でも、あの「贋もの」にさえなることができたら、おれは魚や犬や虫のように生きることができるだろう。魚や犬や虫のように、女を愛することができるだろう。……いま、だからおれは、女を愛するのは、まずおれがその「贋もの」を発見して、おれがちゃんとした「贋もの」になってからにしたいつもりでいる。おそらく、その日はそんなに遠い先きのことではない、という気もするのだ。

〔1959（昭和34）年10月「聲」初出〕

十三年

明るい昼すぎの喫茶店で、彼は友人と待ち合わせた。友人はおくれていた。客のない白い円テーブルが、いくつかつづいている。夏のその時刻は客の数もまばらで、そのせいか、がらんとした店内がよけいひろくみえる。

ふと、彼は、彼をみつめている一つの眼眸に気づいた。生温くなった珈琲にゆっくりと手をのばして、彼は、同じ窓ぎわの、五、六メートル先きのテーブルのその女をみた。

若くはない。女は、そろそろ四十歳に近い年頃に思える。上品な紺いろの明石らしい和服を着て、同じテーブルには、娘だろう、肩をむき出しにしたピンクの服の少女がいる。少女は、ソックスをはいた白い棒のような細くながい脚を、退屈げにぶらぶら動かしている。

きっと、近くの会社にいる父親——つまり女の夫でも、二人は待っているのだろう。

新聞に目をもどしかけて、だが、彼はその和服の女の眼が、べつにうろたえも、たじろぎもせず、じっと親しげに彼に向けられたままだったのにひっかかった。誰だろう。誰か知っている人だったか。二、三度視線を新聞と往復させ、ふいに彼の喉に叫びのようなものがのぼってきた。頼子だ。

女は微笑をうかべていた。正面から彼をみつめる瞳には、何のわだかまりもなかった。しばらく眸を合わせたまま、彼は、苗字をけんめいに思い出そうとしていた。でも、思い出せたのは、薄いベニヤ板に黒ペンキで書かれた、「好文社」という文字でしかなかった。それが、あの小さな貸本屋の名前だった。

まだ、いたるところに戦火の跡がみられた時代だった。中学生だった彼は、アルバイトのついでに本が読めるのをたのしみに、「好文社」の求人広告をみて入った。その店は学校の近くで、すると女主人の頼子は、ここから通ったらどう？　といった。留守番がてらに。疎開先の彼の家からは、片道二時間もかけねば学校に通うことができなかった。

ときどき、頼子は彼を食事にさそってくれたりした。戦災を免れた彼女の邸(やしき)は、店のすぐ近くにあった。彼女は未亡人のようだったが、でもその夫は戦争では左脚に傷をうけただけで無事に帰還し、いまは事業の建て直しのため大阪と東京で半々の生活を送っていて、頼子は旧華族の娘だという近所の噂だった。

バラックの貸本屋の屋根裏、二畳ほどの彼にあたえられた部屋の中に、ふいに頼子があらわれたのは、その年の秋、停電の夜半だった。目がさめると、もう頼子の姿はなかった。しかし、はじめての経験の記憶はあまりにもなまなましく、わけのわからない恐怖が彼をおそっていた。彼はその日荷物をまとめ店を出ると、二度と店には行かなかった。ただ、逃げねば、とだけ思いつづけていた。

あれから、頼子とは一度も逢っていない。次に店の前を通ったのは一年以上もたってからだったが、店は隣りの大きな古着屋の一部にかわっていた。奇妙なかなしみにみちびかれて歩み寄ったその邸も、表札がかわっていた。頼子は行方不明だった。

でも、それももう古い夢のような遠い記憶、遺棄された古い記憶の一片にすぎない。平然と挨拶をし、平然と別れる、いまはそれができる自信がある。いまさらどうということもないのだ、と彼は思った。

頼子は少女の頭ごしにまだちらちらと彼をながめ、無言の微笑をおくっている。少女は頼子の娘なのか。十歳よりは上だろう。満で十二くらいだろうか。

突然、彼は少女の裸の肩に目を吸われた。透明な、巨大な波に似たものが彼をつつみ、彼は、動くことができなかった。——満で十二。凝然と、彼は口の中でいった。あれから、まる十三年。

小さな蝶のような形をしたあざが、少女の右の肩にあった。白いポロシャツの下の、彼の右肩にも、同じ形のあざがあった。彼は立ち上った。

一目、少女の顔をみたく思った。

よろめくように、彼は頼子のテーブルへと歩いた。

「しばらくでした」

「御機嫌よう」

頼子と言葉をかわしながら、彼は目を少女に注いでいた。少女は、おびえたような、探るような大人の目で、彼と頼子とを交互に見て、もじもじと頼子のほうに椅子をずらせる。その眉と目のあたりに、彼は、あきらかに自分をみた。「……お嬢さん?」と、彼はかすれた声でいった。

「ええ」

と頼子は答えた。「ちょうど、十になるの」

十? 彼は口の中で問いかえして、もう一度、少女の肩をみつめた。

あざはなかった。

茫然とし、やがて彼は白いテーブルのそこここに、点々と小さな影が落ちているのに気づいた。さっきのあざ、小さな蝶の形のあざは、ではそんな降りそそぐ光のいたずらにすぎなかったか。明るい夏の日射しが、店のガラス板を白くかがやかせている。彼は笑い出した。頼子も笑っていた。店は客がこんできていた。

数分後、彼が友人といっしょに喫茶店を出て行くのを、女はしずかな笑顔で目送した。

「ねえ、ママ」すると、それまでおずおずと黙りつづけていた少女は、さも不服そうな声で女にいった。

「ママったら、いやだわ。私もう十二じゃない。どうしてまちがえたの？」

女は、答えずに、おだやかな微笑のまま目をまた扉に向けた。そのときガラスの扉がひらいて、デパートの包みをかかえた一人の中年の男が店に入ってきた。

「さ、パパがいらっしゃったわ」と、女はいった。

「パパ！」と、少女が叫んだ。

胸いっぱいに紙包みをかかえた男は、相好をくずしてそのテーブルに歩み寄った。男は、左脚をかるく引きずるようにしていた。


〔1960（昭和35）年2月「宝石」初出〕

ある週末

1

赤革のスーツ・ケースをさげ、髪の毛を脱色したそのまだ若い女がホテルにやってきたのは、土曜日の午後おそくだった。さし出されたカードに、女は「新関加代　20歳」と書いた。一泊。劇団員。そして、ちょっと考えてからアパートらしい東京の住所を記した。

「お一人でございますか？」

「ええ、そう」

女は敏捷に瞳をあげ、眉の太い生真面目な表情のボーイをみた。まあ、わるかないわ、と女は思った。こんりんざい迷惑をかけてやる気のしない男ってのもあるけど。

「お待ち合わせで？」

「いいえ。どうして？」

「失礼いたしました」

スーツ・ケースをもち、黒服のボーイが先に立った。中央のロビイで女は脚をとめて、ポーチの右側の大プールに、背広の男がゆっくりと曲って行くのをみた。男は一人きりで、うつむいたまま歩いていた。その向うに、ひろびろとそそりたつ海の青い壁があった。

「……いいところね」と、加代はいった。


水のない大きなプールのふちに立って、川辺祐二は、その底の乾いた灰色のコンクリートをみつめた。大きく呼吸を吐いた。

「……まだ、結婚するまえだったわね、ここに来たの」

横で、妻の敬子がいう。

「そう、三年まえだったね」

あのとき、子供の玩具らしい白い汽船がプールの底に沈み、濃緑の水にその白が滲んでいた、と川辺は思い出した。だが、いま、プールには、水も、おびただしい光も、原色の氾濫も、夏の物音もなかった。

海岸のそのホテルからは、海に向かい、松をあしらった芝生がなだらかな傾斜をみせ、その芝生の尽きるところに低い白い柵があって、それから渚へと降りて行く砂浜までのあいだに、いくつかのプールが横にならんでいる。川辺の立っているのは、西の端の、いちばん大きなプールのほとりだった。

季節はずれのからっぽのプールは、ところどころ黒っぽい水が溜っていて、そのいくつかが遠い山のつらなりの上にある冬の夕日に、灼熱した棒のように貫かれている。手ずれのした鉄の梯子の脚も水につかり、黒い水溜りは、動かない枯れた松葉を泛べていた。

「……おぼえている？　ほら、あなたが、ふいにここで私を突きおとしたこと」

透明な敬子の声音は、なんの感情もさぐることができない。

「ちょうどここ。このふちの、ここに私が立っていたときだったわ」

笑いながら、ふいに心になにかが湧き、それが奔出するように手をのばして、赤い水着の敬子をプールに突きおとしたときの記憶、あのときの、悲鳴と水音がまざりあった一瞬の敬子、その眩しく充実した、はじめて彼が敬子との繋がりを自分のなかに認めた瞬間の記憶が、きらりと閃いて川辺の胸を過ぎた。

が、いまはそれが、遠い単独な点のような、どこへもなににもつながらぬ孤立した一つの風景の記憶としか、彼には感じとれないのだ。

それぞれ、カメラをもった三四人の背広の男たちが、なにか笑いあいながらホテルのほうに歩いて行く。ひろびろとした空間に、人かげはそれだけしか見えなかった。川辺は、なぜとはなく、ひどく疲労している自分に気づいた。

「風がつよいのね。寒いわ」ささやくように敬子がいう。

川辺も、スプリングを部屋に置いてきていた。

足もとに、砂が走っている。

「ちょっと、海をみてくる」と、川辺はいった。

敬子は歩き出さなかった。「私はいや。部屋にかえるわ」

スーツの襟に手をやり、敬子がからだをくねらせて風をよける。その姿が、低くなった日の鈍い銅色の光にまみれ、一瞬、あざやかに川辺は瞳に沁みるような気がした。

「じゃ、私、部屋にかえってるわ」

川辺は振り返らずにあるいた。

平坦なコンクリートの敷地をわがもの顔にかけまわる風は冷たく、隣りのプールにある飛込台が、その中にさむざむと停っていた。飛込台は乾いていた。

今ごろ、敬子は、鍵のかかったあのスチームのある小さな部屋の中央にあらわれ、ラジオをつけ、好きな音楽でも聞きながらぼんやりと天井をみつめているのだ、と川辺は思った。ぼんやりとした目。黒瞳(くろめ)の大きな、長く反った睫にふちどられたよく光る目。……そうだ、彼女はすでに一つの目、精巧な義眼みたいな、焦点のない一つの目だ。……いくらのぞきこんでも、また、手にとり裏返してみても、もはやなにもみつけることができない一箇の目。いまは、それが敬子なのだ。

かれらが三年まえ、それぞれの友人たちと東京から約一時間半ほどのこのホテルへ一台の自動車でやってきたとき、いまそのふちに川辺がいた大プールしか、まだ使われてはいなかった。敬子は、彼の同級生の妹の友達で、逢ったのはそれが二度目だった。翌年の春、敬子が大学を出るのを待ち、二人は結婚した。

そう。あのときから、僕は敬子に負けはじめたのだ。ゆっくりと靴で砂浜を踏みしめ、川辺は思ってみる。ふいの衝動で敬子をプールへ突きおとしたあのとき、僕は、はじめて敬子が僕にとって、もはや皮膚の外側だけでの存在ではないことを確認したのだ。敬子は、すでに僕の内側に侵入していた。

僕にとり、あの瞬間を境に、敬子は「特別な他人」となった。それから彼女は僕の「家族」、アパートの一室に住む二人きりの家族の片っぽになった。僕たちは、夫婦という一つの単位になり、連繋しあっていた。それを、僕は「愛」だと信じてきた。

……わからない。

口のなかで呟き、川辺は苦笑していた。意味のない、それは疲れた嘆声でしかなかった。いったい、いまさらなにをわかりたいのだ、わかってどうなるのか。自分が他人になることができぬように、結局僕にはどうすることもできなかった。そして、僕は、どうなることもできない、そのことがわかりすぎているだけのことじゃないか。

敬子が、ふいに別れたいといい出したのは、一週間まえの夜のことだ。敬子は彼の見ていたテレビを消し、彼のまえに、膝をくっつけるようにしてすわった。

私、あなたと別れたいの。敬子は真面目だった。

ヒステリイよ、私は。一時間ほどたち、敬子は、叫ぶような声でいった。あなたはいい夫よ、やさしいし、いつも最後まで話し合おうとしてくれるし、誠実だし、よく気がつくいい夫よ。

川辺は、はじめて妻が泣くのをみた。そうよ、私たちのこと知っている人はぜんぶ、私のパパやママだって、みんなあなたの肩をもつわ。だから早く子供でもつくっときゃよかったんだ、きっと敬子はチヤホヤされすぎて、幸福すぎて、退屈しちゃってんだ、ゼイタクな文句だ、わがままだ、っていうのにきまってるわ。どっちかに恋人でもできたんじゃないかなんて、かんぐる人だってきっといるわ。でも私、このままうやむやに毎日をつづけて、ああ、もうおそすぎるわ、なんてことになりたくないの。あなたが、私のことを考えて、いいようにしようとしてくれればくれるほどたまらないの。私を、一人きりにしてほしいの。あなたはいい夫よ、ある意味では申し分のない夫、尊敬できる、まるで満点の私のパパだわ。でも、別れたいの。このままだと私、浮気をしちゃうかもわからない気がする。私は、ずるい妻になるのはいや。でも、そういう自分をごまかしちゃうのもいやなの。別れましょう。絶対に、私は後悔はしないわ。

風が、短い笛の音のように耳をかすめている。浜辺には、小さく裂くような唸り声を断続させ、いっそう鋭くあらあらしい風が遠くまで走っていた。

海は目のまえにあった。

沖に舳先を向け、ワイヤア・ロープで繋ぎとめられている一艘の漁船に寄りかかって、川辺は苦心して煙草に火を点した。青黒い海は、ゆっくりと東に滔々と流れている感じで波頭が動いていた。

海は気持ちよかった。川辺は、この近くの海岸の町に疎開していたころの彼をおもった。少年の彼は、よく浜辺に出て腰をおろし、飽かずに海をながめた。空腹と、つねに孤独な怒りに似たものが、いつも、彼をけわしい眼にしていた。

あのころ、僕は海と会話を交していた、と川辺は思う。少年の僕は、一箇の固く真摯な存在とし、海を支え、海に支えられながら海と拮抗していた。……だが、いま、僕は問いかける言葉もなく、海にただ自分の放心を眺めているのにすぎない。一本の流木、一箇の石のように、自分だけの暗い充実を海に映し、無心に風になぶられる灰いろの空白に化しているだけにすぎない。

鷗らしい鳥が一羽、汚れた白い翼を返しながら、鈍くひかる海の上を、どこまでも遠く沖へと翔んで行くのを川辺は見た。夕暮れの光が海面を染め、左右の墨絵のような松林は、靄(もや)のなかに裾を没している。視界には、一人の人間の姿もなかった。

どうしてあなたはそんなにいきいきとしていないの。いつも義務に耐えているみたいな顔をしてるの。ずるい、悪い、もっと他人を傷つけて平気な、強い、人間らしい男になれないの。そうだわ、あなたはひとつも生きていないんだわ。生きるのが、こわいのよ、きらいなんだわ。唐突に、川辺は、さっき駅からこのホテルへと歩いてきた途中での経験を思い出した。彼は、舗装された国道をあるいていた。海の側に、松林がつづき、逆の側には田畑が、製粉所の建物があった。海岸に平行した国道には、疾走する自動車の爆音が絶え間なく交替して、その爆音の切れ目だった。走ってきたトラックが彼のうしろに消え、一台の小型車が、彼を抜き正面の短い坂をのぼりかけた。ふと、その外国車のエンジンのひびきが、あたりの風景のなかに独立して、急速に遠ざかって行く虫の翅音(はおと)に似たその爆音の最後が、車体とともに坂の頂上に消えた。一瞬、すべての音がなかった。

そのとき、川辺は、ふいになにかが自分から奪われ、自分がぽっかりとむき出しにされた気がしたのだ。生き、動き、音を出すすべてのものたちから縁を切られ、彼は、それらとのあらゆる関係の外に置かれていた。ただ一人、風景のなかにほうり出されていた。足が、機械のように、その彼を運んでいた。

外界との、あの断絶感。孤立し、息ぐるしく風景の上をかすめて行く透明な翼のような時間を、ただつかまえようとだけ焦っていたあの瞬間。停止した永劫のような瞬間。——川辺に、それがまたうまれていた。

「敬子」と、彼は呼んだ。

答えはなかった。

湿った黒い砂に足をとられ、川辺は急な砂丘をのぼった。もう、なにも考えることができなかった。

砂丘から、ホテルに出る石の階段にまであるくほんの僅かなひまに、太陽は沈んでいた。松の肌や、プール・サイドに転げている小石を、丹念に贋造するみたいにふしぎに精緻に浮き出させているどこにも光源のない光は、もはや生気がなかった。彼は、大きく呼吸をした。

ロビイでは、壁ぎわのテレビの画面だけが光っていた。

薄暗い室内には、一人だけ、純白のスェーターに焦茶色のスラックスの、赤茶けた髪をした女がソファにすわっていた。女は、さも退屈したような顔で、ソファの背にかけた肱に頤をのせて、ガラス戸をあけてゆっくりと入ってくる背広の男をみつめた。ぶつぶつと男は口のなかで呟き、ちらと女をみて、そのまま青白い顔をうつむけて前を通りすぎた。

テレビでは、小さく、甲高いつくり声の男女が、早口にしゃべり、笑っている。

漫画か、と川辺は思った。足をとめなかった。

鍵をあけて、川辺は部屋に入った。電燈を点した。敬子の、身をおこす気配がする。

彼は待った。

が、敬子はなにもいわなかった。

川辺敬子が死んだのは、三日まえの午後であった。アパートの近くの路かどで、彼女は自動車にはねられ、意識をなくしたまま、一時間後に絶命した。

川辺が、銀行のいつもの机で報せをきき、病院にいそぐ途中だった。轢いた車はそのまま逃げ、翌日の新聞は、若妻が不慮の事故にあった、と書いた。川辺はその新聞を燃やした。

一週間待ってくれ、そのあいだに、どうしても別れるか、どうにかして別れないですむのか、二人でもう一度考えよう、とあの夜、彼はいった。敬子も同意していた。だが、その約束も四日目で反古になった。

車の持主をさがす気もおきない。事故か、自殺か、あるいはその両方か、たしかめることはできず、たしかめたくもなかった。たしかめることは要らなかった。敬子は、死んでしまったのだ。

敬子を、運転手を、うらむ気にもなれない。他人をうらむことができない。

病院で、目から上を繃帯で巻かれた敬子の屍体をみて、泣くことも、叫ぶこともできなかった。彼とおなじエンゲージ・リングをはめた見おぼえのある掌が、胸の上で組まれていた。片すみで女が声をあげ泣きはじめて、見ると、彼を待っていたのらしいそのアパートの隣室の細君のいるとなりの椅子の上に、青い葱の垂れた敬子の買物籠が置かれていた。籠はひしゃげ、泥で汚れていた。

2

それを、忘れているのではない。悪夢だと、虚妄だと、考えているのでもない。むしろ、いま、その光景のほかにはなにも確かなものはないのだ。それだけが確かなのだ。だが、その確かさが、いったいこの僕になんのかかわりがあるというのか。……彼女の死、その事実。それが僕に、たしかなどんな力をもち、どう、僕をかえてくれるというのか。

枕もとのラジオに手をのばして、川辺は深夜放送の音楽を切ろうとした。「あ、もうすこし」と、ふいに敬子の声がきこえた。

せまいベッドだった。手をもとにもどし、川辺は敬子がシーツの裾を蹴って、からだを反転させるのをかんじた。

「ねむれないの?」

耳もとで、敬子がいう。

「いやよ」いって、敬子が身をずらせる。川辺は、彼の手をはらって床に下りる、揃えたままの彼女のすこし細すぎる脚をながめた。

「星がいっぱい。ああ、明日はきっといいお天気だわ」

窓のそばに立って、敬子はいった。

黒い窓の向うに、松の枝らしい影が風に動いている。濃く暗いその影に掃かれながら、ちらちらと明滅する漁火らしい赤い小さな灯が、意外な高さに横に一列にならんでいる。水平線が、きっとそのあたりにあるのだろう。

川辺は、吹きさらしの夜のからっぽの大プールを目に描いた。すると、彼の網膜のなかで、どこか荒涼としたその風景は、たちまち真昼の、真夏の、青緑色の水をいっぱいにたたえたそれ、プール・サイドに喚声や、浴客やパラソルの色彩、きらめく光が群れあふれたそれになって、見たこともない芥子色の水着の敬子がそこで笑っていた。なんだ、タクアンのような色だ、と彼は思う。

敬子が首をかしげ、海岸で拾ってきたのらしい小さな巻貝を耳にあてる。彼もあてる。巻貝は冷たかった。……べつに、なにも聞こえはしない。そんなことはわかっているのだ。

あなたって、どうしていつもそう本気なの？　もっとうまく私をだまして、ごまかしてよ。

あの土曜日の晩、目を赤くした敬子はいった。

だって、君はふざけているんじゃない。

そうよ、そのとおりよ。

どうすればいいっていうんだ？　敬子。

わからないわ。

退屈なのか？

退屈っていうより、こわいの。なんだか、生きるためっていうより、私たち、死ぬために毎日を送っている気がする。私たち、ただ年をとって、ただ傷つけあうのをこわがってそればかりを恐れながら、うやむやのうちになにかをごまかして、具合よく、完全に死んでしまうのだけを目標に、いっしょに毎日それをじっと待ちつづけているだけ、っていう気がする。……生きることって、ほんとにこんなことなの？　このほかにはないの？

でも、僕は君を愛している。

うそ。あなたは私を愛してはいないわ。

愛しているよ、僕なりに。

ちがうわ。わからないの？　あなたの愛しているのはこの部屋、結局は、清潔な、他人どうしの巣としてのこの家庭よ。それだけだわ。そこでの平穏無事と、そのためのあなた流の秩序だけなんだわ。あなたの愛しているのは、人間じゃない。私という人間じゃない。いくら私のことを考えてくれてるっていっても、それは私じゃない。私というあなたの一部分なんだわ。

だって、僕たち、げんにうまく行っているじゃないか。

いいえ。いまは私たち、いっしょに腐りかけているだけ。私たちはくっついちゃっているの。まるでおたがいにおたがいを見ることができないシャム双生児みたいに。そして私たち、いっしょに、ただお爺さんとお婆さんになろうとしているだけ。ああ、ほんとにこれでいいの？

だって、ほかにどんな暮し方があるっていうんだ？　僕たちに、これ以外のどんな生き方ができるっていうんだ？

ああ。あなたは本気なのね。そうね、いつでもあなたは本気なのね。でも、本気だって、やっぱりひとつの嘘じゃないの。どうせ嘘をつくんだったら、もっと面白い嘘をついてよ。

川辺は煙草に火を点した。

「……一度、ここにくりゃよかったね、夏に」と、川辺はいった。

「そうだったかしら？　ほんとに、そう思うの？」

彼はだまっていた。敬子は、単調な声のままでいった。

「でも、私たちが、こうしてあの次の土曜日の夜、ここへ来て泊るなんて、あのときは考えてもみなかったわ」

遠い声音で、だが、敬子はまたベッドへともどっている。冷たい肩が触れる。敬子は、川辺に背を向けてしずかな呼吸をしていた。

「アパートにいたほうがよかった？」

「いいえ。そのことは、あなたの知っているとおりよ」

「どこか、ほかに行きたいところでもあったの？」

しばらく、敬子はだまっていた。「べつに、なかったわ」と彼女はいった。

風が出てきたらしい。窓枠がしきりに音を立てる。その音が長く、次第に大きくなってきている。

ラジオで、日本語の達者な外人がばからしいジョークをとばしている。また、音楽がはじまる。

「……一週間目なのね、今夜は。約束の」と敬子がいう。「やっぱり、私たち、別れることしかなかったのね」

「そうだったね」そう。やはり、それを防ぐことはできなかった。

「——そうだったのね？」念を押すように、敬子がいう。「ねえ、なにかいってよ。なんでもいい、なにかいって？　私、ねむれないのよ」

「……僕だってさ」

微笑をうかべようとし、川辺は、頰がかたくこわばりかけているのがわかった。「僕だって、ずっと、ねむれないんだ」あれから、ろくすっぽねてないんだ。……僕は、疲れている。なんにも、もう、僕には君に話すことがないんだ。僕は、たぶん、そのなんにもないということのなかで、疲れ果ててしまったんだ。……ほんとに、話すことも、考えることも、僕にはもう、なにもないんだ。

「……ああ」

嘆声のような、空虚なかるい呻き声が、やわらかく彼の耳にかかる。

「私、思い出そうとしてるの」と、敬子がいう。「でも、思い出せないのよ、どうしても、思い出せないのよ」

「あの晩、私はどんなだった？」敬子はいう。「どんな感じだった？　このホテルで、いったい、どうして私はあなたに抱かれたんだったの？　……あなたは、私にどんなことをいったの？」

あの晩、あの晩、と流れやすいフィルムを追うみたいに、川辺は思った。プール・サイドでキューバンのバンドが最後の曲を奏で、そのとき松のかげで、僕ははじめて君の唇を吸った。潮風で君の肌はしめり、べとつき、君の唇は、とても冷たかった。君はふるえていた。ふるえながら君は笑い、喘ぐような、わななくような呼吸のままで、強引ねえ、ずいぶん、といった。……なんだか、怒っているみたい、川辺さん。とも君はいった。

そうだ、あのときも僕はいったんだよ、本気だよ、と。……君はいった。私、絶対にいい奥さんになれるわ、そういう性質なの。君も怒ったような目をしていた。タオルの下で、君の髪はまだ濡れたままで、はじめ、君の肌はひどく冷えびえとしていた――

でも、過去はもういいのだ、と川辺は思う。なにひとつ、そこには信用でき、力にできるものはなくて、過去は、たしかめ、回復することができない。僕には、一人でほうり出されているこの今、この現在のほか、なにもないのだ。

「ねえ、いつまでここにいるの？」

「わからない。でも、月曜日にはやはり銀行に出なきゃまずいだろう」

「ここから、直接に行くの？」

「わからない」

「……明日、帰ったほうがいいわ」

「帰って、どこへ行くの？」

「どこでも。ここじゃないところ。ここにいても無駄だわ。それはもうわかったはずだったじゃない？　帰ったほうがいいわ、アパートへ」

「君がいない」

「ばかねえ。私をさがしにここへ来たの？」

「……僕がいない」

川辺は手をのばした。敬子が、その腕の内側を、すっと離れて行く。寝具から、そのまま脱け出て行く。かすかに汗ばんだ敬子の肌の香り、その温みが、霧のように逃れて行く。それを追って、川辺も跳で床に下りた。

「僕がいない」と、彼は叫んだ。

疲労が、ひとつの眩暈となり彼をよろめかせた。川辺はベッドへと倒れた。くらく、重い幕が崩れてきて、それが彼を包み、深淵のような闇にひきずりこむ。黒い錘り(おも)がどこまでも墜落して行く。……眠るな、と彼は思った。

反射的に、加代は椅子から立ち上った。

叫びごえがきこえた、と思う。言葉はわからなかったが、たしかに男の声、男の、けだもののような短い絶叫がきこえたのだ。

唸りとも、呻きともつかぬその声、夜のなかに単独にひびいた一瞬のその叫びは、ふいに池に投げこまれた石のように、あたりの底ぶかく不気味に停止した静寂をおしえる。

……ふと、それが加代を現実の夜につれもどした。

声は、もう聞こえてはこない。隣室は、もはや物音ひとつしない。

だが、突然のその叫びは、虚をついたようになまなましく加代の胸をつかみ、ネグリジェのしたの筋肉を固くさせた。息を吐くと、小刻みに胸がふるえ、こめかみに動悸がひびいてきた。加代は、自分が真赤な顔をしているのがわかった。

たしか隣りの部屋にいるのは、夕方みたあのへんな男、一人でぶつぶつとなにかを呟いていた青白い顔の男だ。どうしたのだろう。なんの叫びだろう。考えている自分に気づいて、ばからしい、他人のことは他人のこと、と加代は心のなかでいった。とにかく、たとえあの男がどうなろうと、私の知ったことじゃないの。

なにかが過ぎて行った。

過ぎたのは、驚愕というより、恐怖だったかもしれない。が、それは、同時にそれまでの加代のある集中、ある興奮を運び去った。

加代のなかで、急に肩の力を抜き、もう一人の加代がへたへたと床にくずれた。

「……ああ、今夜はだめ」と、加代はいった。

海の音が部屋にひびいてくる。加代は椅子にすわった。

赤革のスーツ・ケースに、まだ封の切ってない薬箱をしまうと、彼女は最後の二枚のチョコレートを出し、銀紙をむいて食べはじめた。私は、まだ佐野を愛している。とちょっと腹を立てて加代は思う。でも、絶対にやめない。絶対に、私はやめたんじゃないのよ。いまさら、のめのめと私がどこへ帰れるっていうの？　あのアパートには、私の代りに早速きっとどこかの彼女でも入れるんでしょう。わかってるわ。女は、あのバカな、グラマラスな新入りの研究生だわ。もう入れているかもしれない。そうだわ、きっとそうにちがいないわ。でも、するとあなたがた二人は、いっしょに報せをうけとることになるわ。ふん、きっと女はそら涙をながすわ。

銀紙をかたくまるめ、力いっぱいに壁にぶつけた。「……サノ。サノ」と、声に出していった。涙が頬をつたった。ふしぎね、こうしてあなたの名前を呼んでいると、私、いつでも死ねる気がする、と加代は思った。

3

食堂は場所がかわっていた。その日はじめての食事をしに、案内され川辺が食堂に入ったとき、時計の針は十二時を大きくまわっていた。われながら、よく眠ったものだと思う。ここ数日の不眠と疲れからか、夢もみないながく深い睡りだった。

それが、彼をシャワアを浴びたあとのような気分にしていた。川辺は爽快な空腹をかんじながらテーブルに向かった。

やはり季節はずれのせいか、食堂は人かげがまばらだった。それでも、アヴェックが一組と、四人づれの男ばかりのテーブル、それからこれは一人客の、昨日ロビイでみた赤茶けた煙のような髪の女が、やはり白のスェーターで食事をしている。

部屋は明るい昼の光に充ち、窓の外は上天気だったが、芝生に面したガラス板のたてる騒音がはげしい。風といっしょにあらあらしい海の鳴動が絶え間なく窓をゆすり、テーブルの一輪ざしの紅いカーネーションの花びらが慄えつづけている。ガラス板の向う、目の高さにひろがる青い屋根のような海は、一面に泡だつように白い波頭をみせ、あきらかに荒れ模様の貌をしていた。

川辺は、その風が南風で、まっすぐ海から吹きつけていることに気づいた。古い記憶では、この季節のみなみは、たしか性質のわるい時化の別名だったはずだ。

「荒れてますね」

男ばかりのテーブルでの話し声が、耳にとどいてくる。昨日、カメラをもって歩いていた連中で、こちらに背を向けた銀髪の男のほかは若く、三人は同じような紺の背広を着ていた。

「残念だな、せっかくのお天気なのに」

「なあに、ちゃんと撮れるさ、かえって面白い絵ができるかも知れない」中年の男がいう。

「とうとう他のやつは来なかったね、これじゃ僕たち経理部だけじゃないか。先生にわるいね」

「いいさ、どうせこのところは暇なんだ、もしなんだったら経理部だけのコンクールにしたらいいだろう」

「でも三人じゃね」

四人は声を合わせて笑う。中年の男は、どうやら会社のカメラ部で招んだ「先生」のように思えた。

「いや、太陽の落ちるのって速いですねえ」いかにも感嘆したように、若い一人がいう。「昨日ね、屋上でちょっといい構図をみつけましてね、それが、ちょうど山のシルエットに太陽の下が着いたときなんです。すると、ちょっと露出をみているうちに……」

「そりゃ、光は停ってってはくれないよ、部屋の中じゃないかぎりね」

一人が、さも知ったような口調でいう。

「太陽の直径は〇・五度だからね」笑いもせず、中年の男がいう。「計算してみたまえ。とにかく、太陽は、二十四時間で三百六十度回転する」

一人が計算した。

「そうか、なるほど、すると〇・五度動くのに、ちょうど二分ですね」

「そうなるかね、そんなもんだね」

太陽が回転する。二分の七百二十倍、それが一日。……川辺は思った。僕は、愛もなく、自分の誠実への信頼もなく、夢想もなく、ただ一箇の石のように、これからはそうして刻まれて行くただの物理的な時間とだけ、一生つきあって行くのかもしれない。

ためすように、川辺は目をつぶった。

しかし、敬子はあらわれない。

声もきこえてはこない。敬子は、朝からの沈黙を、ずっと守りつづけている。

川辺は目をひらいた。安堵したような吐息が、思わず唇をもれる。もはや、敬子は一つのよろこびではない。それは、一つの空虚な負担でしかないのだ。いま、川辺は、敬子の目が閉じられているその感覚、敬子からの解放が、持続することだけをねがっていた。

それは、一つの圧迫を免除された身がるさに似ていた。その身がるさには、いささか冷ややかな悲しみの味もあったが、だが川辺は、敬子がもはや彼をじっとみつめようとしないことに、奇妙な安息をおぼえていた。

僕のなかの敬子を起してはならない、と彼は思う。まるで厚い雲霧に閉ざされてしまうように、すると僕はなんの手がかりもないその敬子との応接に、ふたたび疲れきらねばならないのだ。あの幻影との絡み合いの空しい重苦しさより、ただ回転する太陽の光を浴びてだけ時をすごす石の孤独のほうが、いまはどんなに好ましい、どんなに爽やかなものかもしれないのだ。

白いスェーターの女が、ボーイにコーヒーのお代りを註文した。寝不足のような瞼の腫れた顔で、女はぼんやりと床をみつめ、慣れた手つきで煙草をふかしていた。

ふと、その視線が、事務的に皿の食事を片づけているうつむいた一人の男客の上をすぎて、女は、頰にうすく苦笑に似たものをうかべた。昨夜のあれ、たぶん寝言だったんだわ。あのひと、今日はすっかり元気そうな頰っぺたをしている。でも、なんてガツガツした食べ方だろう。まるで、三日も食べなかった人みたい。……そうだわ、佐野も昔はよくあんな食べ方をしたっけ。私のおかずまで全部食べちゃったりして。そして、私はそれがうれしかった。そうなのね、彼が私のまえで、ガツガツとものを食べてくれていたあいだはよかったのね。

ボーイが、コップに水を注いだ。

「ありがと」川辺は、顔を皿に向けたままでいった。

彼は思っていた。もう、「特別な他人」なんか要らないのだ。いつか、僕は敬子とも完全に別れられるだろう。石のように固く、つめたく自分を閉じ、傷つけあわずにはいないあらゆる人間関係、あらゆる愛を無視して、それらの煩雑と屈辱から、僕は自由になれるだろう。……とにかく、太陽は回転する。

「まるで春の日射しだなあ」

四人づれのテーブルで、また若い男がいう。

「風さえなきゃ、ちょっとひと泳ぎしてみたいくらいですね」

「ばかいえ、この部屋はスチームであったかいんだ。外に出てみろ、まだ二月ですよ」

「ぼくは昔、四月ごろ海水浴をしたことがあるがね、この近くで」楊枝を使いながら、のんびりと中年の男がいう。「凍えそうになったよ。かえって水の中のほうが暖いのは寒中水泳とおんなじだが、ちょいちょい出なきゃならん。そのたびに裸の上にスェーターをかぶって焚火にあたったりね。ばかな話だった」

「どうしてちょいちょい出てこなきゃなんないんです？　出たら寒くて、よけい風邪をひくチャンスをつくっちゃうじゃありませんか」

「ばかいっちゃいけない、君。すこし長く入ってみろ、心臓をやられちまう」

「あ、そうか」

「いくら長く泳げる自信があったってだめだよ。ま、冬の海は三十分も入ってたら危険だろうね、もう」

「お陀仏ですか？」

「そうねえ、たぶん、普通人ならねえ」

笑い声がおこり、そのとき一人客の女が立ち上って、足速に出口へと消えて行った。川辺は、女が二杯目のコーヒーに、まるで手をつけないままで去ったのを知らなかった。

満腹して、しばらくのあいだ川辺は、ガラス越しに荒れる海を眺めていた。高い空はみずみずしく晴れた色をしているのに、水平線のあたりは白く暈け、海と空の境目が見えなかった。川辺は、なかなか飽きなかった。

その日、午後の数時間を、川辺はひどく逸楽的な懶惰のなかにすごした。部屋に閉じこもり服のままベッドに寝て、荒れくるう海をみたり、くりかえし隅々まで新聞を読んだりして時を送った。なにもすることがなく、なにをしてもいい一人きりの時間、――そっくり彼だけの所有にゆだねられた、なんの仕事も習慣もない空白の時間を、彼は、ここ数年来もったことがないような気がしていた。

あいかわらず、敬子はあらわれない。

もしかすると、これはあの夜かわした一週間の約束の期限がすぎ、今日からは、はっきりと彼女と僕が「別れ」たということになったためだろうか。考え、川辺は笑った。僕たちは、おたがいに「約束」を守ることが好きだからな。

4

スーツ・ケースを閉じたとき、帰り支度は完了した。ボーイを呼び、彼は勘定をはらった。

川辺は、まっすぐに帰ればよかったのだ。

川辺が、からっぽの大プールをもう一度見に行く気を起したのは、午後四時ちかくだった。ポーチに出ると、風が無数の針のように、砂粒を彼の全身にたたきつけた。彼は、昨日とおなじところまであるいた。

やはり黒い水を地図のように底に溜めて、水のないプールは、なんの変哲もなかった。天に向かってひらいた、灰白色の、ばかばかしくひろい長方形の空虚は、底の肌にひび割れの跡もみえる。川辺はふと、テニスでもできそうだな、と思った。

川辺はそのままプール・サイドの風のなかを歩いて行き、石段から、また勾配の急な砂丘に下りた。そして、石段と海とのちょうど中間の位置あたりまであるいたとき、彼はそれを見たのだった。

昨日より、ずっと陸のほうに引き上げられている漁船のかげに、白いものがうねるように動いている。ふわりとそれが飛んだ。

はじめて、川辺はそれが脱ぎ棄てられたスェーターだとわかった。はっとして、彼の目は海の上をすべった。

のびあがり、轟音とともに崩壊して立つ海の背丈は、彼の三倍以上もあった。次々と巨大な浪を押し寄せてくる荒れた海は、沸きかえるように白い浪を蹴立てて歓呼し、怒号している。ようやく、彼はみつけた。やや東のほう、岸のちかくの咆哮しひしめきあう激浪のさなかに、一つの黒い樽が見えたり隠れたりしている。

　黒い樽は、人間の頭だった。

　川辺は砂丘を走り下りた。このあたりの海のみなみのとき、潮はつよいうねりをもち、急速に東へとながれる。黒い樽は、スェーターの残されている位置から、まだそんなに流されてはいない。いまのうちなら人命がたすかるのだ。

　恐怖にひきつった顔が海にうかんだ。すぐに消えた。髪がべったりと貼りつき、だが、それは間違いなくあの一人客の女、脱色した赤茶けた髪の、あのまだ若い女だった。

　渚の近くまできて、川辺は立ち止った。躊躇がうまれていた。

　氷のような繁吹(しぶき)が、暴風雨のように彼を濡らしていた。荒れ狂う冬の海の浜辺は、どこまでも無人の砂浜がつづいている。空は、いつのまにか白く濁っていた。

「どうして助けないの?」

　ふいに、川辺は気づいた。身近な生温い感触が、斜めうしろから彼をみつめている。敬子が、そこに来ているのだ。

「……だって、自殺かもしれない」と、彼はいった。「そうでなきゃ、今ごろ服を脱いで、こんな海に入るはずがないよ。死ぬのはそいつの自由だ。死んだほうがいいと思ったんなら、死なせてやるほうが親切だよ」

「そう。あなたってそういう人だわ」

敬子がいう。

「でも、あの顔は、後悔してる顔じゃないの？」

川辺は海の面をみた。大きく波に翻弄され、藻のような髪をかぶった真青な一つの顔がこちらをみて、ぱくぱくと唇を開閉する。女は目を吊り上げて彼をみつめ、顔はあきらかに川辺にすがっていた。

「後悔してるね」と、彼はいった。

「早くしないと、時間がないわ。だれとかが三十分くらいしかもたないっていっていたわ、冬の海は」

「たすけて！」かすかに、でも明瞭に、細い女の声がきこえた。「たす……」両手をあげ、女は波に呑まれた。

「なぜ助けないの？　あの人は、助けてっていってる」敬子が、どこかからかうような口調でいう。「こわいの？　この海が。この海はあなた、よく知っているはずじゃなくて？　それに、おかしいわね、石ころのように死んじゃうのを、むしろ望んでいるはずのあなたが、どうして死ぬことがこわいの？」

浮きつ沈みつする女の首、強いうねりに引きずられ急速に遠ざかろうとするその首をみつめたまま、彼は低くいった。

「たしかに、君のいうとおりかもしれない。でも……」

「でも……？　いったい、なにが惜しいの？」

なにも惜しくはない、もう、僕には惜しいものなんて、なにもないんだ。咄嗟に、彼はそう思った。もしかしたら、僕はそのことをはっきりとさせるために、いっさいの「特別な他人」を消し、自分を一つの「死」に化してしまうだけのために、ここに来たのだったかもしれない。

「さ、早く飛びこむのよ。……ほら、見てるわ」

「たす……」また、女が呼ぶ。

女は、だいぶ疲れてきたのらしい。もう、その目には焦点がないのだ。踊るような両手だけが、泡立つ海の面にのこる。

「さ、早く。大丈夫よ、あなたならば」うながすように、敬子がいう。

よし。と彼は思った。

靴をぬぎ、ズボンを脱ぎ、彼は波打際をはしった。倒れこむように海に泳ぎ入った。たちまち波に巻かれ、そのまま水の奥に引きこまれて行く。冬の海肌は、気が遠くなるほど冷たかった。海水の質が、硬く、重い。

敬子は消失していた。

だが、もう、川辺は夢中だった。彼はぐったりとした女にたどりつくと、二三度頬を打った。目をひらいて、どんよりとした目つきのまま、女は急に泣くような顔になって彼にかじりついた。ぜいぜいと喉を鳴らし、女は、目を据えて喘いでいる。まだ大丈夫だ。川辺は深くもぐり、むしゃぶりつく女を蹴りとばした。女は彼をはなれた。

「岸はもう近くだ、いいか、着いたら這って海から出るんだ」

彼はどなった。肩を押そうとして、彼の指がシュミーズにひっかかった。女がまた彼にしがみついた。しまった、思ったとたん川辺は水を呑んだ。鼻の奥が白く痺れ、もがきながら川辺は、女に絡みつかれたまま濁った灰白色の渦に巻きこまれた。彼は、湧きかえるような海底の石粒の動きをみた。

幾度か上になり下になって、だが川辺は海底にうずくまると、死人の指をもぎはなすように一本ずつ女の指をはなした。女は、白っぽい幻影のように海面へとのぼった。

「持つな。持つな。いいな」

喘ぐだけで、女はほとんど抵抗力をなくしていた。その肩を押し、尻を蹴って、彼は岸に殺到する波に女をのせようとくりかえした。幅ひろい小山のような波は次々と間断なくつづいて、幾度か波に呑まれ、女はもう声が出せなかった。大きな波がきた。川辺ははげしく女を平手打ちし、渾身の力で岸に押した。轟音とともに波が崩れ、その瞬間、彼はさかさまに海底に引きこまれた。したたかに水をのんで、だが、いつになっても海面がどこにあるかわからず、やっと顔を出し呼吸をしかけたとき、波がその彼を包むようにまた砕けた。すこし、呼吸をととのえねばいけない。川辺は、水の中を、必死に沖に逃げようとしてもがいた。

岸がみえた。川辺は、女が海の白い掌の追及をのがれて、肱と膝でけんめいに黒い砂の傾斜を這いのぼろうとするのを見た。二三度横転し、潮に引きもどされながらも、女は、やっと乾いた砂のところに出た。そして倒れた。

助けた、と彼は思った。

耳をつんざくような轟音をひびかせ、激浪が、さらに大きく、強く、次々と重なりあうようにして襲いかかりはじめたのはその直後だった。川辺は、岸に着くことができなかった。まるで袋叩きにするみたいに、海は次々と彼に襲いかかる。川辺は疲れてきた。波にもまれ、たたきつけられてはまた引き戻され、また押しつぶされ、呼吸つくひまもなく渦の底に巻きこまれる。いつまでたっても海はその勢いを弛めず、前後左右からの硬く分厚い海の壁が、しつっこく川辺を埋めるように倒れてくる。動作が、めだって鈍く、重くなったのがわかった。もう、目もみえない。脚が痺れてきた。喘ぎながら、川辺は、ことによると僕はこのまま死ぬのかもしれない、と思った。

風が痛い。冬の海に凍えはじめたのか、指がきかないのだ。腕も脚も棒のようで、殺到する波をうまく避けることができない。どこへも、逃げることができない。

長い時間がたち、白っぽい泡の靄がかかる茫漠とした視界に、突然、海岸に立ちじっとみつめている灰色のコートを着た敬子の姿がうつった。川辺は呼吸をのんだ。敬子の、思ってもみなかった顔がそこにあった。

それは、一人の他人の顔、他人の死を冷酷に見とどけようとしている、見も知らぬ一人の他人の顔でしかなかった。無表情に、冷たい眼眸で敬子は彼をみていた。

「……畜生」川辺は唸った。

石像のように、彼女はただ彼をみつめていた。

かたく冷たい敬子の自分への敵意、いや、かくされたその悪意を、川辺は全身に感じていた。一人の他人としての敬子、一箇の敵としての敬子を、敬子の正体を、はじめて彼は見たのだと思った。

「……畜生、畜生」と、何故かはげしい怒りに燃え、川辺はくりかえした。

そうか。君は僕を殺すつもりだったんだな。死んで行く僕を、そうして冷然と見とどけるのがのぞみだったんだな。敬子。その冷酷な目が、君の本心だったんだな。

死ぬもんか。そう都合よく、君の希望どおりになんかなってたまるもんか。負けるもんか。全身で挑む気持ちが湧きあがって、喉からあふれ出るほどの塩水を呑み喘ぎながら、彼は荒れ狂う波をくぐり岸にたどりつこうと必死だった。負けるもんか。負けてたまるもんか。

海は手ごわかった。長い、狂ったような時間で、でも川辺は、生きたいという気持ちではなかった。そんなことは忘れていた。ただ、敬子に勝つことだけがあった。尽きようとする力を幾度もふりしぼらせ、亀裂のような疼痛が鋭く胸にはしるのさえ黙殺させ、夢中で乱暴な波浪との闘いに川辺を駆りたてていた気魄は、ほとんど、敬子への怒りであり、敵意であり、全身での敬子への憎悪だった。川辺には、敵は海ではなく、敵は敬子だった。……

川辺は、自分がいま、どこか遠くへ運び去られようとしている、と思った。そのとき、急激な深い睡りに似た瞬間が彼をうずめ、きらめくような光が走りすぎて、彼は灼けた白い砂の上、あかるく照りつける太陽の真下に倒れていた。助かったのだ、と彼は思った。が、どうしても立ち上ることができない。どうしても、全身に力を入れることができない。

「……祐二さん」

耳のそばで、熱い息が呼んだ。敬子だった。敬子の呼吸ははずんでいた。「それでいいの。それでいいの」

そのコートが、裸の彼を包む。「それでいいの」くりかえす彼女の声、やわらかなその匂いが頬にかかる。

「いま、私がなにを見たと思って？　私は、あんなあなたを知らなかったわ、私はあなたに、はじめて、一人の完全な他人だけをみてたの。……素晴しかったわ」

敬子はしゃべっていた。

「いま、あなたははっきりと私の外にいたわ。私のほしかったのは、そういうあなただったの。だらしなく私に負けていたり、私のことを気にしてたり、私にすがりついてこない、私の外で一人っきりで生きている颯爽としたあなただったの」

「僕は、君に敵をみていたんだ」

「そうよ、私たちは一対一の敵どうしなのよ。人間には、それ以外にほんとの愛の関係なんかなかったんだわ。私たちは仲良しの敵なの。ああ、私たち、これでほんとに愛しあうことができるんだわ」

「……敬子」

と、彼はいった。

川辺は顔を上げた。倒れかかる敬子のからだをつよく抱くと、いきいきとした目をかがやかせて、敬子は彼の顔のすぐまえで笑っていた。鼻の奥に鋭く海の匂いが侵入して、だが、それは敬子の匂いなのかもしれなかった。

漁師の子供から報せをきき、ホテルの男たちが駈けつけてきたとき、加代は純白のスェーターで胸をかくし、漁船のかげにうずくまったまま慄えていた。

「大丈夫ですか?」先頭の、肩からカメラを下げた若い男がいう。

加代は泣きはじめた。

「あなたを助けたっていう、その男はどこにいるんですか?」

海は、あいかわらず天に向かい、絶え間ない白い咆哮をつづけている。あらあらしく崩れ散る海の面には、どこにもそれらしい人かげは見えなかった。

「さっき、沈んだまま、出てらっしゃらないんです」

歯と歯のあたる音をひびかせ、加代がいった。

一瞬、人びとはだまった。

「もう、どれくらいになります？」一人がいう。

「私が入ったのが、四時だったんです」

「じゃあ、もう一時間になる」

「沈んだのは？　その人が」

「よくわからないけど、十分くらいまえです」

「とにかくこの人をつれて行きたまえ、肺炎になっちまうぞ」

中年の男がいった。ボーイが、あわてて走り寄った。彼はタオルを持参していた。

一人が、カメラの音をさせた。

どんよりと濁る厚い雲をそこだけ輝かせて、太陽は、西の山のつらなりに触れようとしている。ボーイに支えられ、漁船の縁に手をかけて加代はやっと立ち上った。意味もなく、涙があふれてきてやまなかった。だが、加代は佐野のことを考えていたのではなかった。

そこは、ちょうど昨日、川辺が海を眺めながら立っていたあたりで、川辺がふとホテルへの道での経験を思いおこし、孤絶感にとらえられた時刻だった。

おなじ時間の消失した感覚、他人とのあらゆる連繋を断たれたような感覚が、加代にうまれていた。しかし、あのときの川辺とちがい、加代には、それは新しい一つの力でしかなかった。

加代は、まるで一枚の衣裳を脱いだように、自分から「サノ」が消失しているのをかんじていた。彼を愛していた自分は、脱ぎすてられ、地べたにだらしなく崩れた古い一枚の衣裳だった。佐野なんかもうどうでもいい、と加代は思った。もう、私はだれにもよりかかって生きようとは考えない。泣きじゃくり、だが眉の太いボーイに肩を抱えられて、それでも膝に力がなく幾度も倒れかかりながら、加代はホテルへの砂丘をのぼった。

〔1960（昭和35）年3月「新潮」初出〕

お守り

——君、ダイナマイトは要らないかね？

突然、友人の関口が僕にいった。四、五年ぶりでひょっこり銀座で逢い、小料理屋の二階に上りこんで飲んでいる途中だった。

関口とは、高校までがいっしょだった。いま、彼は建築会社につとめている。だからダイナマイトを入手するのもさほど難しくはないだろうが、いかに昔から変わり者だった彼にしても、その発言はちょっと突飛だった。

——べつに。もらっても使いみちがないよ、ぼくには。

と、僕はいった。

——いま、ここにもってるんだけどな。

関口はいった。

もちろん、冗談にきまっている。僕は笑って彼の杯に酒をついだ。

──よせよ、おどかすのは。だいいち、すぐ爆発しちゃうんだろ? あぶないじゃないか。そんなものを、なぜもって歩かなくちゃならないんだい。

すると、関口はしゃべりはじめたのだ。


──いま、ぼくは妻と二人で団地アパートに住んでいる。一昨年の夏に申し込んで、待ちきれなくなって去年の春に結婚して、その秋になってやっと当選したんだから、まったく、そのときは天にものぼる気持ちだった。

まだ土になじまない芝生も、植えたばかりらしいひょろ長い桜も、みんなかえっていかにも新鮮で、やっと新婚らしい気分を味わえたような気がした。……とにかく、それまでは親父の家、それも大家族の、純日本式の家の六畳一間に住んでいたんだもの、すべての他人の目や物音から遮断された、鍵のかかる部屋、それをぼくたちはどんなに望んでいたことだろう。その点では、たしかに思いを達したわけなんだよ。

しかし、念願の新しい団地アパートの一室に住みついて半年、ぼくは、なぜか奇妙ないらだたしさ、不安、まるで自分自身というやつが行方不明になったような、あてのない恐慌みたいなものを感じはじめているんだ。……べつに、だれのせいでもない。一種のノイローゼなのかもしれない。だから、あの男にも特別な罪はないのかもしれない。が、とにかく黒瀬というその男が、ぼくのこんな状態の直接のきっかけをつくった、これはたしかなんだ。

宴会でおそくなった夜だった。もうバスがなくて、ぼくは団地の入口までタクシイでかえった。ぶらぶらと夜風にあたりながらぼくの棟まで歩いて行き、すこし酔いをさますつもりだった。

そのとき、ぼくはぼくの前に、一人の男が歩いているのに気づいた。ぼくはびっくりした。まるで、ぼくの後姿をみるように、ぼくとそっくりの男なんだ。同じようなソフトをかぶり、左手に折詰めをぶら下げ、ふらふらと酔った足どりで歩いている。霧の深い夜で、ぼくは自分の影をみているのかと思ったくらいだ。

だが、そいつは影じゃなかった。ひょろひょろとぼくの前を歩いて行く。へえ、なんだかおれによく似たやつだな、そんな気持ちでついて行くと、なんとそいつはぼくと同じE棟に住んでいるらしいんだね。E棟の、いつもぼくが上るのと同じ階段を上って行く。

いくら団地だ、アパートだっていっても、同じ階段を上り下りする連中の顔ぐらいはいやでも憶えちゃうさ。だがぼくは、そんな男はしらない。ふしぎに思ったんだが、でも、その男はいかにも通いなれた階段だ、というふうに上って行き、三階の右側のとっつきの扉をたたいた。

思わずぼくは足をとめた。その扉は、ぼくの部屋の扉なんだ。だが、ぼくはもっとびっくりしなければならなかった。扉があき、そいつはいかにも疲れて帰宅した夫、という姿でその中に吸いこまれてしまったんだ。

一瞬、ぼくはそれが妻の愛人ではないのかと思った。当然だろう。それでぼくは現場をとっつかまえるつもりで、そっと跫音をしのばせて階段を上った。ぼくの部屋のまえに立って、扉に耳をつけた。

そのときの奇妙な感覚……そいつを、どうしたら君にわかってもらえるだろう。ぼくはまちがえていたんだ。そいつは妻の彼氏なんかじゃなかった。そいつは、つまり、ぼくだったんだよ。

安心しろ。べつにぼくは気が狂っているんじゃない。でも、そのときはぼくは自分の気が狂ったんだと思った。……部屋の中では、妻が二郎さん、二郎さんといつものようにぼくの名前を呼び、その日やってきたぼくの妹の話をし、笑っているし、なんと、うめくような疲れたときのぼくの声が、ちゃんとそれに相槌を入れているんだ。どうやら、妻はいつものように台所でかるい夜食の仕度をし、「ぼく」は新聞をひっくりかえしているのらしい。……ぼくは呆然としていた。とにかく、現実にもう一人の「ぼく」がいるのだ。するとここに立っている間抜け面の男、この「ぼく」はいったい誰なんだろう。どっちが本当の「ぼく」なんだろう。この「ぼく」は、いったいどこにかえればいいんだろう。……

酔いなんかさめていたつもりだったが、いま思うと、やはり酔いがつづいていたのかもしれない。そのときのぼくには、このぼくが本当の「ぼく」だという自信がどこかへ行っていたんだ。部屋の中の男が、にせものの「ぼく」であり、何かのまちがいだ、という確信がてんでなかった。ぼくが、扉をあけたのは、ただ単にこの「ぼく」が、どこに行けばいいかわからなかったからだ。

——だあれ？

と妻がいったが、だからぼくとしては、とっさになんていったらいいか見当がつかなかった。で、ごく遠慮がちに、——……ぼく。とぼくはいった。

それからは見ものだったよ。とんで出てきた妻は悲鳴をあげ、腰をぬかしながら奥の男をみてまた叫ぶと、この「ぼく」にかじりついた。唇をぱくぱくさせ、それから泣きはじめた。そして、奥から血相をかえたもう一人の「ぼく」が顔を出した。

そいつが、黒瀬次郎という男だった。それ以来、ぼくはやつの顔と名前を憶えたんだ。

関口は、考えこむような顔をつくった。銚子をとり、自分で杯をみたした。

——もう一人の「ぼく」か。とんだドッペルゲンゲルだな。

僕は笑った。ちらとその僕を上目づかいに見て、でも関口は僕の言葉にはとりあわなかった。にこりともせず、彼は話しつづけた。

——ぼくはE—305号室だが、彼がD—305号室だったことは、黒瀬が平あやまりにあやまり、名刺を出したときにわかった。つまり彼は一棟まちがえてぼくの部屋に上りこんでしまったんだ。ぼくの妹は邦子という。ところが土木技師だというその黒瀬にも、クニ子という従姉妹がいるんだそうだ。ぼくが二郎で彼が次郎。やはり妻と二人きりで暮している。まったく偶然とはいいながら、よくも条件が似てたものさ。

——そういやあ、なんだか今日はいやに娘っぽくなってやがるな、って思いましたよ。なにしろうちのは、もう四年目ですからねえ。

帰りしなに、お世辞のように黒瀬はそういったが、ぼくはうれしがる気にもなれなかった。ぼくが扉をあけるまで、妻もその男も、おたがいにまちがいに気がつかなかったということ、それがおもく胸につかえていた。

——だって、ドアをあけて私、そのまま台所に行っちゃってたんですもの。あの人はいつものあなたと同じようにすぐひっくりかえって夕刊を読んでいたし、私、あなた以外の人だなんて、ぜんぜん考えもしなかったわ。

ぼくが叱ると、妻はさもこわそうに部屋じゅうを見まわしながらいうのだ。

——きっと、部屋だけじゃなく、私たちとそっくりな夫婦なのね。あの人も、すっかり私を奥さんとまちがえていたんでしょう？　いやねえ、なんだかこわいわ。

ぼくは、よほどいおうかと思ったがだまった。ただの人間や、部屋のとりちがえならなんでもない。よくある話だ。だが、ぼくにとり不愉快なのは、ぼくたちの生活を、黒瀬に自分たちの生活とまちがえられたことだ。

愛しているぼくの妻に、黒瀬とぼくをまちがえられたことだ。……ぼくたち、団地の夫たちの帰宅というやつは、そんなに似たりよったりのものでしかないのか？

団地アパートだもの、みんなが同一の規格の部屋に住んでいるのはわかっている。が、ぼくは思ったんだ。知らぬうちに、ぼくらは生活まで規格化されているんじゃないだろうか、と。君は、団地の生活というのを知ってる? たしかにおそろしく画一的なものさ。団地の人びとは、入る資格、必要からいっても生活はだいたい同じ程度だし、年齢層もほぼ一定している。だが、そういう、いわば外括的なことではなく、もっと芯のほうにまで画一化が及んでくる、ぼくはそういう気がしてきたんだ。

たとえば、たまたま妻と喧嘩をしたりするね。すると、どこからか同じような夫婦の口論が、風にのってはっきりと窓から聞こえてきたりする。なんだかばからしくなって喧嘩は中止さ。そういう効果はあるが、ここに住んでいる人びとは、だいたい月の何日の何時ごろに喧嘩をする、自分たちもその例外ではない、ということがわかると、へんないいかただが、喧嘩の神聖さは消えてしまう。これは、周期的にかならず人びとをおとずれるヒステリーの発動というやつにすぎないんだ。そう思ってみろ。味気ない話だ。

便所へ行く。すると、真上の部屋の同じ場所でもコックを引き、水をながす音が聞えてくる。そんな重なり合いが、何日もつづいたりする。……それまでたいして気にもとめなかったそれらの一致が、ぼくにはへんに気になりはじめたんだ。

ぼくは同一の環境、同一の日常の順序が、同一の生理、同一の感情にぼくらをみちびいて行くのではないか、と考えはじめたんだ。でも、それだったら、ぼくたちはまるでデパートの玩具売場にならんだ無数の玩具の兵隊と同じじゃないか。無数の、規格品の操り人形といっしょだ。自分だけのもの、他のだれでもない、本当の自分だけの持ちもの、自分だけの領分、それはどこにあるのか。みんな似たりよったりの人間たちの集団の中で、ぼくは板の間にあけられた小豆粒のうちの、その一粒のように、いまに自分でも自分を見わけられなくなってしまうのではないのか?

さらに拍車をかけたのが妻の言葉だった。ある夜、愛撫のあと、妻がいった。

――おかしいのよ。私が行くでしょ? するとね、いつも、上からも下からも、きまってお手洗いの音がするのよ。みんな同じなのね。

とたんにぼくは妻のからだから手をはなした。ぼくは想像したのだ。ぼくら団地の夫たちが、無言の号令を聞いたように、夜、いっせいに同じ姿勢をとり、同じ運動をはじめるのを……。以来、ぼくはそのことにも気のりうすになった。ぼくは、妻のもらす声を聞くたび、全団地の細君たちがおそらく同時にもらしているだろう呻き声の大合唱を、闇のなかに聞くような気がしてくる。無意識のうちに、ぼくは顔をしかめている。ああ、なんという画一性!

結局、ぼくらはそれが自分だけのものだと信じながら、じつは一人一人、規格品の人間として、規格品の日常に、規格品の反応を示しているだけのことではないのか? それが自分だけのものだと錯覚して、じつは一人一人、目にみえぬ規律に統一され、あやつられて毎日をすごしているのではないのか?

ぼくは耐えられない。ぼくは人形なんかじゃない！　あやつり人形ではない！　いったい、自分が自分以外のだれでもないという確信ももてずに、どうして自分の生活を大切にすることができる？　妻を愛することができる？　妻から愛されていると、信じることができる？

笑いかけて、僕はやめた。関口の生真面目な目が僕をみつめていた。

やっと、関口は頬にうす笑いをうかべた。

そういえば、関口は昔から笑いが高価な男だった。

——大まじめな話だ。

と、関口はいった。

——黒瀬という男は、つまりぼくにとって、団地の無数の夫たち、玩具の兵隊たち、ぼくに似た同じような無数のサラリーマンたちの代表者みたいなものだったんだな。無数のもう一人の「ぼく」、その代表のようなものだったよ。

たぶん、御想像のとおりだと思うが、あの霧の夜いらい、ぼくはやつとは口もききたくなかった。似すぎているのが不愉快でね、いつも鞄を胸に抱いて、やつのほうでもぼくの目を避けているみたいだった。こそこそと逃げるように歩いていた。むろん、一言の挨拶さえ、ぼくたちはしなかったよ。

きっと、ぼくはやつを通して、玩具の兵隊の一つ一つでしかないぼくたち、すべてを規格化されてしまっているぼくら全部を憎んでいたんだ。無数の「ぼく」という一つの規格品を拒絶しようとしていたんだ。


ぼくはやつを憎んだ。ぼくはやつではない。ぼくは、「ぼくによく似たサラリーマン」の一人ではない。無数の「ぼく」ではない。ぼくはぼくであって、だんじて彼ではない。……しかし、どこがちがう？　どこにちがうというはっきりした証拠がある？

ぼくは任意の一点なんかではない、ぼくはぼくという、関口二郎という特定の人間、絶対に誰をつれてきても代用できない一人の人間なのだ、くりかえし、ぼくはそう思った。

しかし、ぼくを彼らから区別するどんな根拠がある？　ちがうのは名前だけじゃないのか？名前なんて、いわば符牒だ。それ以外に、ぼくが彼ら、この団地の任意の何某ではないというどんな証拠がある？

ぼくは、そいつをつくらねばならなかった。そいつはぼくの「必要」だった。自分の独自性、個性を、……つまりこの団地の、無数の黒瀬次郎たちと自分とをはっきりと区別する何かを、ぼくはどうしても手に入れねばならない、と思ったのだ。

他の誰でもない自分をしっかりとつかまえておくこと、いいかえれば、それはぼく自身を、ぼくの心の安定をとりもどすことだったかもしれない。

そうして十日ほど前、ぼくはやっとあるお守りを手に入れることができた。もちろん、このことは妻にはないしょだ。これは、あくまでもぼく一箇の問題なんだからな。

……そのお守りが、これさ。


関口は、うしろに置いてあった分厚い革鞄を引き寄せると、中から油紙に包み、厳重に細紐でからげた片手握りほどの太さのものを出した。

――ダイナマイト。本物だぜ。

器用に指がその紐をほどいて、僕は本物のダイナマイトをはじめてみた。二十センチほどの鋼鉄の円筒が四本、針金でぎっちりと結えられてあった。手に受けると、ずしりとした重みがくる。

――これがお守りさ。

と、関口はいった。

――みんな、なんとかかんとかいっても、規格品の生活の外に出ることができまい。でもおれは、いざという気になりゃ、いつでもこんな自分もお前たちも、吹きとばしてやることができる……こっそり自分がそんな秘密の力を握っていること、考えあぐねた末、それがやっとみつけたぼくの支えだったわけさ。つまり、これがぼくの特殊性さ。

――へえ。

返すと、関口はまるで愛撫するような目つきで、その黒く底光りのする細い円筒をみつめた。

――……要らねえな、ぼくは。

と、僕はいった。

――そうか。残念だな。ぼくももう要らない。べつのお守りをさがさなくちゃなんないんだ。

――そうだよ、たとえいまの話がまじめなものとしたってだね、こんな危険なもの……

いいかける僕を、関口は手で制した。

――誤解しちゃいけない。まったく、君は幸福なやつだな。

関口は笑った。

――ぼくがもういらないっていうのは、これがもう、たぶんぼくの独自性だとはいえなくなっちゃったからさ。

ちょっと言葉を切り、関口はつづけた。

――君、今日の夕方のラジオ、聞かなかった？

――聞かない。

僕は答えた。関口は、すると苦笑のような笑いを頬にひろげた。

――今日の夕方ね、あるバスの中で、突然ダイナマイトが爆発した。乗客の三人が即死した。あとは重傷か火傷ていどで助かったらしいが……現場は、ぼくの団地のすぐ近くだ。

——それが、どうしたんだ？

僕は、急速に酔いがさめて行くのがわかった。

油紙の包みをゆっくり鞄にしまいながら、関口は僕の目を見ずにいった。

——そういやあ、たしかに、いつもやつもさも大切そうに鞄を抱えこんで歩いてたよ。そしてぼくを避けてた。きっとやつのほうでもぼくを憎んでたんだろうな。やつもまた、お守りが要ったんだよ。

——なんの話だ？

と、僕はいった。

関口は、ごろりと畳に横になって、どこか嘆息するような声でいった。

——いやね、ラジオでいってたんだが、そのダイナマイトは、しらべたら、即死した一人、黒瀬次郎というある土木技師の鞄に入れられてあったものだったというんだ。

〔1960（昭和35）年4月3日「北海道新聞」初出〕

ロンリー・マン

私は汗を拭いた。いくら拭いても汗がながれてくる。部屋はひどくむし暑かった。

電灯がぼんやりと意識の隅で光っていた。

私は放心にちかい状態にいたのだったかもしれない。脚だけが小止みなく動いていた。目は絨毯だけをみつめ、だが、私はそこに何の考えも眺めていたのではなかった。……私は、せまい部屋の中を、さっきから歩きつづけていたのだ。

せまいとはいっても、ここは私の城だ。ポケットの上から部屋の鍵をたたいて、なんとなく私は心が落着くような気がした。

扉と窓さえちゃんと閉めておけば、厚い壁にさえぎられて、このアパートは隣りの物音ひとつ、声ひとつとどいてはこない。

だから、私はこの部屋はとても気に入っているのだ。うるさいところでは、仕事なんかできない。仕事をするのに、そうぞうしさは禁物だ。そいつだけは、どうしたっておれは許すことができない……

急に、私は自分がひどく疲れているのに気づいた。喉がかわいていた。

妻はベッドにいた。私は台所に行き、水を飲んだ。それから、机の抽出しをあけ、チョコレートを出してかじった。ベッドに腰をかけた。

――そうだ、君だけがおれの友だちだ。銀紙のめくれたチョコレートの板をみつめて、私はいった。ふと、自分のその声が、私を現実につれもどした。

――いけねえ！　私は舌を出した。忘れていた。どうしてそいつを忘れていたんだろう。いや、忘れることができていたんだろう。

手帖をみるまでもなかった。O氏がこのアパートにやってくるのは、明日の午前十時だった。O氏の、眼鏡の下でよく光る意地のわるそうな目がうかんでくる。私は、どうしても、それまでにそいつを片づけてしまわねばならないのだ。……ああ。

時間は今夜だけしかない。でも焦ってはならないのだ。よし、まず考えよう。

習慣どおり、私はベッドに仰向けに横になった。サイドテーブルに四枚のチョコレートと灰皿とを置く。アイデアはいつもこうして思いつくので、近ごろでは、こういう姿勢にならないと考えがまとめられない。

妻のからだが邪魔になった。が、私は我慢して天井を穴のあくほどみつめた。チョコレートと煙草を、交互に口にはこぶ。

要するに、問題は屍体の処理方法だ、と私は思った。もう、殺すところまでは行ってしまっている。屍体には、あきらかに他殺のやりかたで、紐が首に巻きつけてあるのだ。こいつは、ここまでは何のトリックもない。いわゆる、「発作的兇行」というやつ。

そう、つまり「発作的兇行」のあと、いかにして屍体を湮滅してしまうか――それにこの場合は焦点がしぼられているのだ。屍体を湮滅するすばらしいアイデア、それさえ考えればO・Kなんじゃないか。

そういえば、いつかのデモ事件の犠牲者は、あきらかに他殺だったな、と私は考えた、扼殺とも圧死ともとれる屍体。

でもあんな群衆のどまんなかで、だれ一人、殺したやつには気がつかなかったというのだ。そんなら、ひとつあの屍体を、デモの中にほうりこんできたらどうだろうか？

――畜生、いまはデモは休みだ。

私は舌打ちした。年がら年じゅう流血デモがありゃいいのに。チェッ。

二、三時間がたち、次第に私は熱中してきていた。まちがえていっしょに口に入れた銀紙をほじり出して、私はポーの故智に倣い、どこかの大学の屍体置場にほうりこむか、災害地に捨ててくるのも一案だ、と思った。でもこいつはそれまでが大変だ。ちょっとでも怪しまれたらアウトだ。

マンホールに落しこむのは？　カービン銃事件の犯人は、この手であやうく完全犯罪を成功させるところだった。しかし、この手も屍体を運搬しなければならない。

では、屍体を煮ちゃうのはどうだろうか。

私は、だんだんと、チョコレートと煙草の効目が出てきたのを感じとった。煮るか茹でるというのはいい。なまのままのバラバラより、もっと気がきいてる。いつか、まちがえてお風呂で煮られちゃった杉並の旦那さんは、表面に厚い脂の層をつくり、ちょっとつつくと肉ははなれて溶けちゃいそうだったという。

そうだ、そうして溶けた部分を風呂場からながし、骨は根気よく叩いて粉にしちゃう。……うん、こいつはいい、だいいち新しい。これなら一人の人間の喪失、つまり「失踪」は完全だ。たとえ壁だの土だのを掘りかえされても、身許不明の屍体がみつかっても、ひやひやしないですむ。ふらりと家を出たという想定で、ついでにそんな着衣と特物を始末しとけばいい。よし、こいつはいい。これで行こう！

むっくりと、ベッドの上に起き上って、私は有頂天で妻の肩をたたいた。

——おい、できたぜ！　声ははずんでいた。これもアイデアを獲得したときの私のいつもの癖の一つだ。

が、壁の方を向いたまま、妻は答えない。何の反応も示さないのだ。

……突然、私は思い出した。おしゃべりな彼女の唇は、もう、二度とひらかないのだ。数時間まえ、私がありったけの力をこめて締めた彼女の首を巻いた紐が、死んだ蛇のように、そのままの形でベッドの上にうねっていた。

なんとなく、私は最後のチョコレートを口にほうりこんだ。

部屋のむし暑さがかえってきた。


〔1960（昭和35）年10月「宝石」初出〕

箱の中のあなた

「あの、失礼ですが」

なめらかな都会ふうの男の声がいった。彼女は、臆病と疑惑とがいっしょになったようなぎごちない様子で、立ち止った。

丘の上は、すばらしい夕焼けで赤く染っていた。馬の背のような地面に、まばらな木が、細長い影をつくっている。

「いい景色ですねえ、ほんとに。これ、なんの木です?」

なれなれしく、この地方にだけ生えている緑いろの炎のような形の樹をさして、男は訊く。男は、首からカメラを吊していた。

態度といい、口調といい、男はわざわざ東京あたりからやってきた観光客の一人にちがいなかった。……この地方は、初夏から観光シーズンにはいって、駅前には歓迎の大きなアーチが立つ。今年も、もう十日あまり、彼女は毎日それを見てきていた。

「すみませんが」と、男はいった。「ここで、写真を一枚とってくれませんか」

棒のように直立したまま、だが彼女は、その男の首から上、やさしい声の流れだす唇さえ、ろくに見ることができなかった。彼女は、男の顔を、いままで一度だって、まっすぐに見られたことがなかった。

その内気さ、臆病さが、結局のところ、三十歳を過ぎた今日まで、彼女に一人暮しをさせていたのかもしれない。首すじのあたりまで真赤にして、極度の緊張に、彼女は呼吸がつまるような気がしていた。

男は、明るい声でいった。

「じつはね、記念に、この風景をバックに、ぼくを入れて一枚うつしてもらいたいんです。なに、セットはぼくがしますし、シャッターさえ押して下さればいいんですから。……お願いします」

彼女は、こわばった顔でちょっと道をふりかえった。誰も通らなかった。

「すみませんが」

男はやさしい声でくりかえした。

彼女は手をのばした。

おそるおそるカメラを手に受けると、ぎくしゃくと胸に抱えこんで、彼女はけんめいにその少しぼやけた男の映像を、小さな箱の中の暗いガラス板の上にとらえるのに熱中した。

やっと焦点があった。彼女は、大きく呼吸を吐いた。

美しい、小さな世界だった。血のような夕陽に染りながらぽつんと一人の男が立ち、にこやかなポーズで笑っていた。旅行者は茜色の光にくっきり映え、その光は、ちょっとぐずぐずしていれば跡形なく消えてしまいそうに思えた。

まっすぐな鼻、狡猾で酷薄げな女のように薄い唇、ひきしまった精悍な腰つき。……のしかかるような動物の圧力、圧倒的な恐怖そのものだったそれまでの「男性」は、どこかに消え、黒いガラス板の上に縮小され、定着された男は、いまは輪郭の明瞭な、小さな愛らしい一箇の人形となって、はじめて彼女は彼を所有することができていたのだった。うっとりと、彼女は飽かず眺めつづけた。それは、ゆるされた貴重な時間だった。

こうでもしなければ、私は「彼」をとっくりと見ることもできない。――全身が熱く燃えあがって、彼女は、胸がはやくもある期待にわななきはじめたのがわかった。

「まだですか」と、男がいった。

「……え。いま……」と、彼女は答えた。

そのとき、ある絶望のような決意が、すばやく彼女のなかを走った。彼女は、自分が、もはやどうしてもそれを避けられなくなっているのを確認したのだった。

シャッターが、死んだ小鳥が水に落ちたような音を立てた。

「ありがとう。そうだ、ひとつ今度はあなたをうつさせて下さい」男は、急にはしゃぐような声をだした。「どうですか。ぜひ、この美しい景色といっしょに」

「あの、……」せいいっぱいの努力で彼女はいった。「あの、こんなところ、そんなにいい景色ではありませんわ」

「ほう?」

男は露骨に興味をしめす顔になった。

「もっといい景色があるというんですか?」

「この先に行くと、海が見下せる公園があります。……あの、もう町はずれなんですけど、そこのほうが」

「へえ、そいつは知らなかった。そうですか。じゃ、つれて行って下さい」

公園といっても、春になると桜や梅がいっせいに花をひらくというだけの、その他にはなにもない高地だった。ただ、夕暮れの淡い銀灰色の靄のなかに沈んで行く町と海が、より広く見渡せるだけのことで。……だが、そこにはいつも人かげがなかった。

彼女は、背を硬くして先に立った。古い神社の裏をまわり、近道は急な傾斜だった。大きな砂利が靴の裏ですべって、やっと両側の叢(くさむら)が尽きかけるあたりまできたとき、慣れない男は、やはり少し喘ぎはじめていた。

「ああ、早いなあなた、ちょっと待って下さいよ」

その声をきき、彼女が立ち止った直後だった。男の手が彼女の肩をつかみ、仰向けに彼女を叢のなかに押し倒した。

「いや！　私、そういうことときらいなんです！　いやなんです！」絞りだすような叫び声とともに、彼女は男をつきとばした。だが、男はひるみをみせなかった。男の顔が視野いっぱいに迫って、彼女はきちがいのようにその顔に向けて抵抗した。彼女にあったものは、ただ必死な、猛烈な、一つの嫌悪だった。

気づいたとき、彼女は右手にしっかりと大きな石を握りしめて、ぜいぜいと呼吸をきらしていた。

男は足もとに倒れていた。

こめかみから血の筋を滴らせて、男の目はぽかんと空を見ていた。男は動かなかった。

まだ胸がはずんでいた。でも、もう恐怖感はなかった。彼女は、やっぱり、私はいざとなると理性的な女なのだ、理性的でしかないのだ、と思った。これはしようがないのだ。

彼女は、右手の石を崖の向うに投げ、男のポケットから落ちたタバコの箱をもとに戻し、脱げた靴をはかせた。男をずるずると引きずって崖の尖端に置くと、そこまでの軌跡や二人の争いの跡を注意ぶかく消した。カメラをそっと自分のハンドバッグにしまってから、身づくろいを直した。

そして、そっと横たわった男の背中を押してやった。男は突き出た岩角にぶつかりながら落ちていって、やがて、かすかに鈍い水の音がひびいた。

翌日、夕刊の地方版に、旅行者があやまって三十メートルの崖からすべり落ちて死んだという記事がのった。記事は簡単な三、四行のもので、旅行者の顔写真もなかった。

そこはここ数年、市民たちのあいだで、「魔の断崖」と呼ばれている場所で、だが、そんな危険な箇所をもつ公園での観光客の事故については、もっぱらかれらのふところを財源とし、かれらの足が遠のくのをおそれる市当局の圧力もあってか、新聞も警察も、今度もそれ以上は深くふれずに事をすまそうとしていた。

その事件は、男の水死体の検屍がすみ、身もとの照会も終り、噂話もすみ、一週間もたつころには、そろそろ人びとから忘れられようとしていた。


彼女はその日、いつもの勤め先の郵便局からの帰り途に、写真屋に寄り、現像された一袋の写真をもらってきた。

彼女に必要なのはその中のただ一枚、はげしい夕焼けに染った、にこやかなポーズのあの男の姿だけでしかなかった。

彼女はその写真を、アパートの小さな姫鏡台の上に、用意した枠に入れて飾った。

「……これでいいの」目を細め、思いきりあの日の赤い光を浴びた彼をながめながら、熱っぽい充実に彼女は胸が慄えていた。

「ね？　殺しちゃって、ごめんなさい？　でも我慢してね。私は、生きている人がこわいの。だって、いつどこへ行っちゃうかわからないし、生きている人は本当には私のものにはなってくれないんですもの。このあなたならおとなしくて、けっして私を裏切りもしないわ。私たちは、だましあうこともいらないのよ。きっと、あなたもお淋しくはないと思うわ。いつまでもいっしょに暮しましょうね。仲良く……」

いくらか日が永くなったせいか、一部屋だけのアパートは、窓から横ざまに射す金色の光が眩しかった。カーテンを引きかけ、何気なくカレンダーに顔を向けて、彼女は、

「あ、今日は一昨年のあの人のご命日だったわ」と低くいった。鍵をかけた本棚の、いちばん上の戸をひらいた。

そこには、同じような黒いリボンをつけた写真立てに入って、若い男たちの写真がならんでいた。

「ええと、あの人は何番目だったかしら」

彼女は、幸福そのものの顔になって、いまはなんの臆するところもなく、そのひとつひとつの男の顔を、つぎつぎと仔細にみつめつづけた。男たちは、そろってあの丘の上の豪奢な夕映えにまみれ、炎のような形の樹を背にして、彼女の手で箱のなかに収められた瞬間の、それぞれの得意なポーズのまま笑っていた。

〔1961（昭和36）年2月「ヒッチコック・マガジン」初出〕

予感

深い谿(たに)をへだてた小さな山の斜面に、ぽつぽつ新緑が目立ちはじめ、その山肌に明暗の模様をつくりながら、いくつかの雲が落す影が動いている。遠く近く、早春の褐色の山の起伏がつらなり、それと明るくみずみずしい真青な空との対照は、美しいといえば美しく、和やかといえば和やかな景色だったが、でも彼はそれどころではなかった。

彼は、妻とならび、山腹を削りとった道をのぼってゆく、大型バスの座席に揺られていた。妻はキャラメルを頰ばり、幼いころのピクニックかなんかの話をしている。その声が、なんだか水の中で聞いているような気がするのは、つまりそれほど標高のたかいところにきたせいなのだろうか。

「耳がいたいの？　弱むし」

「いや。ただボワーンとしてるだけさ」

彼は苦笑して答えた。だが、気がかりはそんなことではなかった。

彼は、自分に一種の予感の能力があるのを信じていた。当面の問題の吉凶が予知できるのである。それは、ふいに背すじにはしり下りる、しびれるような短い戦慄で彼に報じられる。その戦慄の微妙な差で、彼は、それが吉兆か凶兆かを区別するのである。

その警笛が、じつはさっきから背中で鳴りつづけているのだ。

学年試験のとき、入社試験のとき、そして妻とはじめて会社のそばの喫茶店で出逢ったとき――もっとも、このときは全身がガタガタとふるえつづけ、吉か凶かの差違がよくわからなかったが、――ともあれ、かならずこの戦慄が、結果を彼にあらかじめ教えたのだ。

でも、妻はそれを信じない。信じないどころか笑いとばし、しまいには怒りはじめるのだ。それはたいへん彼のプライドを傷つけることだったが、彼は我慢をして、近ごろでは、なるべくその予感を口に出さないようにしていた。予言者というものは、がんらい孤独なのだ。――でも……でも……。

幾重にも屈折する道を、大型のバスはあえぐようなエンジンのうなりをあげ、かなりのスピードで坂道にかじりつくように登ってゆく。窓ガラスに青空が旋回して、タイヤからはじけとぶ小石が、弧を描いて音もなく崖の下に吸いこまれる。……もう、黙っていることはできない。

彼は立ち上った。

「おい、下りよう、このバス」

「なんですって?」

妻はぽかんとした。

「危いんだ。ほら、あの例のやつでぼくにはちゃんとわかる。きっと、このバスは顚落する。ぼくたちには、死の危険があるんだ」

「また、バカをいって、……」

妻は真赤になり、彼の服をつかんだ。

「やめてよ、へんなこというもんじゃないの。バカねえ」

「バカじゃないよ」

「バカよ、あなたは。狂人だわ」

「信じないのはわかってるよ、でも、一度ぐらい信じたっていいじゃないか」

また戦慄がはしり落ちて、恐怖が、彼の全身をつかんだ。

「ほんというと、昨夜からなんだよ? 君にいうとせっかくの旅行にケチをつけるとかなんとか、また怒ったりするから黙っていたんだ。でも、もう我慢できない。今日、このバスに乗るまでに三回、乗ってからはひっきりなしに背中が悪くゾクゾクしつづけているんだ。こんなひどいのははじめてだよ。とにかく、絶対にこのバスはよくないんだ。墜落する」

「あなた風邪じゃないの? でなきゃ脊椎カリエスかなんかじゃない? それは、きっとお医者さまに診てもらえってだけのことだわ」

「ちがう、ちがうったら！」

彼の大声が耳に入ったのか、不機嫌な顔を露骨にした運転手が振りかえった。

「私の運転が、信用できないっていうんですか？」

「いや、いや」

あわてて彼はいった。

「ぼくは事故をおそれているんだ。どんな事故かわからないし、みんなにはたいして関係がないかもしれない。しかしぼくらには生命の問題だっていう気がする。ぼくの予感は正確なんだ」

「もう少しですよ、小猿峠までは」

「かまわん、かまわんから下ろしてくれ、ぼくたちは歩いてゆく」

中年の運転手は、あきらかに怒っていた。

「よし、じゃ下りてもらいましょう、ほかのお客さん方にご迷惑だ」

バスは無事に停り、彼と妻を下ろして出発した。乗客たちは、それぞれのおしゃべりをつづけながら、荷物を赤土の道に置き、真赤な顔でさかんに口論をつづけているこの若い夫婦を、バスの後方の窓から眺めた。

バスはすぐカーブを切り、二人の姿は赤茶色の崖の斜面にかくれた。

その日。……夕刊は次のような記事をのせた。

『――今日午後二時ごろ、××観光の大型バスが、小猿峠付近でハンドルを切りそこねて転落した。さいわい一段下の道に落ちただけで止ったので、乗客には死者はなかった。だが、下の道を歩いていた一組の夫婦がバスの下敷きとなって即死。この夫婦は、その寸前にこのバスから下りたところだった。』

〔1961（昭和36）年4月「現代挿花」初出〕

海岸公園

駅まえの広場の端に立って、バスを待っているあいだに日は沈んだ。はじめ、私はそれに気がつかなかった。私の待っていたバスは三十分間隔で、私がその20という番号の鉄柱をやっと探しあてたときは、一台が出発したところだった。空地は風がつめたかった。

私はなにを考えていたのか？　結局、なにも考えてなどいなかったのだ、と思う。考えることはすでに終り、私は充分にそれを承知していた。そのとき、私はだから考えてなどいたのではなかった。ただ、しいていえば、私は、考えることの無意味さを、しきりに自分に説得しようとしていた。おそい秋のその日、私は八十九歳になる祖父、私の父の父を、食費つきであずかってくれるというひとの家へ（それは、祖父の最後の妾の、その養子の一家なのだったが）、挨拶に行こうとしていた。……要するに、いくらそれが本人の希望だとはいえ、おれは祖父を他人たちの中へ棄てに行こうとしている。家族を代表して、祖父を片づけに行こうとしている。

——自分できめたことだ、と私は思う。いまさら、そんなことを呟いてみて、どうだっていうんだ？　とにかく、おれはそれを最善だと考えたのだし、いまだってその判断はかわらないのだ。なにも、ブツブツいうことはねえのだ。

だが、私は顔をしかめていた。ひどくやりきれない気分だった。私は、モチのように粘りつき離れない、不愉快な匂いのする家族というものの重たさ、血の濃さが、たまらない気がしていた。なまぐさく澱んだ血の連環。肉親というもの。だが、といって私はそれらに引っぱられた一箇の標的みたいなものにすぎず、いずれにせよ、それらが私の肉に属し、私の一部分としての重みをもち、そういういやらしい負担であることから、のがれられるはずはないのだ。

……足もとに、石ころが鈍く光っていた。私は、いくらか兇暴な目つきになっていたかもしれない。鉛いろのアスファルトの広場を、タクシイの駐車場の向うの、人気のない工事現場を、目のまえを擦過して行く黄と紺のバス、銀色のバスの腹を、睨みつけるようにみつめながら、でもそのとき私の瞳は、なにを見ていたのでもなかった。

ふいに、すぐそばで、中学生らしい少女たちが、にぎやかな声で笑った。ゆがんだ小さな円をつくり、その外側のことなどはすっかり忘れはてている様子で、彼女たちは声をはずませてしゃべり、笑っていた。葡萄茶（えびちゃ）のリボンのついた制服の少女たちは、そろって黒のストッキングをはき、短い二本のお下げを垂らしている。「あの人、私、大きらいよ」一人が明るい声でいった。

奇妙な経験だった。その言葉が、重い衝撃のように私を打ち、どこの誰とも知れぬ人間へのその一言、そして、小さくどよめいて笑う日焼けした顔の少女たちを、ふいに私は頰に血がのぼるほどはげしく憎んでいる自分がわかった。……ばかやろうめ、ばかやろうめ。私は、まるで肉体の苦痛に耐えているような口調で、大げさに口の中でくりかえした。お前さんたちにも、いまにその言葉が、どんなにやりきれない不幸を意味するのか、気がつくときがくるんだ。きらいということ、人間が、ある人間をどうしても好きになれないということ、それが、どんなに忌まわしい苦痛かを知るときがくるんだ。……舗道を私は靴で蹴った。私は、力いっぱい誰かを撲りつけたかった。誰かを殺してやりたかった。私は、自分が押しころされた罵声のかたまりのような気がしていた。

突然、私は気づいた。私は怒っていた。私は怒り、一種の憎しみとも屈辱ともつかぬものに全身を燃えたぎらせているのだった。だが、相手は、その女子中学生ではなかった。

一週間まえの記憶が、急にありありと私の目にうかんだ。私は立ち、畳の上にころげている祖父の裸体を見ていた。湯上りのその老人の裸は、全身から湯気を立ちのぼらせ、膝をまげ地団太をふむ赤ん坊のように、きりもなくバタバタと畳を蹴りつづけた。喘ぎながら、祖父はわめいていた。

「わしが、この家から、S（それがこの三十年間の妾の名前だった）の家にうつるというのが、どうして不都合だ？　え？　いうてみい。たかが、月々、一万円の仕送りが惜しいというのか、このケチ！　ふん、どうしても東京の家に、来いというなら、首に綱つけて引っぱってけ。さあ、引っぱってけ！」

湯にのぼせたのか、祖父はてかてかの禿頭のてっぺんから、爪先まで真赤だった。あるいは、興奮がよけい血の色をましていたのかもしれない。

はじめ私は呆れ、笑いだして、風呂の途中でなにを考えたのか、急に興奮して裸のまま座敷にころげこんだ祖父を、なんとかタオルで包もうとしたのだ。だが、祖父は私の手をはねのけ、私は頬をけとばされた。

毛の生えた臍が大きく呼吸をしていた。全身からポタポタと水滴をしたたらせて、祖父は目をつりあげ、仰向けにひっくりかえったままどなった。

「さあ、どうなと勝手にせい！　老人をいじめて、さぞいい気持ちだろう。どいつもこいつも、お母さんの顔色ばかりみてくさって、……いいか、わしは九十じゃぜ、九十の、この家の元祖じゃないか。お前らは、そのわしのいうことが、きけんというのか？」

私は、蹴とばされて怒ったのではない。むちゃくちゃな罵倒に、いちいち腹を立てていたのでもない。そんな乱暴や叱責には慣れていたし、私は、しばらくはそこだけ凍傷にかかったような色の祖父の男根が、どなって下半身をゆするたびに跳ねたり向きを変えたりするのをみて、失笑を怺えていたのだ。だが、いつのまにか可笑しさは消えてしまい、気づいたとき、恐怖が私をとらえていた。おぞましい、刺すような顫動(せんどう)が私の背をかけめぐって、タオルも畳に落ち、突ったたまま私はけんめいな努力で裸の祖父を見ていた。なにか勝負をしているような緊張で、私は目をそらせたくなかった。

　意外なほど、祖父は肥っていた。手首や足首にくびれた線がはいり、腹もまるく、手脚の短いその姿は、巨大な赤ん坊に似ていた。しかし、ミイラのような枯れた喉のあたりの皺、たぶたぶに皮膚がゆるみ、斑点のような無数のしみが湧き出ているその九十歳の裸体は、それだけを見ると死者のようになんの生気もないのだ。それが、かすれかけた声でわめき、動く。私はおそろしく、醜く、不気味で、いくどか叫び声をあげて逃げだしたい衝動をこらえた。

「……風邪をひきますよ」と、私はいった。

　声はふるえていたようだが、私は、まるで他人の声のようにそれを聞いた。私は身動きができなかった。もし動きだしたら、おれは悲鳴をあげながら祖父を締めころしてしまうかもしれない、と思った。私は耐えつづけた。祖父は、タオルを持ちおろおろと近づくSを蹴りとばして、悪態を吐きちらした。

「……ほっとけ。なんじゃい死ねばいい、死ぬのを待ってるという顔して。そのこわい顔はなんじゃい。ほら、このチンボじゃ、よう見ておけ。ここからお前の親父が生れたんじゃ。あいつは孝行もんだったが、ふん、このチンボの、そのまたチンボから出てきくさったくせして、お前は大学まで出てからに、まだ実の母親一人を説得することもできんのかい。あっちは病人です？　そんならこっちは、老人じゃい。お前もみたろ、昨夜のあのお母さんのこわい顔を。

鬼みたいな、嚙みつくような顔をじゃ。あれが嫁の顔か？　ふん、あんな病人の嫁になんか、チリチリして暮せるかい、このバカ！」

　両手で男根を上下させながらいう祖父をみつめ、そのとき、私ははっきりと祖父をSの家にやってしまおう、と思った。もし衝突がおきたら、胆嚢炎で気分的なことがすぐ発作へと連続する母の身体は、この祖父にはひとたまりもなかろう……だが、じつはそれはあとからきた考えでしかなかった。祖父の罵声を浴び、だが、その罵声とははるかかけはなれた遠くで、私は自分が苦痛に似た、灼熱した鉄棒のような固い一本の憎悪に化して行くことがわかった。九十年の時間。それを生きつづけてきた不気味な一箇の皺だらけの肉体。だが、目のまえにころげている醜怪な我執のかたまりのような物体、それは私の根っ子なのだ。……赤黒い亀裂のような叫びが、私の喉につまった。たぶん、私の顔も真赤だった。私は、冷静になることができなかった。

　松林のあいだで、海が暮れはじめていた。古いガラス戸が規則的な鳴動をひびかせ、亡父が疎開のため建てたその家、戦時中の安普請の家は、壁がめくれ、畳も赤茶けてふくれていた。ふいに、Sが電燈を点した。

　そのときの私の行為は、それじたい、一つの絶叫だったかもしれない。私は、とたんにタオルを拾い上げて、祖父に突進した。タオルごと包むように祖父にかじりつくと、祖父の匂い、硫黄くさいような、どこか屍臭を思わせる匂いを吸い、それを怺えながら、私は首をまげけんめいに祖父を見ないようにしてくりかえした。「早く、着物をきて。早く、着物をきて」……おそらく、私の表情は、嫌悪と恐怖とをむきだしにしていたろう。せいいっぱいの拒絶と屈辱とを、むきだしにしていたろう。……

私は唾を吐いた。あの裸の祖父、タオルごしに抱いたときの奇妙にカサカサとした、しかしぶよぶよだったその皮膚の感触。私は、それが自分に貼りついてはなれないような気がしていた。「……畜生」と、私は低くいった。

また、女子学生たちが笑った。「秋の日はツルベオトシね」と一人がいい、「なんのこと？それ」と二人ほどが同時に問いかえすのが聞こえた。陽気な、甲高い笑い声が、耳に痛いようにひびいた。

広場は、たたずむ人びとの顔が交替していた。左手に駅の正面の、図形のような形をした舗道に分割され、ふちどられた植込みの褪せた色が見える。そのふくらみに点々と墨を散らすように、灌木の黒いかたまりが凝固しかけている。「なぁんだ、ただ早いってことだけなの」少女の一人が大きな声をだして、けたたましい笑い声がそれをつつむ。入ってきたバスは、まだ私のではなかった。

私は空を見上げた。私は、そして太陽がすでに古めかしい煉瓦造りの駅の背後に落ち、しかもそれからかなりの時がたっているのらしく、輝きを失くした低い灰白の空が、重くよどみはじめているのを見たのだった。空には夕映えも、取りのこされた真昼の青もなかった。「……

ツルベオトシか」と、私はいった。まだ十代の学生だった時分、私はよくこの駅まえで巨大な落日をながめた。あのころ、ここは駐留軍の街だったが、いまはほとんど一人の外人兵士の姿さえみえない。……私は、たしか当時にはなかった大きな赤い馬のネオンが、いつのまにか明滅をはじめているのに気づいた。

風がはげしかった。拡声器を通して、女の単調な声がながれている。彼女らのいる案内所の、『Y市交通局』という看板は端がはずれ、古毛糸のような列をつくり、人びとがバスのステップに動いていた。

現在、母は明瞭に一箇のこわれものでしかなかった。ちょっとしたきっかけが、すぐ発作へとつながる。発作を、私は見たくなかった。母の胆嚢炎は慢性化していた。

日本画家の父が死んだのは戦争の末期だった。私は、母と祖父にみまもられながら新しい表札に自分の名前を書き、画債というものを知った。十四歳の大晦日だった。祖母はとうに死んでいたし、のこされた家族は祖父と私のほかは女ばかりだった。姉妹は四人もいた。

私が、祖父と母の最初の衝突を目にしたのは、その父の葬式の日だったと思う。父の死が母を気負わせ、祖父をヒステリックにしていたためだろうか。口論は、出発は葬式のときの父の妾の扱い方の対立からだったが、(祖父がその女をかばう態度なのを母は怒ったのだ)やがて、むきだしのままの感情の投げつけあいになった。それまで、口ごたえする母を知らなかっただけに祖父は顔を真赤にしていきまき、母は母でそれまでの永い我慢を爆発させ、声を張りあげる祖父に負けぬ大声でいいつのった。

「なんとまあ、こわい女だ」膝の上の拳をぶるぶるとふるわせながら祖父はいった。「……ふん、とたんに威張りくさりやがって。だが、わしは息子の遺産で食うだけのこっちゃ。あんたの世話にはなりません」

祖父は立ち上り、襖を音たかく締めて自分の部屋へ消えた。「……くそ爺い」母は叫び、膝のまえの座蒲団を襖にほうり投げた。私には母のそんな口汚ない言葉、乱暴な動作は、はじめての経験だった。母は、畳にうつぶして泣きはじめた。——

いったん露出された感情、いったん唇から出た言葉が、どんなに決定的なものか。このあと、ことあるごとに私は祖父と母のあいだに立ち、痛切にそれを知った。祖父と母は、おたがいの自分への敵意を確信し、けっしてそれを棄てなかった。そして、いくら力んでみたところで、一人っ子の父を失くした祖父には、結局は母のほか世話をたのむひとはないのだ。以後、二人のあいだには、いかにもぎごちない平和しかなく、祖父は母に遠慮し、いつもびくびくしているように思えた。母は父の借金を返していた。

焼けのこった東京の家を父の知人の寮にし、母がそこに移って生活を立てはじめてから、祖父は母の仕送りをうけ、疎開先の海岸の家でSと暮してきた。私たちは(最近では、もっぱらそれは私の役目だったが)、金や祖父の好物や衣類やをとどけに、月に一度はかならずその海岸の家にかえった。祖父は趣味の狂歌や雑俳をひねくるのだけを仕事にして、Sを相手に、すっかりその毎日に自足していた。

だが、母が胆嚢炎にかかり、二月に一度ずつくらいの胃ケイレンのような発作が常習になってきたのは、もう三年もまえのことだ。そして、この春、父の知人の社長が急逝した。寮は名ばかりとなり借金だけがかさみ、苛立ってはまた発作をおこすのに疲れきって、痩せおとろえた母は、もう働く気力がなかった。でも、といって私一人の収入では、二軒の家を維持することはできない。あとは未婚の二人の姉妹を含め、一家が小さく一かたまりにならねばどうにもならないのだ。

母は泣いた。……「もう、しょうがない。あんたの好きなようにおしやす。この身体が、口惜しい」蒼ざめ、唇を噛む母を中心に、私たちは東京の家にかたまることにきめた。それが、十月のはじめだった。私が祖父にそれを告げに行ったが、そのときの祖父の反応はわざと母にはいわなかった。祖父は私たちを罵倒し、動くことを頑強に拒絶していた。私は、母に知られぬうちにまた足をはこび、そのうちになんとか納得してもらおうと思ったのだ。母はその前の発作の予後がわるく、まだ一日にミルク・ブレッド四枚ほどの主食しかとれなかった。

母が血相をかえて私を呼びつけたのは、その週の土曜日の深夜だった。放送局からかえった私に(私はいま、放送台本を書く仕事をしている)、姉が耳うちした。「困ったわ、お祖父さまからお母さま宛ての手紙がきちゃったのよ」

「なに、手紙？　……読んだの？」

「それが、かくせなかったの」

「……ばっかだなあ」私は困惑してとんまな声をだした。私はそれを読んだ。そのとき母が呼んだ。

母は寝床に起きなおって、手紙をほうり出した。私はそれを読んだ。『――たかが月に二、三万円の金を吝しみ、この九十歳の老人をどうするつもりなのかそれをうかがいます。私はいまリョウマチスで下半身がマヒ状態、Sなくては用が足せぬのはお前方もとくと承知のはず。その私の手であり脚であるSを奪い、恩着せがましく増築の一部屋をあたえるからそこに坐臥せよとは、まるで牢獄に入れられるも同然、ことにあの東京の家は山の上で、足の不自由なこの老人には、とうていヨチヨチ歩きの散歩さえかなわぬことです。（信一に聞けば、もし床屋へなりと出向くのが大儀なれば、呼べばよいとのことだが、それではそれこそ一歩も外へ出られぬというもの。そんな気ブッセイな暮しには、私はよう耐えませぬ。）

私は老先短き身、せめて余生を気らくに送りこの世とのたのしい訣別を待つばかりの気持ち、その老人がこの海岸の家に住まうのがどうしても邪魔と申されるのなら、いっそ私をSの家へやって下さい。月に、一万円を出してもらえるなら、私もそこで大きな顔で暮せます。老人の心をあわれと思って下さい。Sも承知にて、昨夜かの女の養子の家へ参り、その条件でオー・ケエを得てきました。私もさっそく荷造りをはじめています……』

「なんだいこりゃ」私は叫んだ。「なにがどうだってんだい？　いったい」

「どういうこと？　これ」私をみつめながら、母の声は冷たく、青ざめた頰に皮肉な笑みがうかんだ。「あんた、なにをいうたん？」

「なにって、書いてあるとおりさ、こっちに移って下さいって、それだけだよ」私も口をとがらせて答えた。「でも、どういうわけだろ。そんなにボケてるとも思えなかったがなあ。……とにかく、とんでもない爺さんだよ」

「ほんとにボケてはるのかしら？」母は薄く唇をひきつらせた。「あてには、そうは思えんとこもあるの。……ま、明日、とっくり顔みて話をしてからのこっちゃ」

「え？　行くの？」私は大きな声をだした。「やめなさいよ、まだ身体が……」

「ほっとき。……いったい、お祖父ちゃんがなにをどう思てはるのか、どういうつもりでこの手紙を書かはったか、この耳で聞かんことには納得でけしまへん。あては明日行きます」

横から、姉が口を出しかけるのを母はおさえた。「あんたらは、黙っといやす。とにかく、あては明日お昼ごろ行くさかいね」

……私たちは、宴会のときに使うだだっぴろい三十畳ほどの広間で、いつも枕をならべて寝る。もとアトリエだから他に適当な部屋がないのだ。昔の住居はとうに人手にわたり、ここもすでに五分の三は金をもらっている。姉妹の縁談、病気の母、そして私の仕事の便利のため、だから私たちは海岸の家を他人に貸し、この家の離れを改造して、そこにまとまるよう方針を定めたのだ。

その夜、私はひろびろとした黒い天井をみつめながら、いくたびか決心し、そのたびに思い直してやめた家出につき、また妄想をかさねた。父の死からこのかた、母はすべて私に相談をし、私は母の必要な補佐役としての家の中での役をはたしてきた。結局、私はそのたびに家にとどまるのがいちばん卑怯ではない選択に思えたのだが、だが、私はほんとうに正しかったのだろうか？　ほんとうに勇気があったのだろうか？　私は、やはり一人で家をとびだすべきではないのか？

「……Sさんて、お妾さんえ」

闇の中で、母の声がいった。ずっと目ざめていた声音だった。

「……知っているよ」と、私はいった。母と私とのあいだで、姉と妹とは、かるい鼾をたてて眠っていた。

「どうしてその人の、それも養子さんの家へえ、うちのお祖父ちゃんを引き取ってもらわんならんの？　阿呆らしい。恩に着せられ、一万円も出さされてえ。ほんまに」

「…………」

「じっさい。……なんてエゴイストやの？　明日逢ったら、なんて弁解おしやすやろ」

「ま、明日はぼくも行くよ」

そう私はいい、あとは黙って眠ることにだけ努力しよう、と思った。こうなったら、母はとめられる人ではないのだ。

近ごろ、母はとげとげしく、いつもいらいらとしていて、怒りっぽくなってしまっている。
――祖父との出会いを想い、私はそれがこわく、かなしかった。

母の気のつよさは、父の死後、五人の子供と一人の老人をかかえ、慣れぬ職業をこなさねばならなかったことで筋金が入ってしまったのだ、と思う。私の収入も、母はけっして生活費の中に加えようとはせず、それで衣服をあつらえたり、女学校時代の同級生たちと旅行に出かけるのを、唯一つのたのしみにしていた。率直にいって、それが私のエゴイズム、私の支配欲と、母のそれとのせめてもの折り合いだったのだとも思う。私は母がはやく寮などやめ、私の収入を中心に生活をまかない、私に従ってくれるのをどんなに望んだろう。が、母は姉妹たちが勤めに出ることもゆるさず、母の親切は、子供たちにはけっして生活の苦労はかけぬ、というかたちのものでしかなかった。我慢ができなくなり、私が曲りなりにも独立する見通しをもったときは、すでに母は病気だった。私は、母をはなれることができない。

たしかに、これはおれの弱さだろう。でもみんなは、こういう膠着をどう処理しているのか？ 私は思った。けっして子供の負担にはならぬという予定が、病気のため顚覆してしまうだろうこと、その挫折の口惜しさがさらに母を苛立たせ病気からの回復をさまたげ、そして、そういう病状の固着が、さらにまた母を不機嫌にさせていること……でも、だからといい、おれになにができる？ ともあれ、おれはせいぜいその不機嫌をさけようとつねに気にしながら、だが、母の目にふれぬところに消えてしまうわけには行かないのだ。

私のおそれは当った。海岸の家での母と祖父の諍い(いさか)はすさまじく、私はいくども父の葬式の日の光景を思い出した。祖父が、母にそれほどはげしい声を浴びせたのも、たぶんあれ以来だったろう。相談とか、討議とかいうものではなかった。祖父は私たちの言葉には耳をかさず、ただ、絶対に東京の家にはもどりたくない、どうしてもここにいられぬというなら、Sの家へ行く、とそれだけをいいつづけた。最初から、祖父は待ちかまえていたような大声で私たちをどなりつけた。

「お前らは、なんでこの老人、この九十の老人を、好きにはさせられんというんだ？　なんでこのわしを、わしの気らくなようにはさせてやれんというんだ？　この甲斐性なし！」

「そやかて、それはスジがちがいます」母は細い、しかし必死な声でいった。「お祖父ちゃんをみるのは、あてらや孫の役目どす。いまさら九十のお爺ちゃんが家をお出やすのなんて、いくらご当人が勝手やおいいやしたところで、それではあての外聞が立ちまへん」

「ふん、そうだろお前は。スジだの外聞だの、つまり世間体だけしか考えちゃいんのだ。わしはお前のそんなもののギセイはおことわりじゃ。……恩に着せて、なんじゃい、お前はただ役目だからわしを引き取るんだ。これっぱかしの愛情もあるかい。お前は、そういう冷たい女なんだ、ちゃんとわかっている」

「十七年も、いいえ、お祖父ちゃんが隠居しやはったのはまだお祖父ちゃんが五十四、五のころどす。そのころから、三十何年、ずっと世話をみてこさせて、お祖父ちゃんは、あてに感謝はしてくれはらへんのどすか」

「わかってるわかってる、お前は、一万円が惜しいんだろ、そんなもん、この家を質に置いたかて出せんことはないじゃないか」

「この家、この家て」母はひらきなおった。「この家も東京の家も、みんなあてとうちの人とで建てたものどす。お祖父ちゃんには一文も財産をもろてしまへん。そのことをお考えやしたことあるのどすか？　Sさんかて、うちの人のお金でつくらはったお妾さんやおへんか」

「ほら、そういうことをいう。いちいちチクチクそんなことをいわれつづけて、誰がすなおに感謝していられるかい。わしにはわかっている。お前は、わしをいじめるつもりなんだ。こんどこそ、ギュッといわしてやるつもりなんじゃ。はあ、いいますとも。ギュッ、ギュッ、ギューッ。どうじゃい、これで気がすんだろ、この鬼婆あめ」

あっけにとられたまま、私は造作を顔の真中にあつめた祖父をながめた。だが祖父は真剣な顔で、真赤になった頰が小刻みにふるえていた。母も、呆れた声をだした。「どうしてあてら家族たちと暮すのがいややとおいいやすの？　わからへんわ。誰がはじめから喧嘩したりいじめたりするつもりであつまります？　誰がみても、あてらといっしょになるのが、いちばん自然な、あたりまえなことやおへんの。……なにがおいやどすの？」

「うるさいな、もう」祖父はわめいた。「いやだというてるんじゃない。ただ、Sのところで暮すほうがのん気でいいといってるんだ、そして、ちゃんとその余裕もあるじゃないか、とこういうてるんだ。ああ、もうなにもいわんといてくれ。わしはもうそう決めてるんだ」

「……ふん、いやらしい」と、母はいった。「お若うおして結構やこと。そんなにSさんと離れとうおへんの」

「なにをいうてくさる」祖父も応酬した。「この九十の爺いに、なにがスケベ心などあるかい。わしはただ、のんびりと、気らくに死にたいだけのことじゃ。お前には九十の、この老人の心というものがわからんのだ」

「そんなグロテスクな九十の心なんて、わかりとうもおへんわ」

私たちの真中には煉炭火鉢がぐらぐらと湯を煮えたぎらせ、Sがおどおどとその部屋を出たり入ったりしていた。その六十五歳の老婆は、おびえきった顔で終始なにもいわなかった。祖父は袖を引くSの手を振りはらって、大声でいいつづけた。

「……なんじゃい、二言めにはスジだの金だのといいくさって。ああ、どうせわしは得手勝手な爺いじゃ。震災からこのかた遊びくらした道楽もんの、憎まれものの、邪魔っけな爺いじゃ。ようわかってるよそんなことは。お前はえらい。しっかり者です。立派な女子さんです。わしはバカじゃ、失言もし物忘れもする。この年だ、文句は年にいうてくれよ。……ふん、鬼みたいな顔で睨みくさって。わしは、お前みたいなこわい女とはよう暮しません。この年になってピリピリチリチリ暮すなんて、わしはごめんじゃ。ああ、まっぴらです。わしを、Sへやってください」

母は唇をゆがめ、喘ぐような声をだした。「知りまへん、あんたの世話にはならんておいいやしたのは、どこのどなたどす？　Sさんと、どうしてもいっしょに暮したいとおいいやすのなら、どうぞ、ご自分の甲斐性でおやりやしたらどうどす？」

祖父は額に青筋をたてかたく目をつぶった。首をふりふり、唇から白い泡を吹き散らしながらわめいた。「なんじゃい、たった一万円じゃないか！　もしほんのちょっぴりでも、この老人をあわれと思う心があるんだったら、わしをSの家にやってくれたらどうじゃい！」

こわばった青白い顔で母は私をみて、笑おうとしたようだったが、笑いは声にならなかった。

私は介入できなかった。私は交互に祖父と母の表情をみつめつづけ、言葉を失くしていた。私は、捲きこまれまいとしていたのだろうか？　ぼんやりと、私は父のことを思っていた。いや、正確には、父の不在を感じつづけていた、というべきかもしれない。あんな卑怯な人はないえ、とその父についていう母の言葉を思い出した。すぐ、ぷいと立って出てかはるの。ちょっとややこしいことやと。それがお祖父ちゃんを、あんなに増長させてしもうたのえ。

私は、ぎりぎりと嚙みあう二つの歯車にはさまれたような自分をかんじながら、だが、けんめいに母の表情から注意をそらすまいとしていた。母が片手を帯にはさんだのは、二時間もたったころだろうか。すぐ、母の唇の端が、なにかを嚙みしめるようにゆがんだ。私は立ち上った。

医者からあずかってきた応急の注射器具をもち部屋にかえったとき、母は低く上半身を折りまげ、片手を畳につき喘いでいた。私は袖をめくり、その細い上膊部に注射をした。

「なに？　また病気か？」

祖父は座蒲団からとびあがった。畳に頬を近づけ、その祖父を仰ぎながら母はいった。

「よろしおすか？　とにかく、あては絶対に、絶対にSさんとこへ行かはるのは不賛成どす。……ゆるしまへん」

「わしもいうとく。とにかくわしはSのところに行く。……病人は、大きらいじゃ」

畳をかきむしる母をみつめ、急に勢いをなくした声で、でも祖父はそれだけをいうと風のようにさっさと自分の部屋に消えた。おそらく、そのとき彼はリョウマチスも、下半身のマヒ状態も忘れていた。


まごまごするSに蒲団を敷いてもらい、私は母をそこへ寝かせた。母は眠った。完全に眠っているのに、ときどき、瞼がぴくぴくと動いた。眼窩が落ち、すっかり頬が削げて、こまかなしみの浮きはじめた母の青白くやつれた顔をみつめ、私は、すこし涙をこぼした。松の影がななめに長く畳に這い、海はまだ明るかった。

私の制止もきかず、母は翌日の朝はやく一人で東京へかえった。「もう、なにもいうことあらへん。これからはあんたが主人や。あとはあんたが、あんたのいいようにおきめやす。……あんたも、ぜんぶ聞いていたのやろさかいな」襟を合わせながら母は無理に笑った。「十七年間、一生けんめい面倒をみてきてえ、そのために身体までこわしてるのに、鬼やて。……いっしょになったら、いじめ殺したるわ。一生忘れへんわ」

いいつけどおり私は一人のこり、あらためて祖父と相談した。祖父はその日はおとなしく私の説明を聞いていたようだったが、しかし、夕方、あの風呂から突然出てきてのことになった。……私は、祖父をSの家にあずけようと決心した。

だが、家族たちはそれにうなずかなかった。一週間、私たちは同じ議論をくりかえした。

「だいいち、お金をどうする気？　兄さんにそれに責任をもてる余裕あるの？」と妹。

「そんな不合理なこと、ゆるされてええと思うの？　これからは小さい所帯で、みんなが我慢して暮そうというのえ。それを、あんな勝手なお祖父ちゃんばかりの都合ええことにしようなんて。……結果はそういうことになるやないの、そんなんゴネドクやわ」と母。

「それに、お祖父さまを他人たちの中にほうり出して、信一ちゃんはなんの心配もないの？」と姉。

激昂し、眉をつりあげた母、目を赤く充血させた姉、そして妹。——世間体だのスジだの愛情だの、責任だの、さまざまな言葉が錯綜し、交換されるなかで、だが私は、話し合いというものの効果を信じたかったのかもしれない。しかし、それは無かった。

毎夜、翌朝にまでつづく話し合いをかさねながら、疲れきったある一瞬、私は、私と同様、それぞれが、みんな自分をわかってくれない、としか考えていないのがわかった。……だが、彼女たちは、つまり私の考えについてのそれぞれの抵抗、それぞれのいい分、それぞれの不快をみんなにわからせようとしているだけじゃないのか？　一方、おれはたぶん、おれの決定の責任を、みんなに分担させたがっているのにすぎない。

私は、自分が捲きこまれ、溺れている家族という一つの沼をみつめた。私は沼に沈み、沼の一部として、しかもその沼を支配しようとしてもがいている。……そのとき、私は、沼の同類としての自分の無資格をさとったのだ。彼女たちは、すでに私に「仲間」をみてはいない。その沼の管理人しか見てはいない。

私は覚悟をした。二言めには私にお前の好きなようにきめろといい、しかし彼女たちは、おそらくいいやいいや従いたくしかないのだ。私は孤立を要求されているのだ。——私は、もう議論は打ち切りにしようよといった。

悲鳴のような声をあげ母は泣きくずれた。「お祖父ちゃんのことでは、あんたになんの負担もかけとうなかったのに」その母の肩を抱いて「そんなお祖父さまの勝手をゆるして、お母さまの気持ちをどう思うの?」と姉も涙声でいった。妹だけがだまっていた。「送金も、引越しも、ぼくが責任をもちます。ぼくの好きなようにさせてください」私はくりかえした。私は畳の目をみていた。その夜は、暁方に短い雨があった。

祖父をSにやることは悪いことか? おれだって、悪ものになるのはきらいだ。しかし、とにかく祖父はなんとかせねばならず、祖父と母を同じ家に置くことはできない。そして、おれは母とおなじ家に住むことを決心しているのだ。……私はもう、それを誰への屈服とも、誰への親切だとも考えなかった。私が、それをえらんでいた。

「ふん。やっと決めよったか」次の日海岸の家に行った私に、祖父はいった。「はやくSの家に挨拶に行ってくれんと困る、わしは明日でも明後日でもいいんじゃ、もう準備はちゃんとできてるんだ」

「……だって、あとに入ってくれる人をさがすまでは待ってくれないと、こっちだって困るよ」

私はいい、すると祖父は口をとがらせて声を大きくした。近ごろでは、祖父はガミガミどなりさえすれば効果があると信じこんでいるみたいだった。

「はやくしとくれよ。さもないと、わしは雨戸に釘を打ってでも行っちまうぜ、いったん決めたからには、早うせんと、寒くなったらまた足も痛みだすじゃないか。年寄りは気がみじかいんだ。わしは、もう、知り合いに引越しの通知を出してしもてるんだ」

急速に暮れはじめた高架線の横の道を、バスははしっていた。荷台いっぱいに砂利をつんだトラックが擦れちがって、バスに重い震動がひびいた。トラックは、ヘッド・ライトを点していた。

バスの中にも薄暗い電燈が点っていた。Sの家へと私をはこぶバスは、運転手しかいないいわゆる「単独運転」の車だった。私はバスの最後部の席に揺られていた。

大きなバウンドが前方から連続して、膝から、S家への手土産の、羊羹の紙包みがころげおちた。私は、しばらくそれを見ていた。湿った黒い床の上で、包みはまたはずんだ。

……なあに、ただの事務的な手つづきの一つなのだ。手をのばし拾いながら、だが私は写真でしか見たことがないSの養子夫婦との会話を想像して、うんざりとしていた。どうせ、たのしいはずはねえのだ。

私は下唇を突きだし、眉をよせ、鼻に皺をつくり、せいいっぱいいやな顔をしてみた。祖父について、祖父をめぐるあらゆることについて、いま、おれの中でたしかなのは、ただ一つこの表情だけだと思った。……窓ガラスの中で、私が私をみた。唇をまげ顔をしかめ、どこか皮肉な目で、私は苦しげな、嘲るような顔をしていた。私は、わざと獰猛に歯をむきだし、大げさな、怒り狂った伎楽面のような顔をつくった。妙に気持ちよかった。

ふと、小さな叫びのようなものが聞こえ、奇妙な沈黙がつづいた。見ると、バスの片側にならんだ女子学生たちが、順ぐりに私を横目でみて、失笑をこらえている。音は、たぶんいちばん真赤な顔のやつが、吹きだしたのにちがいなかった。私はニヤニヤして、すぐ少女たちから目をはなした。私の関心は、そのとき、生きている人間にはまったく動きださなかった。

Sから手渡された地図によると、その養子の家はこのバスの終点から、さらにうねうねと細い道をのぼる高台の頂上にあった。とにかく、私は終点まで乗りつづけねばならない。

窓に、暗い港の遠景が動いていた。私は気分を換えたかったのだろうか？　突然、自分のなかのY市のいちばん古い記憶、それなりに強烈な幼い日の記憶が、私の目にうかんだ。海が鮮やかな夕映えにかがやき、私はこのY市のひろびろとした港をまえにした海岸公園に来ていた。

母と二人の妹といっしょで、私はまだ小学校に上るまえの子供だった。

夕陽が母の横顔を赤く染めて、私は岸壁に立つその母の袂をしっかりと握っていた。私はおそれていた。母が海に飛びこむのをおそれていた。その日、私は母が自殺しようとしているのだと信じていた。

もちろん、それは私の一人合点だったかもしれない。私はそのことの真偽をいまだに母に聞いていない。が、すくなくもそれに近い事実があったことだけは私はいまも疑わない。――そのころ、暗い納戸の中で交した母と二人きりでの会話を、私は明瞭におぼえている。母は簞笥をあけ、衣服をしらべてはたとうにいろいろな名を記した。ほとんどが京都の叔母たちの名前だった。訊く私に、「かたみわけやの。お母さん、もうすぐ死ぬさかいね」と母はいった。「死ぬ?……」私は、恐怖に喉がつまった。「お祖母さまみたいに?」「そう。知ってるやろ、ああいう白い箱になるの。あてはもういらん人間やの。……でも、誰にもいうたらあかんえ、ええな?」母はまじめな顔をしていた。「もしいうたら、お母さん、すぐにも死んでしまうさかいね」

私はうなずき、必死にその約束を守った。

いくらか早熟な子供だったのだろうか。夜半、はげしくいい争う父母の声におびえ、眠れなくなったりして、そのころ、私は父母の不和をひどく気にしていた。私は、電話室で書生が声を低め、は、じゃアカサカのほうに、というその「アカサカ」を憎んだ。たぶん、あそこに母のいう、あのひとがいるのだ。父の「もう一人の奥さん」がいるのだ。……

母が電話室を出てくるなり、さ、どこぞ行こう、といったのが私たちがこのY市に来た日だったと思う。姉たちはまだ学校で、妹二人と私をつれ、書生のとめるのもきかず母は表に出た。はだしで祖父が追いかけてきたのも憶えている。母はしらん顔でタクシイを拾った。「今日は、なんでも食べてええわ」と母はいった。「なににしよ？　シナソバがええか？」――その日、母はやさしかった。

いま考えると、母はべつにその日に死ぬつもりではなかったのかもしれない。しかし、足もとの岸壁を海が洗う夕焼けの海岸公園に立ったときは、私の恐怖は絶頂にきていた。はげしい夕映えが、背後から私たちを照らしていた。あかあかと染まる港が目のまえにひろがり、母は下の妹を抱きじっとその海をみつめていた。私は風で飛ぶ帽子を左手でおさえながら、右手で母の着物を握りしめて、泣きそうな声でくりかえした。「早くかえろうよう、よう、早くかえろうよう」

私は、絶対に「死」という言葉は口にすまいとしていた。とたんに母が死んでしまう気がしていた。それを口にしてはいけない、それをいったら終りだ。……私は、けんめいに、帰ろう、とだけいいつづけた。だが、母は化石したように動かず、無言だった。

「……こわいよう」私はさけんだ。私は、ほとんど失神しかけていた。上の妹が、あっけにとられたようにその私をみて、ふいに顔じゅうを口にして泣きはじめた。私も大声で泣きはじめた。……

でも、恐怖はそこで終ったのだ、と思う。その帰途、Y市からの電車の中で、私はかつてないほど大げさにはしゃぎまわった記憶がある。恐怖からの解放と、いつになく叱らぬ母の笑顔が私を調子づかせ、有頂天にしていた。私は座席に立ち、掛け声をかけ吊革にとびつき、「ブランコだあ」とどなった。一本の吊革に両手でぶらさがって、どのくらい我慢できるか母にはかってくれとたのんだ。私はおどけて電車の中を走りまわり、知っているかぎりの歌をうたい、全身に汗をかいて必死に道化をくりかえした。乗客たちは笑い、母も笑いつづけた。私は幸福だった。明るい母の笑顔が、私にはたまらなくうれしかった。

海岸の公園。私はそれがY公園という名であるのを、ずっとあとで知った。だが、あれからあと、その公園に足を踏み入れたことはないのだ。戦後、公園は米軍に接収され、兵士たちの宿舎や住居が建ちならんで、日本人は立入り禁止だった。私はただ、そのまえを通りすぎることしかできなかった。

いつのまにか、すっかり夜がきていた。バスはいくつかの街を過ぎて、電車通りをのろのろと走り橋をわたり、左手にまっすぐな商店街の断面がながれた。M町の通りだった。

M町。……ふと、目のまえになにかが顔を上げるように、肱と背のひかった黒い学生服の私、せかせかとした歩調の、古ぼけた父のボストン・バッグを下げた私がよみがえった。私は目をつぶった。あのころ、いつもおれは腹をへらしていた。

Y公園におれの幼年期をみるのならば、このあたりには同じおれの少年期があるのだ、と私は思った。中学から大学（私は旧制予科に入学した最後の生徒だった）にかけてのころ、私は、毎日のようにこのM町の界隈をあるいた。まだ朝鮮事変がおこるまえで、Y市は私のさまざまなアルバイトの街でもあった。バンド・ボーイ。闇ブローカー。メッセンジャー。日雇いの事務員。

母にかくれ、私はそれらのアルバイトをつづけた。東京の家を知人に貸し、家族はまだ海岸の家にいたので、Y市は私の生活の圏内にあった。途中下車をすればよかったのだ。おなじ汽車通学の同級生二人が、私の仲間だった。

その仲間たちといっしょに、暇をみつけては私はこのM町の通りから、傾斜の急な細くうねる坂道をのぼって、外人墓地にはいった。いつも私たちは、夭折した（途中でぽっきりと折れている墓石はそれを意味しているのだ、と友人の一人がいった）十四歳のオランダ娘の墓のまえで休息した。外人墓地の入口のある丘の上は港の全景が眺められて、私たちは、このあたりに共同の家を建てようとか、碇泊する外国汽船をかぞえ、夢のような外国旅行の話をしたりして時をつぶした。それがたのしかった。丘から見る街や港は、よく白っぽい淡い霧のなかに沈んでいて、ときどき汽笛の音がとどいた。汽笛は、聞こえはじめるとしきりに連続した。

M町のその通りは、外人向きのバタ臭い家具や雑貨がならんでいるので有名だった。私たちはそろって金をもっていなかったが、そういう店をひやかしたり、外人の船員にまじって歩いたりするのがうれしかった。十七、八歳の私たちは、そんなことで私たちの貧しい青春を埋めていたのかもしれない。街の異国情緒と、そこに漂う旅の気配こそが、私たちをなぐさめる唯一つの夢想と現実との接点だったかもしれないのだ。

大まわりしてバスは坂をのぼり、見おぼえのある丘にきていた。REST IN PEACE.不意に墓地の石に刻まれていた字を私は思い出した。それを読んで、私は、平和というやつが墓石の下にしかないこと、平和とは、つまり死の同義語だとさとった記憶がある。バスは外人墓地の鉄柵のまえをすぎた。私は、自分が昔と同じように、依然として平和をもとめながら、それに拒まれつづけているような気がした。死なない限り人間は、平和なんて得られないのだ。

「自殺するの？　え？　そうなんでしょ？　自殺する気なのね？」くどく私にたずねた女の声がうかんだ。「あなたは、死んで行きたいのね？　死んでしまいたいのね？」

あのとき、私はちがうといった。ぜったいに自殺はしない。死にたくなんかないんだ。だが、女はいつまでも疑わしそうに私をみつめていた。泣きはらした赤い目。その瞳に、いまもおれは見られている。……私は、自分が、いまだに「死」のそばをさまよう青春の外に出られてはいないことを感じた。

女はKといった。あれは、いままでに私が愛したといえるたぶんただ一人の女だった。私はまだ海岸の町から通学していた。汽車の中で知りあい、彼女とのはじめての媾曳きに、私はこの丘の上の道をえらんだ。年上の、眉の美しい、よく気がつく女だった。私たちは、いく度かこの丘のはずれの安宿で朝をむかえた。そして、まる一年の後、私たちはおなじこのY市の丘の上で別れた。

きっかけはごく些細なことでしかなく、それをいったのは私の下手くそな理由づけだったろう。Kはわからないといい泣きつづけて、私はつまりただ別れたいのだ、それが理由だとくりかえした。ぼくは、一人になりたいんだ。いま、私はそれが正確に私のわがままにすぎぬのがわかっている。

……わがまま。私は口の中でいった。でも、それがおれじゃないか。おれはひとを傷つけたくなく、しかも傷つけずには生きることができない。最初は誰のいい分でもうけいれようと努力し、でも、結局はそれを拒否せずにはすまないのだ。

「あなたはやさしいのよ。やさしすぎるんだわ。でも、だからこそ残酷なのよ、あなたは」

私は女の瞳を、女との記憶をふりはらうように首をふった。バスの座席には、シナ人らしい老婆が一人だけすわっていて、少女たちの姿はなかった。老婆は眠っていた。

怒ったように、強い眼眸で私はバスの床を見ていた。「……スッかたねえなあ」私は、低い声でいった。床は汚れていた。

そのとき、私は理解したのだ。一筋の光に刺しつらぬかれた闇のように、ある理解が私を裂き、苦痛に私は顔をゆがめていた。私こそがすべての紛争の原因であり、しかも、私はいつもその責任をのがれようとばかりしている。私は卑怯ミレンないやらしい小悪党だ。すべては私のわがままの結果であり、でも私はそれをどうしても認めたくはないのだ。他人との責任の連帯を絶ちたくない。

私は、人びとのいい分を拒絶し、他人たちを支配し、しかし、ついでに自分の孤独も拒絶したいのにすぎない。話し合いは、そこをうまくいいくるめる技術だった。私は、祖父をどうしても私の視野の外へ押し出したかったのだ。誰のためでもなく、私がそれをのぞみ、強行して、そのため私は母の『正義』さえ破壊したのだ。

良妻賢母、誰にも迷惑をかけぬ人間、誰からもうしろ指をさされぬ人間……古い家族制度と、それをつらぬくスジという観念。それを守りぬくのをただ一つの生甲斐とし、母は父の死後をがんばりとおしてきた。それが母の力であり正義であり、誇りだった。私はそれを否定し、無視したのだ。いわば私は祖父を棄て、そのことによって母を殺したのだ。ただ、私のわがままを通すために。この点、私はあの我執のかたまりのような祖父と他人ではなく、しかも、母とも姉妹とも、私は他人ではないのだ。――

　私は目をつぶった。黒い視野のなかに、私は真裸でころげている老人、湯上りの、いやいや首をふっていたその男根、醜悪で強力なあの一箇の我執をながめようとしていた。あの光景、あの記憶がおれを支え、あれからの一週間、家族たちの中でおれに同じことを主張させつづけた。あのとき、それをただ一つ確実なものと感じとった。祖父への怒りとも屈辱ともつかぬ激情、はげしい拒否の感情、その憎悪の明瞭さだけが、いまも、このおれのただ一つの力なのだ。……バスはのろく、それが私を苛立たせた。私は身体を硬くし、なにかに耐えるように膝の紙包みを見ていた。私ははやくSの家へ着き、一刻もはやく相談をまとめてしまいたいと思った。私は目に、かつて交渉をもち、そして別れた女たちの顔を描いてみた。Kを含め、その一人一人との別離の味、それぞれから自分を切断したときの記憶を、もう一度たしかめようとしていた。だが、いくら難渋した記憶があるにしても、それらは、いま立ち会いつつある肉親の一人とのそれにくらべ、まだしもなめらかな切り口をもてた気がする。かれらに発見するもののすべてが、同時に自分の裡にも存在してしまっている、そういう肉親とのあいだに、どうしたら私はなめらかな切り口をもてるというのか？　切っても切れないと俗にいうこのいやらしい関係、無法なこの侵入物にたいし、いったい、どうしたら拒絶が完成する？　その中では、おれは、けっして一人になることができない。

バスはふたたび電車通りに出た。見おぼえのある道路だったが、私は、街にかつての生気がまったく消え失せているのに気づいた。おどろくほど、街はさびれていた。

歩く人びとの顔にも、気のせいか疲れと無気力がにじんでいる。明るい飾窓のこのすくなさは、どうしたことなのだろう？　華やかさや賑わいの消えた街は、英字の看板が妙にさむざむと夜の風に吹かれ、駐留軍のあふれていた当時との距離をかたりかけた。

窓の外をながれる街、現在のY市、それは一つの遺跡であり、過去が遺棄しさった一つの形骸にすぎなかった。――急に、私は胸ぐるしいような羞恥に頬が赧くなった。では、このおれはどうかわったのか？　おれ自身、かつてのおれの廃墟ではないのか？　でも、あいかわらず、おれは同じおれのわがままに執している。完全な孤独という幻影、無感覚な「死」の状態。それを裏切る自分の生命を呪いながら、だが、おれは同じその幻覚に憑かれている……

Y公園はどうしたろう、とふと私は思った。外国船。埠頭を一望にできる海岸のあの公園。恐怖にふるえていた私。夕日の海。まだ若く美しかった母。その記憶にさそわれるように、いくども私は立入り禁止のその公園のまえをあるいた。なかにはカマボコ型の兵舎群や、将校専門のしゃれた小さな住宅が建ちならんで、通りすがりに私はその赤い屋根瓦の一棟で、美しい女優のような金髪の女が、やはり金髪の可愛らしい少女に行水をさせているのを眺めたことがあった。パイプをくわえ軍服のズボンの夫が、悲鳴をあげる少女にホースで水を浴びせ、きらきらと明るく清潔な飛沫が昼の光をはじいた。外人の家族は大声で笑っていた。

どうしたろう、と急に熱心に私は考え、そして、あのとき私がKとつれだっていたのを思い出した。Kは袖なしの紺のブラウスを着ていた。吸いつくようなその腕が私の腕にからみ、私たちは、五百円の安宿から出てきたところだった。

「——幸福そうね、私たちも、はやくあんな家に住みたい」

金網に手をかけ、立ちどまってKはいった。「理想ね、あの人たちのように毎日をたのしみたい」

きっと、私は皮肉な返事をしたのだと思う。むきになって、Kはいった。「あの人たち、愛しあっているのよ」

「……でも、ユチャクしあってない」

私はいった。この一言を、私は妙にあざやかにおぼえている。癒着しあわないで愛しあうこと、それはいまもおれの理想なのだ。

電車通りを右に折れて、バスはゆっくりと高台に向かっていた。私は、忘れずにSの養子夫婦に、Y公園はもう日本人が入れるようになっているのか、それを聞いてみようと思った。

Sの養子の家は、だが高台のはずれで、ひどくわかりにくいところだった。はげしい風に吹かれながら探しまわり、やっとそのトタン屋根の、いかにも新築らしい家をみつけたとき、私はもう、すっかりY公園のことは忘れていた。

私は疲れきっていたのだ。けたたましいスピッツの吠声が私を迎え、白い柵をあけると玄関に灯がはいった。私は気力をふるいおこし、「ごめんください」と、わざとほがらかな大声でどなった。

私はその夜、酔っぱらった。Sの養子と二人で街に引きかえすと、気の重たさを吹きとばして私は彼と安酒場をうかれあるいた。Sの養子はY市の警察につとめていた。

それからまる一月たった晴れた日。私は祖父をSの家に送りとどけた。

前日までラジオの仕事があり、夜おそく海岸の町に着くと、私はトラックの手配や荷造りのしなおしやらで徹夜をした。母は、私以外の誰にも祖父の引越しの手つだいをゆるさず、祖父とSを寝かせると私は一人だった。

ときどき、祖父かSかの便所の戸をあける音がしていた。祖父の荷物は意外にたくさんあり、その全部の縄のかけかえを終えたときは四時だった。私は荷物の置かれている部屋、かつて父の死んだ部屋の、その父の遺骸が置かれていたあたりに寝ころがって天井をながめた。……私は、自分がある結末のなかにいる気がした。家は、もはや緊密な一つのかたまりではないのだ。崩壊のなかに私はころげていた。家には主権者がなかった。病みおとろえた母の顔を想い、白い風が沁みるように胸が痛く、私はふと父の言葉、ただ一度だけ母について語った父の言葉を思いうかべていた。私はまだ幼く、あれはたしか父が母のことで批判めいたことをいったときだ。泣いてくってかかる私の頭を撫で、父はあやまったあとでいった。「そう、お前にはお母さんは絶対で、それでいいんだ。あのひとはいつも正しい、……でもね信一、だが、正しいだけじゃ、人間としては片輪なんだ。あれだって、けっして完璧な奥さんじゃないんだよ。いまに、お前も結婚すればお父さんのいうことがわかるよ」

私は起きあがった。もう、いいのだと私は思った。考えることなんか要らないのだ。おれは、その父とは他人であり、同程度に母とも他人なのだ。

なにもすることがなかった。眠りこむほどの時間もない。私は、祖父とSとに朝風呂を沸かしてやろうと思いついた。

味爽（まいそう）の海に出発する漁船の、単調なエンジンの音を聞きながら私は風呂を焚いた。風が氷のように痛く、もう十二月で、だがその日はいかにも初冬らしい、みずみずしい澄んだ青空とともに朝があけた。七時にトラックが到着した。

Sは、道案内と荷物の監視のため、どうしても自分がトラックの助手席に同乗すると主張してきかなかった。薄化粧をしたその老婆は、奇妙なほど張り切り、頬を赧くしてひどく興奮していた。

その小型トラックを送り出すと、一服して、私は祖父にくっついて海岸の家から出た。私たちは、ほとんど口をきかなかった。

祖父は茶人の帽子を頭にのせ、十徳の上に、ラッコの襟のついた道行きを着てめかしていた。車内では、網棚のゴルフ道具のあいだから新鮮な蜜柑の芳香がただよい、私はやっとみつけた席に祖父をすわらせると、週刊誌をめくりながらその横に立ちつづけた。祖父は目をつぶって、ステッキにかじりつくようにしていた。なにもいわず、私もわざと彼には目を向けなかった。

なぜか、しきりに欠伸が出た。そのくせ、私はしいてぼんやりした表情、感情のない無感動な自分をつくろうとしていた気もする。……むしろ、目のまえにいる祖父を含め、私はなにひとつ理解すまいとだけしていたのかもしれない。その一月、私は『悪』とか『罪』についてのさまざまな言葉を収集し、しかし、すべてのそれを捨てた。必要なのはツジツマ合わせではなく、私が他人たちの中に溶解してしまうことでもない。ごまかしも、言葉による応援もいらないのだ、と私は思っていた。

あれから。クラス・メートや叔母たちからさとされ、母はようやく祖父をY市に移すのを承認してはいたが、だがその表情の険しさは消えなかった。逆に、表情は日ましに硬く鋭くなり、険悪なまま凝固しかけていた。母はいった。

「無人島に住んでるのでもあらへんのに、どうしてあんな勝手な、むちゃくちゃな気ずいがゆるされてええの？ いくら九十の老人やていうたて汽車の切符はただにはならへんのえ。そら、ぼくの一万円や。そやけど、結局それはあてらの暮しをつめてつくるお金やないの。あてらがちゃんと世話するていうてるのを、おことわりやしたおひとに、なんであてらが暮しをつめてまでつくさんならんの？ どうしてもわからへんわ。くそ爺い。エテ公といっしょえ。あのひとのためやったら、あてはもう、舌を出すのかて惜しい……」

私が、母を理解しているといえるかいえないかは知らない。この一月というもの顔を合わすたび母にそういわれつづけ、私は、じつはもう理解はどうでもよかったのだ。つらい気持ちで私はおとなしく母の言葉を聞き、姉妹のくりかえすその補足説明を聞きつづけた。私にできることはそれしかなく、私はそれが母の中のなにかを発散させ、母が気分をかえてくれることだけをのぞんでいた。……

私の救いは、その母に発作がおこらなかったことだ。もし祖父と顔を合わせたなら、母にまた海岸の家でのような苦悶と呻きとがやってくるのを、私は確信していた。執拗な同じいい分を浴びせられつづけながら、私は家族にとり、自分が理解されぬ一つの横暴でしかなく、しかしその単独な「横暴」である自分に耐えぬくより、おれの仕事はないのだとだけ思いこもうとしていた。人びとの重圧を、私は自分の充実に置換していた。私は一人であることに耐えつづけた。私には、自分の硬い孤独を見失わぬことだけが仕事だった。

黄色い塗装の剝げかけたクレーンの立つ工事現場は、一月まえと同じように、やはり人かげがなかった。Y駅の広場に立ち、私はタクシイを拾った。

私たちが言葉をかわしはじめたのは、そのタクシイの中でだった。祖父は、前夜も大さわぎをして卵の白味で手入れをした頤鬚を気にしながら、急にやさしげな声をだした。「……こんどのことではお前にはえらい迷惑をかけてしもたな。お前も、疲れてるだろ」ひどく親身なものを感じさせる口調で、私はそれに誘われる感情を意識したが、おっと、と思った。こいつが危ねえのだ。

だまっていると、案の定、祖父はいった。

「お前、重々、身体には気をつけんといかんぜ。わかってるな？　一万円は、だいじょぶだな？」

というわけだな、と思い、私は苦笑していた。祖父はくどく念を押した。

「だいじょぶだな？　え？　もしも遅れたりしたらコトだぜ。毎月、ちゃんちゃんと送ってくれよ、いいな？」

「送るよ、毎月一日に。きっと」

昨夜から何度くりかえさせられたかわからない返事を私はした。私はまた欠伸をした。

「安いもんだよ、お前」

祖父はふざけた声でいった。「だいたい、食費だけで一人五千円はかかるぜ、それに小遣いがいる。おなじ小一万の金で、わしも、お前もお母さんも、Sの婆あも、みんな得心していられるんだ。……どうだ、もすこしふやせんかい」

無理は承知だという語調だったが、でも祖父はすこし熱心すぎてもいた。

「……ムリだよ」私は笑った。「こっちにだって、都合があんだもんさ」

「ちえ、しぶちん。もうすこし出さんかい」

私は、わざと明るい声でいった。

「ダメ。ザンネンでした」

「こん畜生、いいよったな」

祖父ははずむような大声で笑いはじめ、声を合わせ、私も笑っていた。快活な、ほがらかな笑いだった。突然、私は笑いやめた。

私は、その祖父と私とのあいだに、奇妙に明朗な、緊密なつながりがうまれていることをかんじたのだ。おれはおれの殻を閉ざし、けんめいに誰との連帯も頑固に拒んでいたはずじゃないのか？　なのにいま、おれと祖父は、ご機嫌であかるく透明な、同じ笑いにつつまれてしまっている。この気の合いかたはなにごとだ？

白い頤鬚をふるわせ、祖父はまだ笑っている。反射的に、母の険しい顔、非難する家族たちの顔が目にうかんで、だが、私は彼女たちとはべつな理解、ちがう絶望が、自分と祖父とをつなげている気がした。おれたちは、他人たちの中で自分が一人の敵、一箇の横暴としてしか、存在のしようがないことを信じている……そのとき、私は、祖父に仲間を意識していたのかもしれない。その感覚、それは一つの幸福に似ていた。

真昼の街、Y市の電車通りはニスを塗ったようにかがやき、急にタクシイがとまった。映画館のみえる交叉点にきていた。

「ねえ、中華料理でも食べて行こうか、オゴるよ」と、私はいった。「たしか、この近くに、昔の南京町があるんだ」

きっと、私はすこしセンチメンタルになっていたのだ。いま、私はそれを恥ずかしく思う。

——言下に、祖父はいった。

「いらん。もう結構。わしはもう、早く行ってしまいたいだけだ。……Sのやつも、きっと待ちくたびれていよるよ」

はげしく祖父は首をふった。とたんにタクシイが動きだして、その身体が、シートの奥に沈んだ。祖父は目をつぶった。

私は、ふと祖父が一まわり小さくなったような気がした。……人間がみるみる縮んで行く映画をみたことがあったが、あの印象に似ていた。目のまえで、祖父は急激に干した杏のように固くしなびて行き、そこには未知の矮小な老人が目をつぶっていた。

祖父はちぢんでいた。文字どおり、彼はシートに低く沈み、黒い道行きのしたに小さく凝固していた。ひからび、皺だらけの、ミイラのような色をした老人、醜怪な一匹の猿みたいな、乾物になった人間が、私と同じ震動にゆられていた。

黒い穴のような口をひらき、その祖父がニヤリとした。私は戦慄した。目をつぶったまま、彼はいった。

「……お母さんには、ずいぶんひどいことをいうてしもた」

答えずにいたのは、私に、未来のなかの自分をみたショックが尾を引いていたせいだろうか。とにかく、この祖父と私とは、まるで同じ人間の九十歳と三十歳みたいによく似てるね、と今朝もトラックの運ちゃんにからかわれたばかりなのだ。

祖父は目をひらいた。鬚をさわりながら、とぼけた顔で窓の外をながめた。「あれも、気性のつよい女だ。ちょっとでも折れるそぶりでもみせたら、そのままずるずるっと負けちまうにきまってたさ。……ようわかってたんだわしには」

私は、祖父がなんの話をはじめたのか、よくわからなかった。

「なんのことさ」と、やっと私はいった。

「なにって、お前、わしがSの家に行くことだよ。……なまはんかなゴネかたじゃあ、あいつはゆるしてくれはせんよ。ああ、ゆるさんとも、いまだってたぶん、ゆるしてはいんさ」

祖父は横目で私をみた。狡猾な微笑だった。「あいつは、怒ってるだろ。きまってるさ。お前も、きっと、なんてひどいことをいう爺いじゃ、わからん頑固爺いじゃと思てただろ。でも、わしはわざとああしてやったんだよ」

なに？　あれが芝居？　私は、頑迷そのものの顔で一方的にどなりつけた彼、居丈高な、興奮しきった祖父を思い出した。真裸で畳に仰向けにころげていた彼。あれが、わざとだった？

祖父はいった。「どうせ、しゃべってたてラチがあかん。だからお前にもお母さんにも、最初からガン、とおどしてやってそのままツンボになることにきめてたんだ」祖父は、得意気に歯の抜けた口をあけて笑った。「……そうそうボケて、たまるもんかい」

「……計画的かい？」私は呆れていた。「ひでえの。そのためにさ、お母さまに発作までおこさせたりしてさ、平気なのかい？」

「しょうがないさ」祖父は目をしょぼつかせた。「……とにかく、わしはSの家に行くのがいちばん気らくなんじゃ。そのためにすこしくらいお母さんが病気になったところで、お前、やむをえんじゃないかい」

「わかっててやっていたの」

腹が立つというより、私は、むしろ感心していたのだ。九十歳にもなり、祖父は、でもボケているのではなく、ただ、しっかりと自分の希望を手に握りしめて放さないのだ。これは、リッパなことではないのか？

「人生、喧嘩する以外に、おさまりのつかんこともあんだよ」祖父は一人ごとのようにゆっくりいい、急に、それが涙声にかわっていた。「……わしは、あいつに鬼婆あというてしもた、何十年と世話をかけたあいつに……すまんと思ているよ。あいつは、偉いやっちゃ。しかし、わしには、あの検事みたいな目がこわいんだよ。わしも、死物狂いだったんだよ……」

鼻をすすり、祖父は、私のわたすハンカチで音を立てて洟をかんだ。「どうせ、気持ちよくは、人間、別れられん。チクチクいがみあっていっしょに暮すよりは、わしは、このほうがずっといいと……病人のあいつを見ているのは、わしもつらいんだよ」

でも、なぜおだやかに話し合って、……ほとんど唇からあふれかけたその言葉を、私は嚥み下した。たしかにその話し合いは、気持ちよく成立するはずがないのだ。だから、母といっしょに住みたくない、という希望を芯にする祖父のその判断は、たしかに正しいのだ。母や姉妹とのこの二箇月、それがその祖父の正しさをおしえている。――意思の衝突した話し合いは、じつは衝突そのものにすぎない。目的の一致した話し合いは、事務的なとりきめの手つづきでしかない。その意味で、この世に話し合いは存在せず、協調というのも、じつはおたがいが国境をひきあうことなのにすぎない。

「わからんかっただろう、お前には。……だいたい、お前の親父も気の弱い男だったよ」ふいに祖父がいった。声は乾いていた。「お前も、甘い顔さえしてれば、苦労が苦労にならず通りすぎて行くと思いこんでるみたいなところがある。それが甘いところなんじゃ。そんなもんではお前、世の中はわたって行けはしないぜ。……お前も、よくおぼえておけ」

私は、答えずに目を窓に向けた。道の左側に灰色の建物が近づき、赤旗がゆれ動くのが目にうつった。一列に白衣の看護婦がピケを張って、ストライキの要求事項が白い幟（のぼり）に筆太に書かれていた。雀の学校のようにいっせいに口をひらき、目を天に向けて女たちは労働歌をうたっている。顔が、次つぎとすばやく窓の外をながれた。

祖父はだまり、なにかを考えるようにうつむき、ステッキの柄をみていた。タクシイは速度をかえなかった。振りかえると、病院の門の上の彫刻がきらりと光を射て、ながながとつづく粗い石の壁に、剝がれかけた選挙用のポスターがならんでいた。総選挙は、十日ほどまえに終っていた。

……話し合いか。私は口の中でいった。もし一年まえだったら、私はその可能性への幻影を、こうまで捨てはしなかっただろう。なんとなく、私は暗い海のように議事堂をとりかこみひしめいていた群衆の、その一人だった初夏の夜を思った。

「わしは、ソンをしたよ」

ぽつりと、祖父がいった。

「ちゃんともう、わしはあの海岸の家で死ぬつもりで、いい辞世の狂歌をつくってあったんだよ、海を詠みこんでな。……それが、ムダになってしもた。……あれはお前、傑作だったんだぜ」

いかにも残念な口調で、私は苦笑するほかはなかった。

「なあに、また傑作ができるよ、うめえんだから」

「ふん、べんちゃらいいよってからに」でも満更でもない顔になると、祖父はふところから句帳を出し、指に唾をつけてめくった。

「ま、こんどは、挨拶がわりにこの歌を年賀状に書くつもりでいる。読んでみなさい」

むずかしい変体仮名の多いその狂歌を、私は首をひねりながら読んだ。「更(さら)にまた、苦渋(くじふ)の坂(さか)へかかるなり、白寿(はくじゆ)の嶺(みね)を目(め)あてにぞして」

私はうんざりした。

「苦渋は九十じゃ。白寿は知ってるだろ、百歳のことだよ」

自慢げに祖父は笑い、浮かぬ気分のまま私はでたらめを答えた。

「白寿って、九十九じゃねえのか。百には一本足りねえもの」

「おや？　そだっけかな？」

まじめに祖父は考えこみ、ちょうど車が高台への傾斜にかかりはじめ彼はまたシートに低くなった。右側に子供たちのあそぶ小学校の庭がみえた。私は、句帳をかえしながら、わざとさりげない声でいった。「でも、家への年賀状には、この歌はいらないよね？」

「なに？　……いるよ。いるにきまってるじゃないか」祖父はやや気色ばんで、声を大きくした。「これはお前、わしの新年の、来年の新年の、感想だぜ？」

「それはわかってるよ、だけど、ちょっとシゲキ的じゃねえかな」

私は、なるべくおだやかに祖父をいいくるめるつもりでいた。こんな歌を読まされたら、母がまたなんというか。

「バカもん！」だが、祖父はどなった。唇をわなわなさせ、彼はけんめいに身をおこした。「歌というものはお前、これはいわばアイサツだぜ？　なにがシゲキ的だ、お母さんにこれを出して、なにがわるい？　なにをいうてくさる」

祖父は舌をもつれさせて、ステッキを持ち上げその柄で私の頬を小突いた。「わしが、お母さんに、九十歳の感想を書き送ってなにがわるい？　それにこの歌には、わしは苦労をしているんだ、ひと晩寝ずにつくったんだぜ。これは風流なんだ、お前らは、風流もわからんのか？」吃って唇から泡をとばしながら、祖父は執拗に、私の頬骨をぐいぐいとステッキの柄で小突いた。突然、目のまえでなにかが炸裂した。私はどなった。

「……わかるかいそんなもん！」

一瞬、自分が爪を剝いて、高い木にかけのぼる猫になったような幻影が私をとらえた。顔を真赤にして、私は、自分が祖父に生れてはじめての怒声をあびせかけるのがわかった。私は悲鳴のように一息にいいつづけた。「更にまた、苦渋だなんて、いくら風流ないいかたか感想かはしらないけど、なにもお母さまやおれたちを、これ以上いやな気分にさせることはねえじゃないか、だいいち、Sさんの家に行くのは、お祖父さまが、自分でいちばんいいと思ったことじゃないか、いまさら恨みがましく、ひとをよけいやりきれない気分にすることはねえじゃないか」

祖父はびっくりしたように口をひらき、ぽかんとした顔をしていた。白濁した斑点のういた瞳、死魚の目のような曇った老人の瞳がみつめていて、私は背に顫動がはしった。私は顔をそむけた。唇が、まだぴくぴくとしていた。

「……出すのは、わしの勝手じゃ」祖父はいった。声は低く、すこし震えていた。

「……じゃ、破るさ」

私は、吐きすてるようにいった。冷たく汗が首をはしり、恐怖に似た感情、後悔のようなものが胸をかすめさったが、だが私はわざと祖父に目を向けなかった。車は、バスの終点を通りこした。

高台は風が唸っていた。虚空に短い笛のような音が連続して、それは電線が風に鳴っているのだった。初冬の晴れた丘のしたに、胡麻を撒いたように艀（はしけ）のうかぶ港が、遠く白くけむっていた。

Sの家を出ると、私は風に身をよじりながらぶらぶらとバスの停留所へとあるいた。家々のあいだに、すぐ海は見えなくなり、風のあたらないところに立つと、日ざしの暖かさがわかった。Sの養子の休日をえらんできたおかげで、荷物の整理もはやくすんだ。私がSの家を辞去したのは、午後二時ごろだったと思う。

「そんなにていねいにせんかていい」

祖父が、彼の机を拭く私に声をかけたのは、S家の人びとへの気がねだったろうか。外出用のラクダの十徳のまま玄関に送ってきて目を拭う祖父をみつめ、私は心があふれかけた。正月にまたくることを約束して、だが、私はわざと振りかえらずに白い柵を押した。庭の隅で、吠えかかるスピッツをおさえ、Sの養子が「どうか、ご心配なく」とどなった。それにも私は、私のまえにお辞儀をしただけですませた。犬の吠声はすぐに消えて、私は速足に曲りくねった坂、はげしい風があおりあげる細い赤土の坂道を降りて行った。……

私は、その単独運転のバスの中に、私の他に何人、どんな乗客がいたのか思い出せない。といって私がそれまでなにを思い、なにに気をとられていたのか、それも憶えてはいない。ただ、制服の運転手の背をみつめたまま緩い傾斜の道を揺られていて、私はふいに気づいたのだ。私は解放されてしまっていた。祖父は、すでに私の心にはなかった。

私は爽快で、ひどく晴ればれとしていた。透明な、自分がからっぽになったような澄んだ気分のまま、私は、まるで一箇の荷物のようにバスの震動に揺られていた。

祖父を、棄ててきたばかりだというのに。たったいま、彼を拒絶してきたのだというのに。でも、たしかに私には、なんの後ろめたさも、心のこりも、苦痛も感傷も、いや、なんの感情もないのだ。……呆然とし、だが、私はみとめていた。私は、自分が糸のきれた凧のように空にうかび、青空のなかで一人きりでいるような気がしていた。私は爽快で、だが、その爽快がへんに不安だった。青空をただよう一箇の屍の自分。なんの支障もなく自分がぽつんと一人きりでいられること。透明なその空白、さばさばとしたその状態の爽快さが、妙に不安だった。意味もなく、私は呻いた。二、三度、かるく咳ばらいをした。おしっこに行きたい子供みたいに、そわそわと膝を開けたり閉じたりした。いまつきあっている女の肌を考え、黒子ごと大きく呼吸をするその胸のふくらみを想像して、ズボンの下がうごめくのに安心した。明日、あいつに電話しよう、と思った。

だが、不安は去らなかった。私は、自分に充実をとりもどしたかったのかもしれない。それとも単純に、祖父と他のケースとの比較を思いついただけだろうか。私は、古い女たちの顔を心に呼び、それぞれと別れたときの記憶に目をこらした。——そうだ、と私は思った。おれはそのたびごと、一つの後ろめたさの中に、けんめいにもぐりこもうとしてきた。

……じじつ、私には、うしろ暗く卑劣な自分だけに没入することこそ、私にふさわしい、私が愛し、信じられるただ一つの情熱のように思えた。私はいつも自分にくりかえした。私は卑劣だ、私は最低だ、自分のことしか考えない。いかにも、それは「卑怯者」の正義だろう。だが、結局私にはそれ以外に、頼りにできる人間のイメェジがなかったのだ。逆にいえば私は、それだけを頼りにし、力にして生きつづけた。すべての「立派さ」への不信、確信への嘲笑、癒着の拒否。ひとときの興奮がさめると、私はいつもそこにかえる。私は、必死に、そういう「自分一人」への逃走をねがう後ろめたさにだけしがみついて、すべての切断に耐えてきたのだ。

ところがいま、と私は思った。おれにはその、「自分一人」へと投身する、陰惨な暗い激情さえいらない。ほとんど、おれはおれの目的、肉親を切断してさえなんの痛みも感じない自分になりかけてしまっている。……つまり、おれの死に。平和な、一箇の生けるシカバネの自分に。

私は空想した。まわりには白い風だけが吹きめぐっている。私はだだっぴろい座敷の中央に、ひどくすがすがしい気分で一人だけでころげている。私はもう、怒ることも嫌うことも、恐怖も恥も憎しみも、愛することもしらない。荒涼とした瓦礫と人びとの死骸の山のなかで、私は、まるで風呂にでもつかるように、屍臭の渦巻くその風にのんびりと身をまかせている。残酷なほどの青空が頭上に照り、それは空襲のころの記憶に結びついているのかもしれなかった。とにかく、まわりに生命のない風景が私の理想なのだ。周囲はすべて朽ちた骨で、でも私は一人きりで、鼻歌でもうたいだしそうな幸福な顔をしている……

口の奥で、かたく嚙んだ奥歯がカチカチ鳴り、私は、そんな一箇のからっぽな荷物みたいな自分に耐えるように目をつぶった。「……あなたって、一人でいるとき、すごくこわい顔をしているのね。ぜんぜんちがう人みたいよ」「こないだ街で見かけたのよ、でも声をかけるのやめちゃったわ、あんまりおっかない顔で歩いてるんですもの」——女たちの声が耳にきこえ、「……そうさ」と私は心のなかで答えた。「おれは、たぶん、生きているあらゆる人間がきらいなんだ」

「じゃあ死ねばいいわ」とK。

「……死ぬかい。死んでたまるか」私は、低くいった。「生きて行くつもりでいるからこそ、生きているやつがきらいなんだ」

突然、私は思った。おれは母を、姉妹を憎んでいる。彼女たちに、ほとんど殺意さえかんじている。——そのとき、私は母に、姉妹に、いつか祖父に抱いたのと同じ感情、恐怖とも怒りともつかぬ、拒否の激情以外のものをもたぬ自分がわかった。おそらく、と私は思った。おれは彼女たちを一人一人、力ずくで殺すだろう。祖父のように。祖父をいま、おれが殺したように。

「……イチ抜けた、か」祖父の顔を想い、私はすこし笑った。笑いはすぐに死んだ。いやな気持ちだった。

いまに、私は家族たちのすべてを自分から切断して、ケロリとしていることだろう。かれらへの屈辱に似た感情、赤黒く光る熱いどろどろとしたもの、私は、それが私たちを繋げている血の環であり、腐った腸のようなその血の連繫こそ、私の憎しみであり、私の『愛』であるのだ、と思った。だが、それこそがおれに殺人を要請する。

……私は、いたたまれないように座席から立ち上った。動作が大げさすぎたのかもしれない。バスがとまった。そのまま、私はバスを降りた。

ちょうど一月まえ、街のさびれたのに気づかされた街路だった。私はうつむき、速足にその電車通りの端をあるいた。街は空がひろく、午後のやや稀薄になりかけた光を負い、ただ歩いていることが快かった。私はその道がどこへ行くのかを知らなかった。

私は、そのとき私にふいに性欲が充溢してきたのを、どう説明したらよいか知らない。自分が原因であるということ、自分が一つの兇器なのだということ、その意識が、私に重苦しい性の充実を連想させていたのか。熱っぽい白い靄のような女の幻覚にのめりかけて、私は大きな呼吸をしていた。突然、木にかけのぼる猫になった幻影、タクシイの中で、祖父にどなったときの記憶がよみがえって、私はふと、それを女にのしかかるときの感覚に似ている、と思った。——たしかに、ときどき私は女の腹の上で、単純な悪意だけに化している自分を発見する。純粋な快楽にうめき我を忘れているその動物がゆるせない気がしてくる。もし私が人間なら、女は人間ではないのだ。それは練り粉のつまった人形、人間のかたちをした一匹の豚でしかなく、すると吸い着くように私に密着した女の肌が、みるみるウロコの凝集したざらざらの鮫肌になって行く気がして、私は、目をつぶり必死に爪を立てるようにしてそのおぞましさをこらえるのだ。私は唇をゆがめた。唾液が、白く弧を描くのを私は見た。

歩きながら、だが私は、現実の女には目を向けなかった。通りにはあまり人かげがなかった。はやらない問屋街みたいな、間口ばかりひろい店がつづいている。なにかを、私は思い出そうとしていた。Kとの、はじめての夜の記憶かもしれなかった。

ぼくは、愛されない資格がある、と私はいった。Kは、それを傲慢だといい、そんな人間はいやしないのだ、といった。ぼくは誰も愛さないから。ぼくには人並みの人間の資格がないのだ。大げさね。Kは笑った。逃げたいのね、私から。それだけのことじゃないの。私はけんめいに抗弁した。Kは相手にならなかった。怒ったように眉毛をあげ、でも笑いながら睫をベッドの上に落した。いや。はやく。といった。私は捲きこまれた。

私は、Kの言葉は正確だったと思った。おそらく、それは私の傲慢、女から逃げるときにさえ傲慢でありたい、私の子供っぽい卑怯さがいわせた言葉だろう。……しかし、いまなら、私はその自分を、よりうまく説明できるかもしれないという気がする。あのときより、いくらかでもこの自分につき、はっきりとした言葉でなにかをいうことができるだろう、という気がする。……

市電の停留所の「C町」という字が目にはいって、私は足をとめた。知らぬ名前だった。ちょうど薬屋の、等身大のボール紙の女優が笑っている広告のまえで、すると紺いろのタクシイが私の横にとまった。

私はそれに乗った。「Y駅へ」といった。私は疲れていた。

……はじめ、私はそのままY駅から、まっすぐ東京にかえるつもりでいた。Y公園に寄る気をおこしたのは、それがY駅への道の途中にあったせいだ。私は、この一月のあいだすっかり忘れていた質問を口にだした。「もう、日本人もはいれるんだろう?」

「そうね、今年の三月ころからなあ、やっと日本人もはいれるようになったね」若い運転手は陽気な声で答えた。「あそこも、新埠頭をつくるのに土地をとられちゃったりして、だいぶ狭くなっちゃってね」

　見おぼえのある門のまえでタクシイを下りると、はげしい風が私の外套をふくらませた。風はひどく冷たく、眩しさの消えた午後はまだ明るかったが、私は襟を立てマフラーを喉で合わせた。私は門をはいった。

　とたんに、繁吹が無数のこまかな針を吹きつけるように私の全身をおそって、私は目を細めた。最初、私はそれを海からの贈物だと考えたが、じつは正面の噴水が飛沫を風に飛ばせているのだった。円型の噴水は、中央に甕（かめ）を肩に荷った女神をおき、五色のスポットの光で彩られて、私はナイト・クラブの庭に迷いこんだような気がした。海は目のまえにあった。一瞬、私はそこに夕陽を浴びて港に見入っている若い母を、恐怖に泣いている幼い私をみた。だが、いまそこには一人の人間の姿もない。打ちつける波の飛沫が舞うように大きくのびあがって、岸壁にたたきつけるその薄い水の膜をとおし、青黒い海肌だけがむくむくと動いていた。強すぎる風の吹く冬の海岸公園には、訪れる人もないのだろう。

　あの赤い屋根瓦の家、たしか、あれはこの左手にあったはずだ。何気なく首をまわし、私はおどろいて呼吸をのんだ。私は、ちがう場所に来たのかとさえ思った。

　いったい、どうしたというのか？　そこには、一軒の家もみえなかった。一面の枯れた芝生、すこしの杉のような木のほか、公園にはなにもないのだ。だだっぴろい冬の芝生だけがひろがり、その向う、水平線の灰色にけむる港を背景に、一組だけ小さな日本人の男女が、しっかりと腕をくみ強風によろめきながら歩いていた。った。浮き上るように、女の赤い帽子が風に乗った。

私は呆然としていた。米軍は、宿舎や家をぜんぶ取りこわして行ってしまったのか。そうとしか考えられなかった。あわてて見まわしても、門の右手にも左手にも、記憶の中の宿舎や家は、影もかたちもない。風が、白い紙屑をころがし、どこまでもその紙屑がころげて行く枯れた色の芝生に、家はその輪郭も柱の跡も残してはいない。……私は、やがてその驚愕、その狼狽が、唇をゆがませるようなある認識、一つの冷えびえとした感動にうつって行くのがわかった。まるで嘘のようだ、と私は思った。あのとき、私とKを魅したあの赤瓦の屋根の下での生活、そこでの人間たちのけっして癒着しあわない習慣、かつて私にそうみえた生活、あれはどこへ行ってしまったのか。

風が私の頰を打ちつづける。アヴェックがすぐそばを通りすぎる。だが私は同じところに立ち、動くことができなかった。私は放心し、私は理解していた。しらじらしい納得が、私をしばっていた。

港に、デンマークのらしい淡緑色のスマートな大型船が動いていた。――そのとき、たしかに私は理解していたのだ。かつてこの港で外国船を眺めていた自分が、じつはそこに「出発」の幻影を見ていたのにすぎぬように、あの赤い瓦の家は、「生活」についての私の夢の容れものにすぎなかった。夢。といって私はアメリカの煙草やチョコレートや、外人の家具や声音や金髪女をほしいと考えたのではない。私はその、それぞれが同じサイズの個人たちの、明朗で残酷な集結、清潔なその愛にあこがれていたのだ。

でも、まるで幻影の家のように、その家は目のまえのこの芝、この日本の土になんの形跡ものこさず、きれいに消え失せてしまっている。ちょうど、私の希望していた生活、独立した堅固な人格と人格との、おだやかな話し合いで支えられた構築物、そういう人間たちの日常が、私だけの白昼夢だったように。……私は、戦後復学した中学での、眼鏡をかけた教師が熱っぽくしゃべりつづけた社会科の授業を思ってみた。話し合い。個人主義。自由と平等。人間は対等である。多数決。私は、自分があのころから、これらが人間への、一つの絶望からうまれた手つづきなのを知っていたと思う。しかし、その絶望は、結局は私にとり、一つのあこがれにすぎなかった。幻影であり理想でしかなかった。げんにこの私は、いま、目からウロコが落ちたように、それとはちがう絶望、ただ一つの、本当の自分のそれにもどっている。力。殺意にしか、他人との本当の関係のしかたはないのだということ。私はもはやそれ以外のなんの幻影も信じはしないだろう。祖父と同じ。おれは九十歳の日本人だ。

家の跡すらない初冬の公園の芝生に、私は空漠とした自分の内部をみた。私は、私自身を垂直につらぬく一つの視線だった。ただ、はげしい風の音だけがあった。あまりにその風がつよく、寒いせいか、視野には人の姿がない。色褪せたひろびろとした芝の上を縦横に風ははしり、私はその風にさからうように海に向かってあるきだした。若かった母と同じ岸壁の際に立った。あの母と同じように、海に目をこらした。

だが、私はかつて母がそこに眺めたものを見ようとしていたのではない。私以外の人間については、祖父や、明日デートをするつもりの乳房に黒子のある女友達、死んだ父や、現在の母や姉妹たちを含め、そのとき私はなにひとつ考えていたのではなかった。私は、私一人だった。淡緑色の船は、すでに大桟橋に横づけになり停止している。海は思ったより静かで、でも、重い大きな波が、うねりながら次つぎと挑みかかるように迫ってくる。木箱やらコンドームやら外国煙草の空箱やらの浮いた海は、はなやかに岸壁に盛りあがっては白い泡のなかに崩れ、吸われて行く。満潮にちかい岸壁は、そのたびにまるで雨のような繁吹が上から降りそそいだ。両掌で、鼻と唇をおおわないと、風圧でほとんど呼吸ができない。海は、不気味に青黒い襞を重ねるようにうごめき、みつめながら、私は自分がその原始からの怪獣、巨大な動物のなかに呑みこまれそうな全身の恐怖にとらえられた。びしょびしょに頬を濡らしたまま、私はだが、けんめいにその海に頡頏(きっこう)しようとする自分だけをかんじていた。「……畜生。畜生」知らぬうちに、私はそう声にだして呟きつづけていた。

（1961（昭和36）年5月「新潮」初出）

軍国歌謡集

私は人間が進歩したり、性格が一変したり、というようなことはあまり信じてはいない。たしかに人間は変るものだが、それはべつに進歩を意味しないし、他人になるということでもない。彼の中の感情の回路、納得の形式というものは、いつのまにか一定してしまっていて、それは取り替えがきくものではない。

大学生だったころ、友人の下宿にころげこんでいた季節がある。ときどき、私はその下宿での自分の経験が、皮膚の奥から一つの烙印のようにまざまざと浮かびだすのを感じる。そして、たぶん、私は一生あのときの自分から他人にはなれないのだ、と思う。……これは、かなり絶望的な認識だが、でも、その絶望からしか、私はなにひとつはじめることができないのだ。

その下宿で暮したのは、四月の半ばから夏にかけてだったが、たしか朝鮮での戦争が、さんざん難渋した板門店での調印で、やっとケリがついた年だったと思う。私は二十一歳になったばかりで、酒を飲んで議論をするのが大好きという困った男だった。女性にはほとんど関心をもたなかった。(前の年、私ははじめて商売女と接して、早まりすぎた失敗をおかしていた。それで自信がなかったせいもあるが、そのころは半分は本気で、自分には女なんか要らないと信じていたのである。)要するに、私は生意気ざかりだった。

友人といっても、場末の飲み屋で知り合った男なので、そいつは大学生ではない。彼の職業は映画のエキストラで、毎日バスに乗って撮影所に出掛けて行く。酒の入っていないときはひどく無口な男だった。

もう頭髪が薄くなって、地肌が光りはじめているのに、真赤なシャツや派手なチェックの靴下などをもち、いつもだぶだぶのコールテンの上着を着て、低い声で私のことを、「アンタさん」と彼は呼んだ。……風態だけは一応の映画屋さんだったが、どうやら、うだつの上らない万年エキストラの一人だったようだ。でも、撮影所に通っていさえすればけっこう金は入るらしく、私は一文も払わずに毎日そこでゴロゴロしていたのだ。ときには少額だが小遣銭まで、そのエキストラ氏——本名か芸名かは知らないが、彼は磯島大八郎という名前だった——は、私に用立ててくれていたのである。

もっとも、私は最初から長逗留をするつもりでその下宿に連れてこられたのではない。そこで一泊した翌日、私が、彼のひきとめるままに居候をきめこむ気をおこしたのは、父のいない家族内でのわずらわしい自分の役目から、たとえ一時的にせよ解放されたかったためにすぎない。……私は、当時はまだ疎開先の湘南海岸で暮していた家族宛てに、すこし友人の家で勉強する、用件があったら手紙をくれ、手紙で返事をする、とハガキに書いて出した。母はふしょうぶしょう承諾の返事をよこした。

案ずるより生むはやすしとはこのことだ、と呟きながら、私はあんまり簡単に事が運んだのにポカンとして、母のその承諾の手紙を眺めた記憶がある。当時の私自身にさえ、その現実は夢のようだったのだから、いまの私にとり、それがまったく夢の中の出来事のようにしか回想できないのも、あたりまえのことかもしれない。しかし、とにかく私は、そうして、夢の中で暮しはじめたのだ。

磯島大八郎は、一風かわった男だった。私は、「大チャン」と呼んでいたが、彼は料理をつくることが上手で、居候の私にきちんきちんと食事を食わせるのに、責任と熱意とをかんじている様子だった。壁に、牛やクジラや白菜の絵の描かれた円型の紙が貼られていて、彼は毎日それを眺め、ヴィタミンはどう、カルシュウムはどう、蛋白質はどう、と呟きながら栄養価と熱量を計算して、もっぱら栄養のバランスがとれ、カロリーのある食事をつくるのである。大チャンはもと坊主で、お経もたくさん暗記していた。私は彼に般若心経を教えられたが、あんまりおぼえないので、彼は三日ほどであきらめてしまった。

彼は壁にいろいろなものを画鋲でとめておく趣味があって、文句は忘れたが、西郷隆盛の辞世の歌というのがあったり、汝、けっして怒るべからず、怒ることは友人を喪う術なり、汝、けっして許すべからず、許すことは自己を喪う術なり、という格言（？）を墨書した紙があったり、古い相撲の番付や、映画のスチール写真などが、その八畳の日本間の壁という壁に貼られていた。その中には、たしかオーデンの作品と思える英語の詩もまざっていた。彼は、一度結婚をしたことがある、というようなことをいったことがあったが、私はくわしくは訊かなかった。彼が、いったい何故、私を同居させ、食わせてくれるという親切心をおこしたのか、私にはよくわからない。私は大学の英文の生徒だったが絵が好きで、展覧会を片っぱしから見てまわってはノートをつけたりしていた。そんな私、それも彼よりは十歳は確実に年下の私を、彼はどういうわけか尊敬さえしているみたいだった。酒を飲みたい、と一言いえば、たとえ借金をし、眠っている店をたたきおこしてでもウィスキイ壜を買ってきてくれるのである。そして、いちいち真剣にうなずいては、私のでたらめな美術史の講義をきく。私は思いつきの、口からでまかせの仮説を、さも最新の学説のようにしゃべりまくる。あらゆる巨大な絵描きたちを一言で片づけてみせる。すると彼は心から感にたえたように、いかにもうれしそうにうなずくのだ。私は、次第にそんな大チャンにいらいらとしてきて、だが一方、自分の気焔に逆にあふりあげられるみたいになり、しまいに収拾がつかなくなり、酔っぱらってそこにノビてしまう。そして翌日、自分がちゃんと大チャンの浴衣を着て、蒲団の中に寝かされているのに気がつく。

……いまから考えれば、どうしてそんなことができたか不思議な、いささか恥ずかしくもある話なのだが、それが彼の下宿での、私たちのくりかえしていただいたいの日課だった。いずれにせよ、私はそこで生れてはじめて思うさま羽根をのばし、好き放題な自分だけのおしゃべりを満喫して、大威張りで徒食していたのである。

下宿は、下北沢の駅に近いしもた屋の二階だったが、そこで暮しはじめて間もなく、私は窓の下を通って行く若い女の声の歌を聞いた。毎晩のように、その歌声が窓の下の道を通りすぎる。いつも、夜の十時前後になると、その歌声は聞こえてきた。

下宿には庭も塀もなくて、窓の下は、直接に、オート三輪がやっと通れるほどの道がはしっている。道は細く長く、しかしまっすぐにつづいていて、歌声の聞こえてくる方向を逆に行くと、表通りへと出るややひろい道につながる。歌は、どうやら毎日お勤めに出ている若い女が、帰宅する道で歌っているのらしく、日曜日や休日には聞こえないのだ。

道がまっすぐなせいか、しいんとした屋敷町の夜の静けさの中で、歌声はかなり遠くから聞こえてくる。それはまず、かすかな幻聴のようにはじまり、ためらいがちなごく細い声で、だが、はっきりと歌詞の立った澄んだ明瞭な歌いぶりで、まるで闇の中に一本の白い糸を引くみたいに、私たちの窓の下に近づく。歌はかならず戦争中のもので、一時、私の姉が夢中になって憶えたり歌ったりしていた軍国調のやつばかりだった。歌声の主は、歌詞をまちがえないよう熱心に気を配っていて、ちょっとでもつっかえると、また最初からやり直したりする。そして、一語一語はっきりと発音しながら、自信にみちた正確な歌いぶりで、闇の中をゆっくりと歩いて行く。……そんなことから、私はその女が、姉と同じ年頃に戦争を経験してきたオフィス・ガールで、しっかり者の、どこか潔癖なかたくなさをもった老嬢（そのころの私は、二十歳以上の未婚の女はみんな婆サンだと思っていた）だという気がした。大チャンは、どういうわけか、彼女は処女にちがいないと主張し、いままで夜のこんな歌声は、ついぞ聞いたことがなかった、といった。

だが、毎晩のように、その女の歌声は、森閑とした夜の闇の奥からはじまり、足どりと調子を合わせながら、テンポ正しく窓の下を通りすぎる。酒を飲み、大声でしゃべりあっている私たち――といっても、しゃべっているのは、ほとんどつねに私だけなのだが――は、なんとなく黙ってその歌声に耳をすませたりした。小さな、しかし可憐に張りつめたものを感じさせる声音に、奇妙に哀切な感動をかんじていたのかもしれない。私たちは、ときにはその繊弱な、か細い緊張した歌声に合わせて、「神風特別攻撃隊」や「学徒出陣の歌」や「丘の夕月」を、われ知らず小さく口ずさんだりするのだった。

丘の夕月　飛ぶ雁に
母のやさしい子守唄
おさな心に　あこがれの
空のトクカン　兄は征く……

大チャンは、青島で海軍の戦闘機に乗っていたという話だったが、歌のメロディも文句もまるで知らなかった。私は彼に執拗にせがまれ、うろおぼえの歌詞を書いて「軍国歌謡集」という一冊のノートをつくった。……お経できたえた彼の胴間声（どうまごえ）は、低声で西欧ふうな音程の曲を歌うのにはまったく適さなかったが、彼は肌身はなさずそのノートを持ちあるいて、表紙がボロボロになるまで読んで練習した。歌声が聞こえだすと、まるで待ちかまえていたように私にその曲の名前を訊き、あわててノートの頁をくる。彼は、低声で不器用に一節ずつを追いかけ、やがて、女の声になんとか唱和できるほどに上達した。私はあまり面白くなかった。だいいち、いまごろ戦争中の歌に熱中するのなんて、どこかてれくさかったし、抵抗と反感をおぼえはじめたのだ。それに、なんといっても大チャンの関心が、自分のいい加減な美術論からその歌声に移ってしまったみたいなのが、いまいましくなってきたのである。

そのうちに、私は次第にその女の顔を見てやりたくなった。声が窓の下にくるのをみはからって、窓を開けてみればいいのである。――だが、私がこのプランを話すと、大チャンは何故か頑強に反対した。それだけはやめてくれ、と彼は低く、しかし涙さえうかべて私にいったのである。

「私にはね、あれは救いなんです」と、彼はいった。「こうして、私はなんとなく毎日を生きてしまっている。ふわふわと、毎日を、本当に私たち人間ってやつは、上の空で生きているんだ。なんとなく、それが当りまえだと思いながら、自分にそう弁解をつづけながら、上の空で毎日を送り迎えしている。そうでしょう？　私には、この上の空の気分ってやつが大切なんだ」

「それと女の顔を見てやることと、どんな関係があるんだ？」

私は、手を合わせ、匍いつくばって私を拝まんばかりの大チャンが、よく理解できなかった。

「私はね、自分がまじめになることがこわいんです。まじめに自分について、自分が生きてるってことについて、私は考えたくないんだ。もしそんなことと正面からとっくみはじめたら、私は、道をまっすぐに歩くことさえできない。ぐずぐずと道にうずくまって、そこで死んでしまうのにきまってます」大チャンは、大真面目な顔で答えた。「私の聞いているのは、あの人の歌じゃない。歌っているあの人の感情なんです。それが、私を刺してくれる。あのひたむきな、思いつめた声音、緊張した歌いぶりが、私のいちばん深いところを刺してくれるんです」

「……ただの女の子の歌だぜ？　大チャン」

私は呆れていた。大チャンはその私の掌を握りしめて、それを上下に振るようにして叩頭した。

「そうです、そうです。アンタさんのいうとおりだ。あれはただの女の子の歌です。でも、私にはあれは意味があるんだ。私はだらしのない、無気力な人間だ。卑怯な、だめな男だ。私はまじめな人間じゃない。しかし、あの歌を歌っている人はきっとちがう。あの声は、鋭い刃物のように私を刺してくれる。私の、いちばん底にある忘れていたものを思い出させてくれる。そのありかを教えてくれるんです。それは痛みなんだ。でも、私は、そういう痛みが好きなんです。それが必要なんです。……私は、上の空の世界でしか生きて行けない。しかし、あの声に深く刺しつらぬかれる部分がある。これが私には救いなんです。これは、まじめな話なんだ。

お願いだ、あの人の顔なんか気にしないで下さい。もし、私たちが顔をのぞいたりしたなら、あの人は、二度と歌なんて歌ってはくれなくなる」

事実、そのとき大チャンは涙をながしていた。力ずくでも私を止めよう、という決意が察しられて、私はそれ以上、女の顔をみようと主張する気を失くしていた。……大チャンがその女の声に感じているのは、一つの純粋、一つの無垢というものだろうか、と私は考えたが、私には、どうにもそのときの大チャンの言分は理解できなかった。理解できなかったために、よけいそのときの彼の表情とか言葉とかを、奇妙な衝撃として私は心にふかく刻みつけたのかもしれない。

その夜も歌声は聞こえてきて、近づき、遠ざかった。私は低く熱心に唱和する大チャンの深刻な顔をみつめ、ふと、きっと大チャンは戦争で幾人かの人間を殺してきた、その記憶が忘れられないのだ、という気がした。彼は、おそらくあの女の澄んだ歌声を触媒として展開する、過去の中の自分の純粋さを愛している。が、同時に、その過去とはこんりんざい対面したくない気分で生きているのだ。——私は、そんなことを思ったのだ。

しかし、それから一週間ほどたったある夜、私は窓をあけた。歌の主の、若い女の顔を見たのである。

私は、発作的にそれをしたのではない。その夜、私が大チャンへの、すくなくも意地わるな意志をもっていたのはたしかである。ことによると、私は、私の好き放題なおしゃべりの相手の心を奪い去ったその歌の主に、敵意に似た感情を抱いていたのかもしれない。とにかく、私は計画的にそれをしたのである。

大チャンはちょうどその二三日前から、巨匠の演出する山賊の一味になり、帰宅はいつも十二時をまわっていた。彼は、きまって二階へと上ってくるなり今夜の歌はなんだったかとたずね、それを口ずさみながら、朝用意して行った私の食事の後かたづけをはじめるのである。前夜、私は彼のさも幸福そうな後ろ姿をみて、はっきりとその思いつきの実行を心に誓ったのだ。九時近いころには、準備は終っていた。私は窓の溝に油を塗り、電燈のコードをのばして、窓を引きあけると同時に、それですぐ下を照らせるように工夫をした。一度、その路地に下りて角度をためしてみた。万に一つの失敗もないつもりで、歌声が聞こえはじめるのを待ちかまえた。

案の定、十時をちょっと過ぎたころ、しのびやかな歌声が角を曲ってきた。いつもの声の主にまちがいはなかった。歌は「加藤隼戦闘隊」で、エンジンの音、轟々と……というあれであった。

隼は行く　雲の果て
翼にかがやく　日の丸と
胸に描きし　赤鷲の
印は　われらが　戦闘隊

そこで軽快な、弾むようなリズムから一転して、哀調をおびたルフランがはじまる。

……いさおの　かげに　涙あり

ああ　いまは亡き　もののふの……

ちょうど、そのルフランの切れ目だった。歌声が窓の下に到達した。私は、勢いよく曇りガラスの戸を引きあけ、片手で電燈のかさをもって、それを細い暗い道の、歌の出てくるあたりに向けた。私はびっくりした。歌の主は、色白の、まだ子供みたいな顔の少女だった。すくなくとも私には、彼女はまだ十五六歳くらいにしか見えなかった。

でもタマげたのは、もちろんその娘だったただろう。唇を円く肛門のような形にすぼめたまま、娘は、大きく見ひらかれた一重瞼の目で、窓に立った私を一瞬まじまじとみつめた。小さな、おびえたような顔が青白く呼吸をのんで、次の瞬間、それがみるみる上気したように赤く染まるのがわかった。

なにもいわず、娘はすぐ顔を伏せて、全速力で逃げるように走りだした。あわてた靴音が消えて行った。私は笑いだした。

なあんだ、と私は思ったのだ。日本ふうな顔だちの、小柄な首の細い娘で、赤いカーディガンのようなものを着ていた。彼女は、せいぜい高校生ていどの年齢のようで、私たちの想像していた気むずかしげなオールド・ミスとは、まるっきりイメージが違っていた。案外、定時制高校の生徒なのかもしれなかった。私はなんとなくあてがはずれた気がしていた。

だが、私はひどく愉快だった。そのようにして歌の主の顔をおぼえ、あらあらしく不意に土足で乱入したみたいに、娘に強引に私という一人の他人の存在を気にとめさせたのが愉快であり、意地のわるい歓びを私にあたえていた。

窓を閉め、電燈のコードをもとどおりに直すと、私は仰向けに畳に寝ころがって、くすくすとながいこと笑いつづけた。私は、娘にも大チャンにも、ザマアミロ、といった気分にこそなれ、悪いことをしたとか、すまないとかいう気持ちにはまったくなれなかった。他人というやつは、いつも残酷なものだ。人間には、いつだってそんな他人というやつが存在していて、他人は、いつだって人間を一人きりの世界になんて住まわせておいてはくれないのだ。それがあたりまえで、それが世の中というものだ。だから、こんなことくらい、べつに大したことじゃあない。多かれ少かれ、人間はみんな他人に耐えているのだ。それが生きることだ。……

しかし、時間がたつにつれて、私は自分の心の貧しさ、意地わるさが、不快になりはじめた。歌声の主が意外に可愛いらしい少女だったことも、私の心を痛ませた理由の一つだったかもしれない。自分の残酷さが、悪趣味ないたずらとしかいいようのない行為が、次第に胸に重くつかえてきた。だいたい、はた迷惑なほどの歌声ではなかったのだ。わけのわからない大チャンの神秘化にしたって、なにもわざわざ私が干渉するいわれはなかったのだ。私はふさぎこんで、酒を飲みはじめた。大チャンの部屋にはラジオもなく、私は他に気のまぎらわせようがなかった。

二時に近く、大チャンは駈けるようにして階段を上ってきた。呼吸をととのえながら、彼は、

「今夜はなんて歌でしたか?」と重々しく私にたずねた。

私は、つい自分のしたことをいいそびれた。「……加藤ハヤブサ、戦闘隊の歌さ」と、私は酔って舌をもつれさせながら答えた。「エンジンの音、轟々と、っていう、あれさ」「ほ、ほんとですか?」

突然、悲鳴をあげるように大チャンが叫び私はびっくりした。中腰のまま、大チャンは目を据えて私の前ににじり寄った。「ほ、ほんとにあの歌だったですか? ハヤブサは行く、雲の果て、っていう、あの歌だったですか? まちがいありませんか?」

「ほんとだとも。……どうしたんだ? 大チャン」

私は、びくびくして答えた。雀躍りせんばかりの彼の態度が解せなかった。

「いや、おどろいた、おどろいているんですよ、私は」大チャンは顔をかがやかせて、ふいにしっかりと両掌で私の手をつかんだ。「きっと、いよいよ心が通じたんです」

「ココロが通じた? なんのことさ」

「今日ね、十時ごろ、私は撮影所にいたんですよ。ね? 酔っているようだが、わかりますか?」

「わかりますよ、それくらい」

「そしたらね、いいですか? ふいに、やはりハヤブサの歌が聞こえてきたんですよ。ありありとね。ええ、あの女の人の声で。ほんとなんです」

「え?」私は起き直って、呆れて大チャンの顔をみつめた。

「いや、その、私の心の中でなんです」大チャンは顔を真赤にしていた。「霊感です。だから私は、今夜の歌は、きっとあれだっていう気がしたんだ」

「……よしてくれよ、ばかばかしい」

私は皮肉な表情を、意識してとりもどしながらいった。「偶然だよ。偶然大チャンの幻聴と同じだっただけのことです」

「ええ、ええ、アンタさんは、きっとただの偶然にすぎないとおっしゃる、それはよくわかっています」大チャンはムキになった。「でもですね、これを偶然だときめつけるのは、一つの解釈にすぎない。そう解釈したところで、なにがどうなるというんですか？　世の中には解釈だの説明だの、解決だのがあるんじゃない。ただ事実だけがあるんですよ。人間は、その事実だけをしょいこんで生きてるんです」

「なにをいいたいんだ？　大チャン」

私は、しゃべりながら次第に接近してくる大チャンの顔を、左右に首を振って避けながらいった。ドングリ色の小肥りの彼の顔が、エネルギーと熱気とに充ちて私の前にあった。彼は、あぐらをかいたような小鼻をひくひくさせ、鼻翼の脂をかがやかせて、なおもいいつづけた。

「いや、私はただ、事実というものの、のっぴきならなさをいってるんです。……アンタさんは、それを理屈で片づけようとなさる。わけのわからない符合は、偶然だとして片づけようとなさる。しかしですね、人間には、ただ事実だけがあって、人間は、その事実の責任をとらなくっちゃいけないんだ。アンタさんは、信じなくっちゃいけない。私は今日アンタさんがここでほんもののその歌を聞いたのと同じ時刻に、同じあの女性の、同じ歌を聞いた。それは、……」

大チャンはいいよどんで、はじめておどおどとしたふだんの表情にもどった。畳に目を落しながら、急に耳たぶまで赤くなった。低いふるえ声で、しかしはっきりと彼はいった。「……それは、私があの人を愛しているからです」

私は、言葉を失くしていた。酔いがさめて行くのがわかったが、私はただ馬鹿みたいな顔でぼんやりとしていたのに違いなかった。

「私が、あの人を愛しているからです」

大チャンはくりかえした。「……私と、あの人とは、もはや感情の交流をはじめている。ウソじゃない。私はいま、あの人の内部が手にとるようにわかる。私は、これからさき毎晩聞こえてくるあの人の歌がなにか、ぜんぶわかるような気がしますよ。ありがたいことです。……ね？　これが愛なんです」

……その夜、彼がある大部屋の女優にもらったのだといい、皿に苺を盛って出してくれたのを私は憶えている。素人の菜園でできたのらしいその小粒の、すこししなびた酸い苺を機械的に口に運びながら、私は酔いもさめて、大チャンは狂人かバカか、またはその両方だと思っていた。私は、その夜の自分のいたずらは、彼にはいうまいと思った。もし私が女の顔を見てしまったことを告げたら、そのせいで二度と歌が聞こえてこなかったらこの気違いは私を殺すかもしれない、と私は思ったのだ。

大チャンは、二階にもついている流しで私の食器を洗いながら、さもたのしげにひどい音痴の鼻歌を歌っていた。そして、私に向ってうれしそうに笑いかけて、片目をつぶったりしていた。とうてい、私にはその彼にいたずらを告白する勇気はなかった。

「ああ疲れた。今日は三回も殺されちゃってね」と大チャンは座敷にもどるなりそういい、小さな茶簞笥から砂糖の缶を出すと、二匙ほどをペロリと舐めた。「疲れをとるには糖分がいちばんです」そして、声をひそめて私の耳にいった。「いいですか？ 明日もよく聞いといて下さいよ。明日はね、きっと潜水艦の歌です。ゴーチン、ゴーチン、ガイカが上りゃ、っていうあれ。明日は、きっとあの歌が聞こえてきますからね」

もちろん、私は大チャンの「霊感」などを本気で信じたわけではない。私は、狂気や感傷にたいしては、冷笑的な態度をとるのを習慣としていたのである。

しかし、私はその夜の大チャンには、いちがいに笑いとばすことのできない迫力、薄気味のわるい奇妙な真実のようなものを感じていた。彼は私を、ふしぎな不安のとりこにしていたのだ。

翌日の夜、私は耳をそばだてて歌声が聞こえてくるのを待った。十時すぎ、かすかに例の歌声が聞こえてきた。耳の迷いではなかった。か細くけんめいな、いつもの声音だった。いつもと同じように、歌声は歩調にテンポを合わせながら、着実に近づいてくる気配だった。

なんとなく、私はほっとしていた。昨夜のいたずらで、歌声が途絶えなかったことに。そしてそれが「潜水艦の歌」ではなく、「予科練の歌」だったことに。……が、その歌声は、私たちの部屋の窓が投げかけている淡い灯影のはるか手前の位置で、ぷつんと糸を断つように止った。そのまま、その夜は二度と聞くことができなかった。それが私のいたずらの効果であることはたしかだった。私はまた酒を飲みはじめた。

私は、大チャンの予想がみごとに外れたことに、いい気持ちになっていたのではない。もし歌声が「潜水艦の歌」だったら私はちがった反応をおこしていたろう。だが歌は「潜水艦の歌」ではなく、大チャンは、あきらかにばかげた誤りを犯していた。たあいのないいい気な空想の上に、彼の「愛」を築き上げているのだ。が、私はその大チャンを、何故か嘲笑する気にはなれなかった。……私は彼の感傷的な「愛」の確信、でたらめで勝手な彼の狂気に、いささかの軽蔑ももたなかったわけではない。いや、私の中には、彼への嘲笑はたしかに存在していた。しかし、私は大チャンを嘲笑し、大チャンを軽蔑しながら、次第にその大チャンへの劣等感にとらえられはじめたのだ。

私は、それまで自分がだれひとり愛したことがなかったのを、そして、たぶんこれからもだれも愛せそうにもない自分を、ある切実な苦痛とともに意識していた。私は、わざとのように「愛」という言葉を迂回して生きてきた自分を思った。私にとり、「愛」はどうにもならぬ連繫の意識であり、その負担であり、身動きのつかぬ「関係」の別名でしかなかった。私はそれをたのしめたことも、すすんでもとめたこともなかった。すくなくとも、だから私は、「愛」なんてものは無いほうが生きやすいと思っていた。たぶん、まだ幼く、小心だった私は、もっぱら「負担」への嫌悪と恐怖とを生きていたのである。

むろん、私はこれらのことを、そのとき明瞭に意識していたわけではない。私をおそったのは、結局のところ一つの不安であり、いまいましさであった。私の知らない「愛」、その幸福、その歓び、その能力が大チャンにあること、それへの不安であり、興味であり、嫉妬めいたいまいましさにすぎなかった、といまの私は思う。

大チャンが帰宅したとき、ウィスキイ壜は空になってころげていた。日本酒の壜もころげていた。私は、部屋じゅうを引っかきまわし、あらゆる酒精分を飲み干してしまっていた。私はやたらと眠たかった。

「どうでした？　今夜は？」

大チャンは呼吸をはずませてたずねた。

「ウィスキイ」と、私は答えた。すると彼は飛鳥のように身をひるがえして、たちまち丸壜を一本買ってきて私の前に置いた。私にしたら、それは一瞬のあいだの速さだった。私は大チャンが、なんでもこちらの希望するものを黒い上衣の中にかくしている、お伽噺しの魔法使いのような気がした。

「さ、飲んで下さい。アンタさんは大切な方です。なにしろ、ほんもののあの人の歌を聞いてくれる生証人なんだからね」はしゃいだ声音でいい、コップにウィスキイを注ぎながら、彼はまたたずねた。

「ね、どうでしたか？ 潜水艦の歌だったでしょう？」

私は、一瞬返答に窮していた。「……それよか、大チャンのほうはどうだったの。また聞こえてきた？」

「聞こえてきましたとも」大チャンは胸を張った。「潜水艦の歌でしたよ、やっぱり」

「へえん」と私はいい、大チャンのすっかり有頂天な、お菓子を待つ子供のような目に出あった。私はうろたえたように目を伏せ、とたんに、自分が彼の内部にどんな場所も占めていないのがわかった。私は完全に彼の皮膚の外にはじき出され、一本の電柱のような私が彼に見られていた。……彼は、ただ、彼の愛への関心だけで充満していた。いま、彼には自分への関心しかないのだ。

大チャンはそれをむき出しにしていた。彼は強者だった。そのとき、私の中に奇妙な敵意に似たものがうまれた。むざむざただの電柱扱いなんかされてたまるものか。こっちだって人間だ。なにもお前のためにだけ生きているわけじゃないんだ。よし、うんと飴をしゃぶらせておいてから谷底に蹴落してやる、と私は思った。さりげなく、私はいった。

「おどろいたよ。……こっちも、やはり潜水艦の歌だったぜ」

「そうでしょう？　そうでしょう？」

待ちかまえていたみたいに、大チャンは手を拍って跳ね上った。「ああ、やっぱりほんものだ。ほんものの愛が、私とあの人とをつなげている。すばらしい。じつにすばらしい。愛だ。ほんものの愛だ。……」

大チャンは、そして急に黙りこんだ。沈黙がつづいていた。私は目をこすって彼をながめた。古い仏像のような笑いを頬にうかべたまま、彼はぐったりと肩を落し、唇から涎を垂らしていた。だらしなく口がひらき、その涎の筋が、光りながらヨーヨーの糸のように伸びたり縮んだりしている。目が、放心したように遠くをみつめている。

そのまま、なにもいわなかった。私はすこし怖くなった。

「ああ、世界が私ひとりの中にあつまってきたみたいだ」と、やがて彼はいった。「……どうです？　相撲をとりませんか？」

でも、ベロベロに酔っぱらった私は、彼を見ているだけがやっとで、立ち上ることさえおぼつかない。大チャンは歓喜の表現の手段がなく、太短い脚を組むと、「ああ、ああ」と呻きながら、酒を飲みはじめた。

「ああ。まるで、全身が傷口になって、そこにアルコールをぶっかけて火をつけたような気持ちですよ」と、彼はぐいぐいと酒をあふりながらいった。「私は火だ。火ダルマです。一つの巨大な痛みとなって燃える光だ。燈台だ。そうだ、あの人は、その燈台の光のとどく夜の沖に、やっと姿をあらわしたただ一隻の船だ。純潔な白い帆をつけたヨットだ。黒い海が私たちをへだて、しかし一条の光が私たちをつないでいる。私たちは、その光の橋を渡っておたがいに往き来するんだ。ああ、なんという美しい景色だ。これは詩ですな。うん。そしてこの景色こそが、真実の愛のそれだ。ああ、いまこそ私は愛を生きているんだ。ああまったく」

「……でもさあ、大チャン」私は、笑うどころではなかった。自分の嘘の効果のあまりの絶大さに、悪夢でも見ているような朦朧とした気持ちで、でも半分は本気でそれをたずねたのだ。「愛だなんていってるけど、相手は大チャンのこと、知らねえんだろう?」

「そんなこと、ぜんぜん必要ありませんよ」

言下に、大チャンはさも当然なことのように答えた。

「だって、……」

「だって、なんなんです? とにかく、私の心の耳にあの人の歌が聞こえてきた。今夜、現実にあの人がこの窓の下を通りながら歌った歌がですよ? ところが、ここと撮影所は、バスで四十五分もかかるほど離れている。そんなもの、聞こえてくるはずがないじゃありませんか。え?」

「そうです。そんなもの、聞こえるはずがねえです」

「でしょう? ところがそれが聞こえてきた。それも昨日、私の予言した歌がですよ。あの人はそれを歌い、私は撮影所でありありと心の耳に聞いた。これは私の内面がですね、現実のあの人をついにキャッチしてしまった、という証拠ですよ。あの人と私とは、もはや距離とか鋏ではちょん切れない切っても切れないある種の関係がうまれている。これを愛と呼ばずに、いったい、なにを愛と呼べばいいんですか？」

「だって、そんなの、大チャンの幻影にすぎないといわれたらそれまでじゃないか」

私はわけがわからなくなり、悲鳴に似た声をあげた。大チャンは、さも驚いたという顔をつくって私を見た。

「おや？　幻影で、いったいなにが悪いんです？　これはアンタさんのお言葉とも思えないね」

ガブ飲みのせいか、すでに大チャンは呂律があやしかった。「だいたい、人間とは幻影なんだ。たとえば、アンタさんの思うアンタさんとは？　幻影です。アンタさんの思う人間とは？　幻影です、人間の内面は、つねに幻影です。幻影、これ人間なんです」

「……ばかいえ、幻影は幻影だぞ」私はどなった。私は、負けずにウィスキイをコップ飲みした。大チャンも一息で喉にあけた。

「幻影は幻影だ。もちろんです。しかしですね、そういって整理をして、人間からその幻影を取っちゃったら、いったいなにが残りますか？　人間は、しんまで物質のつまった石ころと同じになっちゃうじゃあないですか。そんなことでいいわけはない。人間が石ころと同じだなんてのはウソだ。人間はね、幻影をつくりだす能力と、それを信じる勇気があるからこそ、人間なんです。石ころは石ころだ。人間は、自分が一箇の石ころであるのを、その現実を、つねに拒否しつづけなくちゃ、いけないんだ。……」

突然、彼は大声でサイレンのように咆哮した。立ち上ると、手足を突っぱるようにして奇妙な踊りをはじめた。がくがくと首を上下に振り、膝をたたき、密林の猛獣のような雄叫びをあげて、ぐるぐると部屋を廻りだした。そして、次つぎと服を脱ぎはじめた。

あっけにとられたまま、私は、彼のその醜怪なストリップを見ていた。……そのとき、私に大チャンへの、うまくダマしてやったという意地のわるい快感、想像をこえたそのばかげた興奮ぶりへの驚愕や嘲笑、それらがあったのかどうか、いまはなんとも確言することができない。ただ、一つだけたしかなのは、文字どおり狂喜乱舞している大チャンの姿に、私が心から敗北を意識し、感動していたという事実である。私は、心から感動してその踊りを見ていた。その自分を、私はいまも明瞭によみがえらせることができる。

いつのまにか、大チャンはパンツ一枚の裸かだった。顔だけが浅黒い大チャンの裸体は、ぶよぶよにみっともなく肥っていて身長のわりに大きすぎる顔がレンガ色に、あとの全身がかすかに紅潮して、手足の短い彼のその姿は、ひどくよく豚に似ていた。満面に恍惚とした笑みをうかべたまま、彼は奇声をあげ、いくども同じ手ぶり足ぶりをくりかえした。けたたましい声で笑いつづけた。

たぶん、それからも彼は踊りつづけ、さらに「愛」についての演説をぶちつづけたのだと思う。さ、踊りましょう、いっしょに踊るんです、と手を引っぱられた記憶もある。だが、私は立てなかった。私は混乱し、恐怖と滑稽とをないまぜに感じつづけながら、酩酊のあまり、いつのまにかそのまま眠ってしまっていた。気づいたのは翌日の昼ちかくである。私はいつものとおりちゃんと大チャンの浴衣を着て、蒲団の中で寝ていた。

もう、大チャンの姿はなかった。流しのそばのガス焜炉で、薬缶の湯が煮えたぎっている音が聞こえた。私は身をおこしかけて、割れるような頭痛に気づいた。そのとき、枕もとに一通の封書が置かれているのを見た。私宛の封書で大チャンが撮影所への出勤まえ、新聞といっしょに取ってきて、置いて行ってくれたのに違いなかった。

動かすとずきずきする頭を、なるべく動かさないようにして私はその重い封書をとり、封を切った。案の定、母からの手紙だった。……読みおわって、私はウンザリとしていた。用件は最後の一枚だけで、あとは母の愚痴ばかりなのだ。その用件にしたって、庭の松の木が二本、虫くいになっているのを隣りから注意された。危いから伐ってくれというのだが、どうしようか、というだけのことなのである。

寝たまま私はハガキと万年筆とを取り、すぐに返事を書いた。松はさっそく伐るように。もし隣りから役場にいわれ県で伐ることになったら、一本で千円くらいの補償しかくれない。町の材木屋に行けば、伐って運んであと始末をして、代金として一万円はくれます。どうせ伐らなければならないのだし、そのほうがトクでしょう……それだけを書くと、もう書くことがなかった。私はぼんやりした。母、祖父、姉妹の顔を順ぐりに思いうかべようと努力したが、高さ二十米ほどの「虫くい」の松の幹が目にうかぶようにしか、それらは私の前にあらわれない。……なんとなく期待していた甘いなつかしさが湧くどころか、一人一人がさも非難するような目つきで、くどくどと自分のことだけをしゃべりだすのが耳に聞こえるような気がしてきて、私はただ、まだ当分はあの家には戻りたくない、とだけ明瞭に思った。——

わけのわからない怒りが、はげしく私をとらえたのはそのときのことだ。突然、それまですっかり忘れていた昨夜の情景がありありと目によみがえって、私は夢中で踊りつづけ、「愛」についてしゃべっていた興奮した大チャンを思い出した。焦立ちながら、その幸福な彼に気を呑まれて茫然としていた自分を思い出した。

私は思ったのだ。大チャンは愛を生きているといった。たしかに彼の中に、あの歌声の主への「愛」は生き、いや、その「愛」の中に彼は生きているのだ。でも、これは彼が、彼以外の幻想を生きていることじゃないか。つまり、彼が一つの不在に化しているということ、彼が、彼を生きていないことじゃないか。

——許せない、とはげしく私は思った。あんな安易な、ばかばかしく滑稽な狂気を、恥ずかしげもなく「愛」と呼んで、その中に自分を解消する彼の幸福な才能、すくなくとも、あんなに簡単に、いい気に、「愛」を信じ、その中で幸福になっていられるという能力、これが許せない。その自己解消の能力が大チャンにあって、自分にはないということ、それが許せないのだ。……私は、あきらかに大チャンを嫉妬していた。その幸福を嫉み、彼を憎んでいた。もはや、それは軽蔑でも、嘲笑でもなかった。私の意識していたのは、一つの明白な敵意だった。

私が顔をしかめていたのは頭痛のせいばかりではない。私には、大チャンのような幸福な「愛」、たのしい「愛」の記憶も、その持ち合わせもなかったのだ。でも、それが自分であり、どうしてそれが私の負目にならなければならないのか。……ふと、私は昨夜ささやいた彼の言葉を思い出した。

「明日はね、さらばラバウルです。あれを歌いますよ。もう、私にはちゃんとわかるんです」

――よし。と私は口の中でいった。今夜も、やはりその歌だったよといってやろう。これからも私は彼をダマしつづけ、彼のいい気な「幸福」の構造を、その狂気の滑稽さを、意地わるくとことんまで見きわめてやるのだ。私は、私の嘘で彼の「愛」を飼って、彼が最高にご機嫌になった瞬間に、それをバラしてやる。彼を「石ころ」の現実の中に突きおとしてやる。否応なく、彼もまた一箇の石ころにすぎないのを、思い知らせてやる。……

……私は、それが「石ころ」の現実しかもたぬ自分、一箇の「石ころ」である以外に、自分の誠実さの信じられぬ私の、せめてもの大チャンへの復讐だと思った。彼のように、あんなに簡単に「石ころ」の現実を脱出できるなんて、信じがたい。「石ころ」を侮蔑し、あんなに安直なごまかしで「石ころ」を否定して得意気な、彼のあのいい気さが許せない。私は、母からの手紙の着いたその朝、はっきりと彼に挑戦してやろうという決意をかためたのだ。

喉がかわいていた。水を飲みに起き上って、私は窓をあけた。きらきらと輝くような日光が眩しく、細い路地をへだてた隣りの家の桐の花が、紫いろの穂も褪せて散って、茶褐色のただの棒のようになっているのが目に入った。そういえば、昨夜はもう窓が白みはじめていた、と私は思った。いつのまにか初夏も終りかけているのだ。みずみずしい紺青に輝く湘南の海の肌が、ふと私の目にうかんできた。

女の歌声はつづいていた。雨の夜にも、それは聞こえてきた。歌はやはり軍国調のものばかりで、女は、なにかかたくなに、それを自分に課してさえいるみたいだった。私には好都合なことに、大チャンの帰宅は、かならず十二時より遅くなった。巨匠の山賊役は終ったようだったが、彼は仕事がけっこう繁昌しているらしい様子だった。計画どおり、私は大チャンをダマしつづけた。

もっとも、歌声の主は、いつかの私の行為をけっして忘れたのではなかった。歌の声は、私たちの下宿の近くまでくると、急に遠慮したみたいに低くなったり、時にはぷつんと切れたりして、でも、たいていは私の部屋の窓がおとしている灯影の範囲をすぎるあたりからもとの調子に戻るのだが、三度に一度はそのまま聞こえてこなかったりした。

あの娘が、あれからのち、私の存在を気にしていることはたしかだった。むしろ、脅えていた、というべきなのかもしれない。ふと歌声が中断して、そのあとにつづく数瞬間、私はたびたび漆黒の夜の闇の中に、敏感に敵の気配を察知して身をかたくし、そっと迂回して行くそんな小動物のような娘の、私に向けられた意識を、ありありと肌に感じたりした。自然、こちらも呼吸をころし、耳をすませたまま、そろそろと動いて行くその姿と動きとを想像する。ただ一度だけ見た小柄で色白なあの娘の、驚愕とも恐怖ともつかぬ開けっぴろげな表情を瞼にうかべながら、その沈黙に対抗する。……娘は、いつかの私のいたずらに、よほど肝をツブしたのらしく、一度だって前のように歌いながら下宿の窓の下を過ぎたことはなかった。どうやら、私は、彼女にはおそろしい敵と思われていたのにちがいない。げんに、通り越したな、と思った瞬間、バタバタと軽い靴の音が全速力で駈けだすのを、幾度となく私は聞いているのだ。

もちろん、私は二度といたずらをくりかえさなかった。それどころか、あの行為が歌声を殺さなかったことに、救われたような気持ちでいた。そして、毎夜くりかえされる彼女の通過するときに感じる、無数の黒い小鬼たちが音もなく干戈(かんか)を交えているみたいな、影も形もない無言のおたがいの意識のたたかいは、次第に、私と彼女との、二人きりの奇妙なゲームのように思えてきた。いつのまにか、私は夜ごとの秘密な愉しみのように、それを待ちもうけている自分を発見した。

しばらく雨の夜がつづいたのは、あれは梅雨のせいだったのかもしれない。でも、女の歌声は止まなかった。依然として大チャンの帰宅は十二時をまわりつづけ、彼は毎晩かならず明日の歌を予告してから床に入った。

それにしても、現実の歌声が、一度だって大チャンの予言どおりには歌われなかったというのは、むしろ不思議だった。ことごとく大チャンの予言は外れていたのである。

だが、私は毎日彼をダマしつづけていた。彼の予告どおりの歌が今夜も聞こえてきたといって、かなり大げさにおどろいたり、気味わるがったり、からかったりしてみせていたのである。大チャンは完全にひっかかった。もはや彼は自信満々で、幸福というより、至福の状態にあった。彼は、そうでなくてさえ細い目を細めて、涎のたれんばかりの唇でいうのである。

「そうでしょう? やっぱり今夜はあの歌だったでしょう? もちろん私にも聞こえてきました。じつにきれいな声です。凜々しい、澄んだ、ピンと張ったプラチナ線のような声です。明日は、マレー沖海戦だな、あれを歌いますね。でもね、明日は一箇所まちがえます。マレー半島、クワンタン沖に、ときて、その次がちょっと出ない。いまぞ、と、いまや、とをまちがえるんです。だから、もう一回歌い直しますね、明日は」

私はぞくぞくしてくる。予定どおり、彼は彼の「愛」ではなく、たんに私の「嘘」を生きはじめているのだ。……そこで翌日、私は、奇蹟を見たような顔をつくり、まったくそのとおりだったと報告する。大チャンは相好をくずし、茶色い顔をてかてかにかがやかせてうなずくのだ。そしていう。

「もうね、歌だけじゃない。私にはあの人のすべてがわかるようです。……あの人はね、生垣のある家に住んでいます。生垣は椿ですな。あの人は、白い椿がとても好きなんです」

「ほう。スゴいね大チャン、そんなことまでわかっちゃうの？」

「わかりますとも、パッ、パッと閃くようにいっさいが私の心の目に見えるんです。愛というものは、そういう不思議な力を生みだすんです」

鼻の穴をふくらませて、彼はいかにも感嘆しきっている私を見る。いよいよ調子にのり、まるで見てきたようなことをいうのである。

「あの人は、長女なんです。お父さんが亡くなっていて、家はあまり裕福じゃないのだ。だから皆に、冷たいといわれるほどしっかり者の、孤独な娘さんなんです。どこにも甘える人がいない。会社でも、有能すぎてきらわれてしまうんです。でも、そういう人ほど、自分をすっぽりと包みこんでくれるやさしい愛に飢えているものです。可哀そうな人です。あの人は、もうすぐ三十になるんですよ」

「知ってるんじゃないの？　大チャン」私はあまりに自信ありげな彼に、ときにそんな疑問にとらえられる。「でなきゃ、どこかにモデルがいるんだろう？　白状しちゃえよ」

「とんでもない」大チャンは、するとさも心外なことをいわれたという目をする。ムキになって私にいう。「アンタさんは、まだわからないんですか？　モデルなんて、そんな地上的なこととはわけがちがうんです。私はただ、私の心の中に日ましにはっきりとしてくるあの人について いっているだけです。どうしてこれが信じられんのかなあ。あの人の歌声をよーく聞いていてごらんなさい。深く、しずかに、心の耳で聞いてごらんなさい。そうしたら、アンタさんにもちゃんといっさいが見えてくるはずなんです」

「ふうん。……ところで、美人ですか？　彼女は」

私がそれを訊くと、彼はいつも露骨に不快げな顔をつくった。

「どうしてアンタさんはそんなに顔とか見てくればかりを気にするんです？　私は、アンタさんが、もっと肉眼では見えないものに関心をもってくれたら、と思いますね。だいいち、そんなことはいわぬが花です」

そのころ、大チャンの「愛」は、どうやら夜ごと空中に、「あの人」の姿がおぼろげに浮かぶあたりにまで行っていたのらしい。声の主を見ている私は、大チャンがどんな女性を想像しているのかに興味をもっていたが、彼は言を左右にしていつも逃げた。きっと、イメージを自分ひとりのものにしておきたいんだろう、と私は思った。

ときどき、私は合唱をして彼のご機嫌をとった。私は、大チャンの関心があの歌声から逸れて行くのを、いちばんおそれていたのである。

きさまと俺とは　同期の桜
別れ別れに　散ろうとも
咲いた花なら　散るのは覚悟
同じ梢に　咲いて逢おうよ

二人で手拍子をとって歌いだすと、私にはきまって戦争中のよく晴れた青空が目にうかんできた。その青空にまっすぐな白い航跡を曳いて動いていたB29。疎開先の家でうけた真夏の昼の小型機の銃撃。私は、家族と折り重なって部屋の隅にかたまりながら、もし私に弾丸が命中して死んでも、この皮膚を接している母や姉妹たちは死なないのだ、彼女らにはまた明日がやってくるのだと考え、奇妙な衝撃にとらえられた記憶がある。私が私だけであって、他の人間のだれでもないということ、他の人間のだれにもなれないということ、家族だとか兄妹とか、あらゆる癒着の幻影がじつは錯覚にすぎないこと、それだけが確実なことであるのを、私は「死」の光に照しだされながら、全身の肌で感じていた。私は、自分がほんとうに生れたのは、あの瞬間の中でだったと思う。すくなくとも、あのとき私は自分以外の人間たち、他人たちというものの存在に目ざめたのだ、と思う。……だが私は、いつも自分から歌を始めながら、自分から歌をやめた。歌っている自分が、まるであの青空の中に吸収され、解消されて行くみたいな気がして、私はそこに一つの恥ずべき猥褻をかんじるのだ。私は、自分が感傷的になってしまうことを、ひどくおそれ、警戒し、嫌悪していたのかもしれない。……

ながい梅雨が終り、遠い空にいかつい入道雲が湧いて、日中の強烈な夏の重い光が、夜ふけまで部屋の空気を熱している暑い日々が来ていた。思い出したようにつづけていた私の大チャンへの我流の美術史の講義も、古代キリスト教美術が一応すみ、そろそろ日本にかえって伎楽面か白鳳の彫刻の話でもはじめようかと思っていた矢先きだった。ふいに、女の歌声が途絶えた。

七月に入ったばかりのころで、二日たち、三日たち、一週間がすぎても、窓の下を通って行く夜のあの緊張した歌の声は、ふたたび聞くことができなかった。

私は狼狽した。最後の歌が聞こえたのは七月の二日だった。それまでは、欠かさずに歌はつづいていた。私は毎夜その時刻には、本を読んだり級友のノートをうつしたり、展覧会の記録をとったりして下宿にかならずいることにしていたので、それにはまちがいはなかった。彼女が歌うのを止めないため、私は毎日わざわざ暑いのに窓を閉めて、なるべく彼女に不安をあたえぬよう気を配ってもいたのである。

歌は、十日たち、半月が経過しても、永遠の沈黙の中に消えたように二度と聞こえてはこなかった。夏休みになったせいだろうか？　それとも娘は病気なのだろうか？　引越しをしてしまったのか？　あれこれ理由を考えては、私は、考える自分に腹が立った。私もまた最近では、あの歌の主の存在を必要とし、あの歌声に恋情をもよおしているような気がしたのである。急に途切れたり小さくなったりして、私を意識して暗い道を迂回して行くあの娘の存在が、妙になつかしく、それがなくなったことがたえられぬほど淋しいのだ。私は思い切って窓を開けた。十時前後になると、その下の道を通る人かげに注意をした。でも、あの娘の姿は一度もその路地にあらわれなかった。

一方、大チャンはおそい帰宅をつづけていた。彼は、依然として歌声が毎夜聞こえてくるつもりでいた。なにも知らず、帰宅してその夜の歌が前夜いったとおりなのを私にたしかめては、明日の歌をはりきって予告するのである。彼は、そのころは、「あの人」と会話さえかわしている様子だった。歌声の絶えたのにも関係なく、彼の歌声の主への、「愛」は、勝手にそこまで進捗してしまっていたのである。

……もちろん、私は彼に嘘をつきつづけていた。だが、彼へのファイトとか悪意のようなものは消えてしまい、私はただ、面倒をさけるだけの気持ちで彼にツジツマを合わせていたにすぎない。奇妙ないい方だが、現実に夜ごとのあの女の歌声が聞こえなくなってみると、もはやそれは「嘘」としての実体を失ってしまっていたのである。実際の歌声があってこそ、私の嘘にあやつられ、その嘘を生きている大チャンに意地のわるいよろこびを感じることもできたのだが、その実際の歌声が消滅しているのでは、大チャンのいい気な幻影のおしゃべりにも、なんの手応えもないのだ。……彼の「あの人」についての饒舌は、私にはなんの関係もない、無縁などこかの女についての噂話しとかわるところがなかった。

私は、だんだん、そんな彼につきあうのがばからしくなりはじめた。初夏の終りのころの、あの朝にかんじた彼への敵意も、次第にどこかへ消滅してしまった。それでもなお私が、大チャンの予告どおりの歌がつづいているふりをしていたのは、一つの習慣への無気力にすぎなかった。

「あの人はね、すこし色が黒いんですよ。そして顔がながい。やっぱり女ですね、とてもそれを恥じてるんです。どうして恥じることがあるんだろう、とだから私はいってあげたんです。私だっていい男じゃない。私はでも、それを恥じない。私の恥じるのは、私の存在そのものなんです。私は、私が死ぬことが恥ずかしいんだ。私がたんなる一箇の物となって、一箇の物として腐って行くことが恥ずかしいんだ。生きているかぎり、人間は生きようとしなければいけない。そうなんだ。その、生きようとしている人間にとって、自分の見てくれなんかが、どうして問題になります？　だれが美しく死ぬことなんかできるものか。美しいのは、生きていることなんです。生きる勇気なんです。度胸なんです。私は、やっとその勇気を、あなたによってあたえられたのだ。そう私はいってあげたんです」

大チャンは、真剣な顔でそんなことを話しつづけた。私は、義務としてそれを聞いた。「あなたの歌、あれが私を目ざめさせてくれた。あれが私をゆり動かし、私にも勇気があったことを実証してくれたのだ、私は、そういったんです。撮影所で、はじめてあなたの歌を聞いたとき、私はまだ他人を愛し、自分を愛する能力がこの私に残っていたのに気づいたんだ、とね」

「いったい、愛とはなんなんだい？」と、私はいった。私には、いまだに彼の「愛」が理解できないでいたのだ。

「愛とは、ですね。つまり、自分が、相手の中に位置をしめているという幻影です。相手の中に、自分というものが、ある場所をもっているという意識なんです。それを信じる力だといってもいいと思いますね」

「ふうん」私はいよいよ理解できなかった。

「どうしてそんなものが必要なの？」

「それが人間だからですよ」

「どうしてそんなに人間とかいう伝説に義理を立てるの？　たとえ人間でないことになったって、それで気持ちよければいいじゃねえか」

「ほんとに気持ちよければね。アンタさんはそういうけど、人間でなくなるということはすごく恐ろしいことですよ。私は三日、一人きりで山の中をさまよい歩いたことがあります。そのとき、私は自分がだんだん人間ではなくなるのがわかったんです。いや、人間以外のものになって行くのがわかりました。私は、発狂するか、猿になるか、死んでしまうかの三つの道しかないと思った。そのどれもが、人間以外のものです。私は、そのどれかになろうとしている自分を感じたんです。……でも、いまはわかります。私は、そのときほど人間をバカにしたことはなかったんだ。おかしなもんです。人間はね、人間であるためには、かならずもう一人の人間を必要とするんですよ。そこに愛が生れてくるんです」

「愛が人間を人間にするということかい」私は笑った。「はじめから人間じゃないの、俺たちは。死ぬまではどうせ人間だよ」

「ちがうんですよ、それが」大チャンはびっくりしたように答えた。「一人でいると、人間は人間じゃなくなるんです。だんだん、グロテスクな物に近づいちゃうんですよ。……私は自分の経験から、それを知ってるんです。一人きりの人間なんて、じつは存在しないんです。アダムとイヴ以来、人間は、二人がその最小の単位なんです」

「じゃ、一人きりになりたい人間はどうなんだよ」

「それは、死にたいということと同じです。私も、じつは死にかけていたんですよ。上の空の気持ちの中で、ムリに毎日を送りながら、私は、ほとんど死んでいたんですよ。……そこにあの奇蹟がおこった。そして、私にいっさいがわかり、私は、自分の勇気を確認したんですよ。あの歌声、それが毎日、前の日に私が予知したとおりのものがつづいているということ、これが私をふるい立たせるんだ。私は、あの歌声によって、やっと一人前の人間にもどったんです。……だから愛なんです。いっさいは、私があの人を愛したからなんです。……」

美術史の合間に、大チャンは憑かれたようによくこんな話をした。私は、自分が彼の言葉を理解できていたという自信はない。しかし、いささかの滑稽を感じながら、彼の言葉が気になっていたのはたしかである。私はノートに断片的にそれを誌し、いまだにそのノートを持っているのである。ランニングにパンツ一枚の姿で、昨夜の大チャンの言葉をけんめいにノートに書きつけている自分を、私はいまもあざやかに思い出せる。

私は、いつ大チャンが真相を知るか、それを心待ちにしていた。自分からいい出すつもりは毛頭なかった。私は、彼が自分の耳で、それがもはや聞こえてはこないのを聞くべきだと考え、その瞬間の彼の反応をつぶさに観察してやるつもりだった。

そのとき、彼はなんというだろうか？　もし、明晩を待つと彼がいったら、私はそれがすでに二十日も前から聞こえないのだと曝露してやる。彼は、怒って私を打つだろうか、打たれてもよい、と私は思っていた。それだけのことはあるのだ。しかし、私を打って、そして幻影が現実になるものか。彼は、彼の生きていたのが「愛」ではなく、じつはたんなる私の「嘘」だったのに気づくはずだ。その彼の失墜の瞬間こそ、私が彼の中に、彼流にいう私の「場所」を発見できる唯一の瞬間になるのだ。……

私は、毎日を、そんな残酷な期待の中で暮していた。かならず十時まえには下宿の部屋に戻り、大チャンの帰宅を待った。だが、大チャンの帰宅は、あいかわらず毎夜十二時をまわっていた。真相を知るのがこわくて、それでわざと帰宅を遅らせているのではないだろうか、といつも私は思うのだが、でも帰ってきた大チャンは、例のてかてかと光る肉の厚い顔の表情をくずしながら、まずその夜の歌をたしかめ、うきうきした声音で、さもたのしげに明日の歌を予告するのだ。その習慣をかえなかった。

だから、大チャンはまだ真相を知らなかった。すくなくとも、知らないはずの日々がつづいていたあいだだった。私は、ぱったりとあの歌声の主の娘と顔を合わせたのだ。

七月の終りちかく、その年の最高気温をまたも更新した日の夕方だった。私はその日、私の家の唯一つの収入源である焼け残った東京の家の家賃と地代をとりに四谷まで出掛けた。——毎月、月末ちかくに金を貰いに行き、判を捺して、屋敷が荒されていないかを事こまかに観察をし、それから湘南海岸の家に金を郵送するのが私の仕事だった。ちょうど、妹が同級生を海岸の家に呼びたいといっているが、という相談を母からの手紙で受けていたので、私は郵便局で短い手紙を書き、金といっしょにその返事を送った。すると、急に泳いでみたくなった。

夕暮れまで、私は後楽園のプールにいた。貸パンツを返して、まだ水の匂いや、雑然とした物音や叫喚や、はなやかな水着の色彩の残像がちらちらと混りあっているような気分のまま、ぶらぶらと電車通りを歩いて、水道橋駅のプラット・ホームに出た。プールは子供たちで芋を洗うようだったが、私は久しぶりの水の味に、一応満足していたのだ。電車を待ち、口笛を吹いていると、ふいにうしろからだれかが肩をたたいた。それがあの娘だった。

「私、だれだかわかりますか？」

と、娘は私を見上げながら、切り口上でいった。私は、しばらく思い出せなかった。丸顔で、眉と目とのあいだがひろく、一重瞼の目がいささか腫れぼったい。指尖でつまみあげたような、ちんまりとした小さな鼻。色が白く、口紅のほかにはお化粧のあとのない肌。娘は、怒ったような目で私をみつめていた。

「わかりませんか？　私が」

ニコリともせず、娘はくりかえした。くびれた頤が可愛いらしく、ひどく子供っぽい顔の娘なのだ。——あ、そうか、と私は思った。

「あそうか、あの歌のオバサンかあ」と私はいった。「へえ。よく僕がわかったね」

「しらべたんです、私」と、娘はたじろがずに私の目をみつめたまま答えた。「あなたは大学生で、あの下宿に居候をしているんでしょう？　この春から。いつも、お昼すぎまで寝ているんですってね。イビキがすごく大きくって、あなたは、とってもナマケモノなんですって？」

「……おどろいたね」と私は答えた。事実、おどろいていたのだ。慢性偏頭痛で、いつも首すじとこめかみに膏薬を貼っている下宿の小母さんを思い出した。私は彼女とはほとんど口をきいた記憶もない。しかし、あの小母さんしか、そんなに知っているやつはあるまい。

「小母さんに聞いたんだね？　下宿の」

「さあ。とにかく、ちゃんと知ってるんです」娘は、やっと緊張をほぐしたように、片方の頬で笑った。「私のほうでは、あなたをたびたび見てるんです。ときどき大学かどこかへ出掛けるでしょう？　井ノ頭線に乗って。私、同じ電車の箱の中にいたこともあるんです」

そのとき電車が入ってきた。私は乗り、娘も乗った。娘は私の肩までの高さしかなかった。ならんで吊皮に手をのばして、私は娘の髪が湿っぽく縒れているのに気づいた。娘は、防水した小さな手提げ袋も手にしていた。

「なんだ、君もあのプールにいたの？」

「ええ」低い声で娘は答えた。不機嫌そうな顔で窓の外を見ていた。ふいに、私は彼女にいろいろと聞いてみたい気をおこした。

「どこの高校？　何年？」

「私ですか？」びっくりしたように見上げて娘は憤然とした顔になった。「私、お勤めです。

今日は日曜日ですから、プールに泳ぎに行ったんです」

「お勤め?」私もびっくりしていた。「へえ、僕はまた、高校生かと思ってたよ」

「違うわ。高校は去年の春に出ました。私、いまはある会社の秘書課勤務なんです」

「……そりゃ失礼」と私はいった。「でもね、じゃ、いつかは僕がのぞいたりして悪いことしちゃったけど、どうしてこのごろじゃ歌わないの?」

「だって、……このごろじゃ、定時に帰れるんです。道にだっていっぱい人がいるし、歌う必要がないんですもの」

「必要? なんだい、その必要って?」

「……私、とってもこわがりなんです」

口惜しそうにちらりと私を見て、でも娘は真面目な顔で答えた。「あのころは、ちょうどうちの社長が、疑獄事件にひっかかりそうだったんです。それで、秘書室はたいへんだったんです。室長の命令どおり書類を整理したり、分散したり、社長のお妾さんの家や、雲がくれしているアパートに情報を持って行ったり、弁護士に連絡しに行ったり。……目立たないもんだからって、私たち女の子が使われたんです。それで、毎晩九時すぎまで足止めだったの。私、臆病でしょう? だから、夜おそく、あの細い暗がりの道を一人で歩いて行くのが、とてもおっかなかったんです」

「それで歌を歌ってたの?」私は、そんな事情なんて想像がつかなかったと思った。「こわいもんで？」

「そうです」娘は、怒ったような声音のまま、ちょっと低い声になった。「……もし歌を歌ってたら、こわい人が出てきても、歌がへんな具合に止むからすぐわかるでしょう？　そしたら、だれかが助けにきてくれるし、それに歌を歌っていると、こわさを忘れられるんです」

「……でも、どうしてあんな戦争中の歌ばっかり歌ってたの？」

「だって、いちばん調子いいんですもの。兄に教わったのを、いっしょうけんめい思い出しながら歌ってたんです」

「なるほどねえ」と、私はいった。「やっとわかったよ。一度、ぜひ君に聞いてみたいと思っていたんだ」

「……私も、一度あなたにどうしてもいいたい、と思っていたことがあります」娘は消え入るような低い声でいった。「プールであなたの泳いでいるのを見て、私、今日こそはそれをいおうと思って、それであなたについてきたんです」

「僕に？　なにを？」

私は小柄な娘の顔をのぞきこんだ。娘はまっすぐな視線を私に向け、唾を飲んだ。一語一語、はっきりと区切りながらいった。

「……あなたは、とってもいやらしい人です。いやな人です。私は大嫌いです。私、あなたのこと、憎んでるんです」

いいながら、娘はいきむように急に真赤な顔になって、また唾を飲んだ。唇がふるえていた。

「窓を開けて、私を見たことです」と娘はいった。「あれから、私はあなたのことを、気にせずにはいられなくなっちゃったんです。ひどいと思うんです。まるで、強引に、無理じいに、ふいに乱暴になにかを盗まれちゃったみたいなんです。なんだか、ひどく恥ずかしい気持ちにさせられちゃって、それが、とても暴力的な感じなんです。あの角を曲ると、いつも、あのときの光を背負った悪魔のようなあなたが、もう私をみつめはじめている気がして、私は、あなたを気にせずには家にはかえることができないようなんです。あのとき、あなたは笑いましたね？　私、癪にさわってならないんです。なんだか、私、あなたが、口惜しくって、なんだか、……うまくいえないわ。でも、とにかく、だから、私はあなたのことを憎んでるんです。私、どうしてもあなたを許すことができないんです」

私は、あやまるべきだったのかもしれない。だが、私はただあっけにとられていた。喘ぐような口調で低く速口にしゃべりながら、目に涙をうかべている娘を見て、私は結局はなにもいえなかった。突然、その娘がいった。

「新宿で乗り換えますね？」

「……うん」

「お茶を飲みませんか？　私、払います」

私は、ついて行くのが自分の義務のような気がした。なにげなく石を投げて、蛙から文句をいわれている少年のような立場に私はいた。自分のあの行為が、この娘の心にどんな残酷な傷をあたえたのか、私には、それは見当もつかない「他人の事情」だったが、私はそれについて、すくなくも自分が無実ではないということだけは承知していた。

映画館の前の喫茶店で、私は娘と向い合って坐った。私は黙っていた。私は待ちつづけた。だが、娘はなにもいわなかった。

たしかに、私は動顛していたのだ。いやらしい男、大嫌い、いやな人、憎んでいる……私は、自分を好ましい男だと思えた幸福な経験は皆無だったが、そうはっきり直接に一人の異性の唇から罵倒された経験もなかった。そのショックで、私は動揺しきっていたのだと思う。――うなだれたまま、娘の唇から浴びせられる糺弾の言葉を待ち、それを聞いてやるだけが私の仕事だと考え、突然、そして私は気づいたのだ。いま、私の心を占めているのは、一つのかなしみであって、けっして罪の意識とか罪悪感ではないのを。私は、後悔をしているわけではなく、悪いことをしたと考えているのでもなかった。ただ、私が彼女に「いやらしい」と思われ、憎まれている私であり、まさに間違いなくその私なのを、心に沁みるように痛切にかなしがっているのにすぎなかった。

私はあやまったり、許してもらう希望はもたなかった。いっさいは私がただ私であっただけのことだ。それをいやらしいと思い、ひどいと思い、たかが窓を開けのぞいたぐらいのことで私に闖入（ちんにゅう）されたと非難するのは、すべて相手の事情であり、私の知ったことではない。他人たちが私にとり他人なのと同様、私もまた彼らには他人であり、他人というものはいつだって多かれ少かれ一人の人間にとり、残酷なものなのにすぎない。それらの他人に耐え、自分に耐える以外に、どこに人間の生き方があるだろうか。

私はあやまらない、と私は思った。私はただ、彼女にとり一人の他人であっただけのことだ。どこがいけないのか?

でも、私はたしかにさまざまな意味でうろたえていたのだったと思う。私は、自分のかなしみに目をこらし、なんとかしてそれを凝固させることに夢中だった。目の前に坐っている娘が、切れ長の目の可愛らしい少女であり、それがいまはやさしい穏やかな瞳でじっと私をみつめているのに、私は長いこと気がつくこともなかった。娘は黙っていた。

私が自分を取り戻したのは、無言のまま珈琲をすすり終り、店のレコードが新しい盤にかわって、私のよく知っているジャズのトランペットが鳴りひびいたときである。それは『聖者の行進』だった。ふと娘が、いつも喫茶店などで見かける平凡な小娘たちの一人になり、四谷の屋敷やプールの現実に連続した時間の中に私はいた。娘への奇妙な畏怖の幻影が失われて、私は彼女を見た。娘は珈琲に手をつけていなかった。

「どうしたの? 飲まないの?」と、私はいった。

「いいんです。あなたを見てるんです」

と娘はいい、はじめて親しげに笑った。私は娘の八重歯を胸に痛いように感じた。彼女は、私の好きなタイプだと思った。

「……僕は、君のこと、十五六だと思ってたよ」

「バカなんです。だから子供に見られちゃって、私、困るんです」

あいかわらずの切り口上で、彼女は、ふいに話題を転じた。

「疑獄って、悪いやつほど捕らない、ってほんとなんですね。うちの社長も、うまくごまかせちゃったらしいんです。とても悪いやつなんですよ、社長は」

「でも、おかげで早く帰れるようになって、ラクでいいじゃないの」

「ラクじゃありません。毎日、十三種類の新聞を読んで、切り抜いてスクラップしなくちゃならないんです。とても疲れますよ。私、もうすぐ近眼になるんじゃないかと思うんです。あなたは、目はいいんですか?」

「一・二と、一・五だ」

「あ、そう。……あなたは、新聞は何新聞が好きですか? 何新聞をとっているんですか?」

だが、私の答えも待たず、彼女は赤くなって両掌で頬をおさえた。「……バカね、私。こんなこと、関係ない話ですね。どうだっていいことだわ」

「そうだろうね」

私はわけがわからずに答えた。娘がなにをいいたいのか、見当がつかなかった。

レコードがまたかわった。そのとき、娘がいった。

「ねえ、どうしてあれからあと、窓を開けなかったの？　私を、見なかったの？」

「どうしてって、……」私は口ごもった。「一度顔をみてやりたかっただけだからさ。一ぺんで、目的は果したんだ」

「それで、どうだったんです？　もう興味を失くしたわけ？」

「べつに、妨害して歌を止めさせるつもりじゃなかったもの。あれから、僕は毎晩君の歌を聞いていたよ」

「そう。……私ね、またふいにあなたが顔を出すんじゃないか、そんないやがらせをするんじゃないか、って、いつもビクビクしてたんです。こんど開けたら、軽蔑してやる、可哀そうな人だと思ってやる、意地わる、って大声でどなってやる、と思ってたんです」

「……へえ」と私はいった。「そいつは面白そうだったな、また開けりゃよかった」

「そうよ。ほんとに、また開けてくれりゃよかったのよ。そしたら、私はあなたとは完全に縁が切れた気になったわ。あなたを、平気で無視できたわ。……でも、二度と窓は開かなかったわ。私、あなたが完全な敵になってくれないので、かえって癪にさわってきちゃったんです」

「でも、憎んでる、っていったじゃないか」

「ええ。憎んでます。まるで、不法侵入者みたいに、私の意識の中に勝手に住んでいるみたいなんです。私、それであなたのこと、怒るんです」

「だって、……」

「ぼくの知ったことじゃない、っていうんですか？　ウソです」

「ウソ？　どうして？」

「じゃ、なぜ暑いのに、あの窓を閉めっぱなしにしとくんです？　あの窓は、いつも明りが灯いて、でも閉まったままだったわ」

「そりゃ、君の歌を妨害したくなかったからさ」

「そうでしょ？　やっぱりそうなのね。ほかの窓が開いてるのに、あの窓だけが閉めてあるの。毎晩。……それは、あなたが完全に私を意識していることだったわ。私は、あの中であなたがいったいなにを考えているのか、さんざん考えたんです。なんてずるい、なんていやらしい男だろう、って思いました」

「どうして？　……よくわからないな。いいがかりをつけられているみたいだ」

「私は、あなたはまた窓を開けて、私にきらわれる勇気もないんだと思ったんです。平気で、ニヤニヤ笑ってあんな意地わるをしたりするくせに。……なんて男らしくないんだろう、って、暑いのにきっちり閉めてある窓を見るたびにそう考えたわ」

「……いいがかりだ」

くりかえして、だが私は娘の言葉に胸を刺されていた。私は、ただ一回のあの行為が、娘にこれほどの意識の上の負担をあたえていたなどとは考えたことがなかった。……しかし、私はいった。

「そんなの、知ったことじゃないさ、僕の」

「いいえ、知ったことよ。あなたのしたことですもの」娘は答えた。「卑怯よ、そんなことというの」

「卑怯だっていいさ」と、私はいった。「どうしろというんだ？　どう責任をとれ、っていうの？　僕はあやまらないよ。あやまる理由がない。僕は、君にとっての一人の他人だっただけじゃないか。君は君で生き、僕をいやらしくてきらいだといい、僕はその僕を生きているだけの話だ。そうだろ？」

娘は黙っていた。

「あんなこと、君の顔を一度だけ見たことだが」と、私はいった。「君がそんなに恨んだり、怒ったり、憎んだりするほど、大したことじゃないよ。君は異常だよ。ざらにあることだぜ。僕は、僕だけの責任しかとれない。君にあたえた心理的影響なんて、僕の知ったことじゃない」

「あなたは、窓を閉めていたわ、毎晩。私もあなたに心理的な影響をあたえていると思うんです」

「そうかもしれない。でも、それは僕のものだ。僕にだけ属している。君の知ったことだとは思わない」

娘は真剣な目をしていた。「あなたは」と娘はいった。「だれか、ひとを好きになったことがあります？」

「ありますよ、いっぱい」と、私は答えた。

「何人くらい、いままでに愛しました？」

また「愛」か。ここでも「愛」か。私は笑った。

「僕はね、だれも愛さないよ。愛せないんだ、というより、愛はきらいなんだ」

「どうして？」

娘は熱心にたずねた。おどろいたような目で、私をみつめていた。私は、こういう厄介な話こそきらいなんだ、と思った。

「他人を愛するのなんて、僕には負担なんだ。僕は僕の責任だけで手いっぱいなのに、そんな幻影でよけい不自由になんかなりたくない。人間は、それぞれ身動きもできない、けっして他人と本当に癒着しあえない特殊な個体なんだ。それが僕の信条だ」

「でも、だから愛がいるんでしょう？」

「欺瞞がかい？」

「ちがうわ」

「ちがわないよ」と、私はいった。「僕は知っているんだ。愛とはね、嘘を信じ、嘘を生きることさ。あえていえば、狂気を生きることとさ。残念ながら、僕にはそんな趣味も勇気もない。僕には、僕がだれとも融けあわない一つの核をもっていること、これを信じる勇気しかない。そこからしか、なにもはじめられないんだ」

「……わからないわ。あなたのいうこと」と娘はいった。

店には窓がなかったので気がつかなかったが、その喫茶店を出ると、あたりはもうすっかり夜になってしまっていた。

私がふいに娘の肉体を意識したのは、商店街の照明にまみれたその新宿の人ごみの中でだった。突然、娘が私の腕をとった。雑沓の中で、私は押しつけられる彼女のやわらかな胸と腿をかんじた。私は重く痺れるような欲望が、私の中に顔をもたげるのがわかった。

「君は、僕を憎んでいるんだろう？　いやなやつだと思っているんだろう？」

「そうよ」と娘は答えた。ほがらかな、透明な声音だった。「それは、はっきりしてるわ。もしかしたら、私、いまにもあなたを引っかいちゃうかもしれないんです」

「大きらいだろう？」

「大きらいです」

私はすこし笑った。私たちを見ている人びとは、こんな会話を想像しているのだろうか、と思った。娘は歯を嚙むようにしてくりかえした。「ほんとよ。私、ほんとにあなた、大きらいなんです」

「……君、名前はなんていうの？」

「芝田、晴子」娘はいい、私の掌にその字を書いて教えた。恋人のようなしぐさだった。

私は、そんな娘が、まるで理解できなかった。腕に力をこめていった。「いったい、君が今日、僕をつけてきた理由はなんなの」

「……理由なんてないわ」娘は答えた。「あっても、いまはわからないわ。あとになってからきっとわかると思うんです。……とにかく、私はたしかめたかっただけなんです」

突然、彼女は腕をほどいた。駅の前に来ていた。

「私、ちょっとお友達のところへ寄る用事があるんです。さよなら。ここで失礼します」

娘は、真面目な、思いつめたような目をしていた。私は笑った。私は、この小娘にいいようにからかわれたのに違いなかった。

「さよなら」と、私はいった。娘は人ごみにまぎれた。

――その夜、私はまっすぐ下北沢の駅に下りて、大チャンの下宿への街燈のまばらな薄暗い道を歩きながら、声に出して、もし愛があるのならば、もし愛があるのならば、……と二三度呟いたのを憶えている。イメージの中に、小柄な首の細いあの娘の、白い裸の肌が動いていた。もし、愛があるのならば。……だが私は、いや、自分の求めているのは女体だけだ、あの娘の体だけだ、と思った。しかし、私は不安に駆られたように独白した。もし、もし本当に愛があるのならば。……

私は、そのときの自分の、芝田晴子という名の娘を思うたびに胸に揉みこまれた、奇妙な痛みに似た閃くような疼きを、いまだに忘れてはいない。資格のないかなしみのように、それは私の胸に奥ふかくひろがり、私の足を止めさせた。いや、やめよう、愛についてなんか考えるのをやめよう、と私は低くいった。私は、その足でふたたび駅の方角に引き返した。その日もらった家賃から抜いてきた一枚の紙幣で、私は酒を買おうと思ったのだ。その夜は雨になった。

私が、あの歌声の主の娘——芝田晴子から手紙をもらったのは、それから三四日たってである。いつものように、大チャンは撮影所に出掛けていた。午後、私が起き、煙草を買いに出て帰ってくると、いつも暗がりで縫物をしている偏頭痛の小母さんが、黙ったまま二通の封書を私の手にわたした。一通は母のであり、一通は切手が貼ってなく、署名もなかった。それが彼女からのだった。

私はそっちから封を切った。すぐ、それが例の娘からのものであるのがわかった。私は意外だった。あの日、私が告げなかったのにかかわらず、娘は私の名前まで知っていたのだ。——私は、展覧会やメモをとったノートにそれをはさみ、いまだにその手紙を所持している。そろそろ焼かねばならぬ手紙だが、いまはその全文をここに写してみる。

佐々木昌二さま

あなたが佐々木昌二という名前なのを私は知っています。いままでにも、何度あてもなくこのお名前をレター・ペーパーに書き散らしたかわかりません。手紙も書きました。みんな、あなたへの憎さや口惜しさばかりを書きならべた手紙でした。私は、あなたを思ったり、意識したりするたびに、腹が立ってきてしまったのです。私が昨日、あなたの悪口をならべたのは、みんな本当です。でも、いまは簡単に書くつもりです。

佐々木昌二さま

あなたはしようがない人です。ダメな人間です。……あれから、一晩考えてわかりました。あなたは人間の屑です。ほんとうにダメな人です。あなた自身、どこかでそうお思いになってませんか？　あなたは、自分がダメで、自分のことを考えることしか能のない最低の人間だということを、たぶん知ってらっしゃるのだと思います。それを引き受けたつもりで、威張っている。でも、そういう勇気のない、無気力なエゴイズムを生きようと決心している人間こそ、本当に勇気のない、無気力なエゴイストです。本当にダメな人間です。私はそう思うのです。私は、単純にあなたを憎んでいました。不作法な、暴力的な、私の気持ちの中への侵入者だと思って、どうしてもあなたが無視できなく、あなたが私の外に出てしまわないのに、毎晩のように腹が立って腹が立って、たまらなかったんです。このことは申し上げましたね。

でも、昨日、水道橋の駅からの電車の中で、私はふいに、私はこの人を愛しているんじゃないのか、と思いました。いやでいやでたまらないくせに、あんなにもいやらしい、意気地なしの、乱暴で不作法な男だとは思っているくせに、私は、あなたから離れたくなかったのです。べつに、あなたがやさしい、立派な男に見えてきたわけじゃありません。私の感じでは、思っていたとおりのあなただったくせに、そのあなたが好きなような気がしてきました。私には、必要なただ一人の人なのだ、とさえ思われてきました。私は、たぶん、あなたによって生きて行けるんじゃないかと。幸福に、いきいきと、私は、自分があなたのいう「特殊な個体」としての私であるためにも、あなたという人が、かけがえのない人のように思われはじめたのです。

佐々木昌二さま

私は、そんな自分にびっくりしました。実さい、私にも意外だったのです。

あれから、私はおそくまでクラス・メートの家に行って、型紙の裁断の手つだいをしました。その家を出ると、雨でした。傘は貸してもらったのですが、下北沢の駅にきたとき、私は、わざと傘をささずに雨の中を歩きはじめました。雨がへんにたのしかったのです。そして、臆病者の私は、めずらしくこわさを忘れて、人気のない夜の雨の道を、いつまでもぐるぐると歩きまわったのです。おどろかないで下さい。私は、そのとき、あなたと結婚する気持ちでいたのでした。

そのとき、私は、自分があなたを一生無視して生きることができないと信じていました。私は、あなたが好きで、あなたを愛していました。それを認めざるをえない気持ちでした。そして、私はあなたのことを考え、私には、もう、どうしようもなく不毛な未来しかないのだと、自分に納得させていたのでした。私は、あなたを気にして、ほったらかしにできないというただそれだけの気持ちで、あなたという不毛でダメな人間に一生を捧げるのだ、と思いました。いいわ。それでいいわ。私も、きっとあなたを救うことはできないだろう。でもそれでもいい。あなたは私を愛する勇気もない、いや、人間を愛することができない。すばらしいじゃないの。と私は思ったのです。

私は、きっとあなたに敗けてしまうだろう。でも強引に、むしゃぶりつくみたいにして、あなたの死を私の死にしてやるのだ。心中をしてやるのだ。……私は、自分とあなたとの上に、その未来に、そんな希みしかないこと、いえ、なんの希みもないという身の凍るような、あまりの空白に目がつぶれてしまうような事実に、ほとんど恍惚としていました。私は、酔ったように、我を忘れて雨の中をいつまでも歩きまわっていました。

佐々木昌二さま

私は、二時間ほど前に、家に帰りました。ですが、そのとき、この恍惚、この確信は、まるで目からウロコが落ちたように、どこかに消えて落ちてしまいました。のろのろと私は一人でお風呂を立て、そこから出て、机に向いました。あなたに、お別れの手紙を――この手紙を、書きはじめています。私は、気まぐれではありません。いったんきめたら、めったなことではそれを変えない頑固な女です。私には、どうして気を変えたか、その意味がよくわかりません。ほんとに、よくわかりません。私は、最後に、あのいつもの通りを歩いて、つまり、あなたの下宿の横の路地を通って、家にかえりました。あなたたちの部屋には、まだ明りが灯き、大声でしゃべる声がきこえました。でも、窓が閉まっていました。どうしてなのです？　あれは、ただの習慣なのですか？　いずれにせよ、私はそこに、あなたの頑固に閉じたままの心を、一つの無表情をかんじました。そのとき、私に絶望がきました。なぜなのか。ほんとによくわかりません。でも、ふいに、私から、あなたは外に出ていました。私は、あなたがもう気にならない、一個のそうぞうしいただの他人、つまらない、弱虫の、どうしようもない他人への無感覚をわざわざ生きようとしているバカだとわかりました。なぜ、そんな人と、私は結婚しなければならないのでしょう？　私はいやです。私は、自分がもう、あなたを憎んでさえいないのを知ったのです。あなたが、憎むにも値しない、哀れまれるべきなだけの男だとわかったのです。私は、二度とあなたという存在に、わずらわされることもないでしょう。私は、あの閉ざされた窓を眺め、あなたが私を、私の恍惚をすら、冷たく閉め出しているのを感じたのです。私は、あなたから閉め出され、私はあなたの外にいます。同時に、あなたも私から外に出てしまったのです。……

いま、四時です。長い手紙でした。でも、これはお別れの手紙です。いまは私は、あなたを遠い他人として、軽蔑だけしているようです。

でも、ほんとはまだ自信がありません。もう二三日待ってみて、ほんとうに私があなたが気にならなくなっていたら、この手紙を小母さんにことづけます。

佐々木昌二さま

水曜日の夜です。私は読みかえしてみました。いまだにあなたを突然あきらめた（？）という理由はわかりません。でも、この手紙は、わざと書き直さずにおきます。

私は、二度とあなたのことに心をとられません。決心ではなく、事実です。さようなら。やっぱり、私はあなたとの心中はやめます。一度だけお話ししたあなたですが、私の心の整理のため、お別れの手紙を渡します。お別れの手紙を書くに値するだけの相手ではあったのです。でも、もう私はあなたのことを、いやらしいとも憎いとも思ってはいません。もう、私はあなたを無視できています。

さようなら。

芝田晴子

私は、苦笑してこの手紙を読んだ。破りかけ、思い直してノートにはさみこむと、母の手紙の封を切った。母が病気だった。

仰向けに畳に寝て、私は、この下宿を引き揚げる時期がきているのを悟った。私はもう、この下宿ではなにもすることがなかった。この下宿での私の季節は終ったのだ。たぶん、私は湘南海岸の家にもどり、その中での私の可能性を見定めることしかできはすまい。あの関係の中の場所で、どうにかして生きて行く以外の私の誠実も、私の生きるためのチャンスもない。私は、それを引き受けることが私に可能な、せめてもの勇気だと思ったのだ。私はノート類をまとめだした。

大チャンの帰宅は、きっとまた十二時を過ぎる、と私は思っていた。私は一度彼と顔を合わせ、一応の礼とか挨拶をして翌朝この下宿をたつつもりでいた。

さすがに懐しい気分が湧き、私は西郷隆盛の辞世の歌を朗読してみたりした。いつのまにか新しい貼紙があって、そこには、ぼくはきみたちのかつての父と同じ男、ぼくらは火うち石と暗黒の息子だ、とか、最初の死のあとに、もはや死はない、という文句が走り書きのように書かれていた。大チャンがどこかから聞いてきた詩句らしく、彼は、それを私が眠っているあいだに貼ったのにちがいなかった。私がやった宗達の寒梅の図の写真も、ちょうど彼の足もとにあたる壁に貼られていた。よく見ると、古い貼紙の中には、戦陣訓の一部もまざっていた。

私はその午後を、それらを読みながらぼんやりとしてすごし、大チャンの朝つくって行った肉と南瓜の煮つけと、胡瓜もみとに、生玉子を添えて食べた。これが最後の大チャンの手料理だと思うと美味しかった。わざと冷めたのを食べたのだが、番茶を飲むと汗が全身に吹き出してきた。暑い日だった。ひとつも風がなかった。

私は窓を開けて、無風の真夏の夕暮の空の下に、どこまでもつづいて行く東京の漂流物のような屋根瓦の海をながめた。それは平凡で、おそろしく単調な猥雑さにみちた景色だった。空にのこるバラ色の夕日の最後の反映も、遠い森のような木々の上に、じりじりと濃さを深めて行く黄昏も、私には昨日もくりかえされ、また明日につづいて行く時間の重苦しさ以外のものを語りかけなかった。左手の小さな公園ふうの鉄棒や遊動円木のある空地で、一人の少年が孤独な体操をしている。その上半身だけが眺められた。……しかし、私は、彼にも親近感が湧かなかった。

どの家にも白いランニングやパンツやズロースの洗濯物が窓からのぞいていた。私は、毎日のようにそれを洗濯する無数の女たちの手を思った。彼女たちは、くりかえし、くりかえし、その白い色を新たにする労働を重ねながら、年老いて行く。でも、洗っても洗ってもその白に附着して行く汚れた垢の重なりだけが、たしかな、確実な生活というものを保証し、その実在を示す証拠のような気がしていた。私はなにをしているのだろう。私は、これからなにをして生きて行くのだろう。いったい、なにを愛するのだろう。私は自問していた。答えはなかった。私は生活を、人間たちを、その関係の中にからみとられ、その底であの洗濯物のような存在を重ね、毎日それを洗うような労働で年老いて行くのを、愛さない、と私は思った。私は生きることを愛さない。しかし、私は敗ける。この私は、敗けるにきまっている。敗けるにきまっている勝負に、なぜ私は固執するのか。私は思っていた。勝てるという幻影、これが完全に無くなるまで、私は永久に敗けつづける。だが、どうして私からその幻影は去らないのだ？　これだけ敗けていても、まだ私の敗北は充分ではないというのか？

その日、大チャンの帰宅は、日が暮れてもまだ一時間とたたぬ時刻だった。私は意外だった。初夏のころから、それははじめてのはやい彼の帰宅だった。

「アンタさん、アンタさん」と、彼は大声で呼びながら二階への階段を上ってきた。彼は、みるからに有頂天で、白いポロシャツの胸が大きく喘いでいた。部屋に駈けこむなり、彼は汗くさい身体で私に抱きついた。

「どうしたんだい、大チャン」

「よろこんで下さい、よろこんで下さい。私は、本当にこれで一人前になります」

「よろこぶのはいいけど、なにごと?」

「私は、結婚します」

大チャンはいった。私は耳を疑った。

その私の肩に両手を置き、力ずくでのように座敷に坐らせると、大チャンは土瓶の番茶をごくごくと音をたてて飲んだ。

「今日ね、今日、私はあの人に出逢ったんです。ほんもののあの人です」

大チャンはいった。番茶と涎とで、その唇が濡れて光っていた。「私は、ちょっと間違えていたようです。小柄な人でした。でも、私の好みにぴったりだったんです」

芝田晴子。私はその顔を目にうかべていた。金魚のように、口がパクパクした。

「……おめでとう」と、やっと私はいった。

「ありがとう」と大チャンはいった。「あなたはいい人です。ほんとうに、いい人です」

彼は声をひそめた。「アンタさん、ところで、お願いがあるんです。いま、下にその人がきてるんです」

「え？」

私は立ち上った。でも、それは意味がなかった。

大チャンはだらしなく相好をくずしたまま、私を手で制した。「ま、落ち着いて下さい。お願いです。……じつは、私、あの人に、私が歌声を聞いていたことを、いいたくないんです。あの人は、一度だってたがえず、私の予言したとおりの歌を歌っていた。でも、私はそれを口に出していいたくないんだ。私にとっては、それは必然だが、あの人はたんに偶然に、今日ぱったりと私に出逢った。それで好きあった、と、こういうふうにしておきたいんだ。私にとっての神秘は、あの人には狂人の幻想だと思われるでしょう。それはマイナスなんです。ね、だから、アンタさんも、歌のことは黙っていて下さい」

「……でも大チャン」と、私は質問した。「歌のことを伏せといて、どうしてその人が、あの軍歌の主だっていうことがわかったんだい？」

「直感です」大チャンは鼻の穴をひろげた。「今朝、ぱったり道で逢った。そのとき、私に閃いたんです。この人だ、とね。それで、いままで喫茶店で話をしていました。私の直感、霊感というんですかね。これは正しかった。まったく、私の考えていたとおりの性格、境遇の人だったんです。待っていて下さい。あんまり待たすのはへんだ。いま連れてきます」

いうなり大チャンはドタドタと階段の下に消えた。私は、茫然としていた。だが、あんまり考えている暇はなかった。すぐ大チャンが女を連れて上ってきたのである。

「ご紹介します。友人の、望月ヤス子さんです。こちら佐々木さん、ぼくの美術の先生です」

「……はじめまして」

と私はいった。声はかすれていた。大チャンの信じた「あの人」は、色が浅黒く、馬面の女だった。年齢は、あきらかに三十を越しているように眺められた。

「はじめまして」と、彼女はいった。硬い、金属的な声音だった。

私は、内心の笑いをおさえることができなかった。女は澄ましかえっていて、「じゃ、また明日ね」と大チャンを振りかえると、小笠原流のばかていねいなお辞儀をして、さっと立ち上った。私は、階段を下りる彼女の跫音で気づいた。彼女は軽いビッコだった。

送って行った大チャンが部屋に戻ったのは、それから一時間もたってである。そのあいだに、私は彼の滑稽さと、自分への自己嫌悪を、いやになるほど味わいつくしていた。でも、だれがこんな顚末になることを予想していただろうか。

「いかがですか？　彼女の印象は」

大チャンは部屋にかえるなりそういい、もみ手をした。「ね？　ぴったりでしょう？　私のいっていた女性像と。すこし脊は低いようだけれど」

「ぴったりだね」と、私はいった。たしかに、だれにも好かれない不幸なオールド・ミスのタイプだった。

「強引にね、今日は、会社をサボらせちゃったんです。だから、今日は彼女はここを歌を歌っては通りませんよ。昨日いったのは取り消しです。アッツ島玉砕の歌でしたね？」

「じゃ、もう、歌ともお別れだね？」

と、私はいった。私はもう、大チャンへのなんの悪意も反撥ももたなかった。私は、いままでの私の嘘も、ぜんぶ黙っていてやろうと思っていた。それが善良な大チャンの再出発への、私のせめてものお祝いの代りだった。そして、私は明日、この下宿を出て湘南海岸の家にかえることを彼に話した。彼は、私の遠慮だと考えたようで、かまわないからいてくれ、と懇請した。母の手紙を見せるまで、彼はしつっこく共同生活をつづけようと力説したのである。

「そうですか。……ご病気じゃ止むをえないですな」と、彼はいった。「じゃ、私は彼女の家に移ることにしますか。長女でしてね。家から離れにくい事情があるらしいんです。今日、その点は考えておく、と返事をしといたんですがね」

「なに？　早いね、もう婚約を成立させちゃったの？」私は呆れた。「スゴ腕だね」

「へっへ」と彼は笑った。「なにしろ、四ケ月ばかりも歌で結ばれていたわけなんでね、向うでもすぐピンときたんですよね」

「……あの人の家はどこなの？」

「あの公園の裏手ですよ。タバコ屋なんですな、家は」

「引越したほうがいいよ」

私は老婆心からそうすすめた。「この路地から、なるべく遠いところに行きなよ」

私がそれをいい終った刹那だった。私は、ぞっとして大チャンの顔をながめた。

大チャンの表情も、みるみるうちにかわった。それまでの陽気な幸福は拭い去られ、蒼ざめて彼は慄えだした。そのときは、すでに角を曲がってくる歌声は、明瞭に私たちの耳にひびいていた。

「あの声です。まちがいなく、あれはあの人の声です」

呻くように大チャンはそういい、窓のふちににじり寄った。曇りガラスの戸をひらいた。ぽっかりと、そこに真夏の闇が截られ、歌声はあのか細く張りつめた声音で、次第に私たちの窓に近くなった。

……みよ落下傘　空に降り
みよ落下傘　空を征く
みよ　落下傘　空を征く……

歌は、窓の下に来ても止まなかった。知らん顔で、同じ調子のまま歌はつづいていた。

世紀の華よ　落下傘　落下傘
その純白に　紅き血を
ささげて悔いぬ　奇襲隊
この青空も　敵の空

この山河も　敵の陣
この　山河も　敵の陣

「……違う。違う」と悲痛に大チャンは叫んだ。食い入るように路地を歩み去る女の姿をみつめていた。歌は、なんの躊躇もなく緊張した声音で歌いすすみ、ゆっくりと遠ざかった。それは、晴子の声音だった。

……いずくかみゆる　おさな顔
ああ純白の　花負いて
ああ青雲に　花負いて
ああ　青雲に　花負いて……

いつのまにか、私は立ち上ってしまっていた。大チャンは窓枠に顔を伏せて、声をはなち泣きはじめていた。よく肥った彼の肩の肉が、力ずくで窓枠をつかみ、小刻みにぶるぶるとふるえていた。

私は、言葉を失くしていた。涙できらきらと輝く顔を上げて、大チャンは私を見た。子供のように泣きじゃくりながら、彼はいった。

「……アンタさんは、アンタさんは、知っていたんですね」

無言のまま、私は首を下げた。大チャンは、それからはなにもいわなかった。ただ腕の中に顔をうずめ、泣きつづけた。私は壁によりかかったまま、その夜は徹夜をした。

朝、まどろみからさめたときは、大チャンの姿はなかった。いつものように、薬缶が音をたてているのが聞こえた。

私は、大チャンの最後の心づくしの番茶を一杯ゆっくりと時間をかけて飲んだ。私は、大チャンにも、晴子にも、いや、だれにも許されはしないし、許されるのをあてにすることもしないだろう。そしてまた、私自身、だれも許さないだろう、と私は思った。私は昨夜用意したノートの包みをもって立ち上った。その日は、八月の五日だった。

私は、朝風呂にでも行くようななにげない姿でその下宿を出た。晴れた青空が私の上にあった。だが私は一歩一歩、味わいぶかく道の土を踏みしめるようにしながら、下北沢の駅に歩いた。私は、それ以後、二度とその下宿をたずねたことがないのだ。

*

あれから、かなり長い月日がたつ。その間、私は幾人かの女性を知り、結局はそのすべてと別れた。私にとっての「愛」、それは、私が努力すればするほど、歯ぎしりするような絶望と屈辱感、わずらわしい不自由しか私にはくれないのだ。幸福な融和よりも、窒息しそうな埋没しか、私にはあたえられない。歓びとともにその幻影に自分の核までを解消してしまう力が、私には欠けているのだ。

まだ、私には敗北が充分ではないのだろうか。……芝田晴子のいったとおり、私は不毛な、卑怯な、凍りつくような未来しかもたぬ、不幸な、そんな最低の男かもしれない。だが、あの軍歌とともにひろがる人気ない青空への渇望から出発した私は、「愛」のためには、いつだってせいいっぱいの努力と勇気をふるいおこし、それを捧げてきた。私が私でしかないことの苦渋は、そして、そのたびに私にかえってきた。私は、ただそれだけを、深めているような気もする。

だが、私はいま、ある高校の教師として、もう一回、「愛」を信じるための行為を、全力でこころみようとしている。この春、私ははじめての結婚をするつもりだ。

その後、芝田晴子の消息は知らない。大チャンと望月ヤス子との結婚がどうなったか、それも知らない。大チャンにも逢わない。

ただ、この正月、私はたまたま見た映画で――それは、いつか大チャンが山賊に扮した映画を監督した、同じ巨匠の手になる作品だったが、――私は、ヒーローの豪傑にばたばたと一瞬のうちに斬り殺される武士たちの中の一人に、大チャンを発見した。すくなくとも彼は生活の中では、いまだに同じ回路を生きているのだろう。私は、彼が日ましに薄くなる頭髪を気にしていたことを思い出したが、あいにく武士の鬘をつけていたので、その現状はよくわからなかった。

なお、母は健在である。

〔未発表作品。1963（昭和38）年2月執筆。没後、1969（昭和44）年『山川方夫全集』第二巻に所収〕

（お断り）

本書は2000年に筑摩書房より発刊された『山川方夫全集3』を底本としております。あきらかに間違いと思われるものについては訂正いたしましたが、基本的には底本にしたがっております。また、一部の固有名詞や難読漢字には編集部で振り仮名を振っています。

本文中には小使、女給、女史、盲めっぽう、盲従、盲目な確信、興信所、人夫、看護婦、女の子、子供の産めぬ女、女中、未亡人、混血児、強姦、女々しい、きちがい、シャム双生児、外人、漁師、狂人、妾、床屋、書生、シナソバ、オランダ娘、シナ人、片輪、エテ公、ツンボ、吃る、金髪女、商売女、映画屋、オールド・ミス、気違い、ビッコなどの言葉や人種・身分・職業・身体等に関する表現で、現在からみれば、不当、不適切と思われる箇所がありますが、著者に差別的意図のないこと、時代背景と作品価値とを鑑み、著者が故人でもあるため、原文のままにしております。

差別や侮蔑の助長、温存を意図するものでないことをご理解ください。

山川 方夫（やまかわ まさお）
1930（昭和５）年２月25日—1965（昭和40）年２月20日、享年34。東京都出身。「三田文学」の編集者として活躍の傍ら、作家として「演技の果て」、「海岸公園」等の作品で芥川賞候補となるも、交通事故に遭い34歳で早世。

P+D BOOKS とは

P+D BOOKS（ピー プラス ディー ブックス）とは
P+Dとはペーパーバックとデジタルの略称です。
後世に受け継がれるべき名作でありながら、現在入手困難となっている作品を、
B6判ペーパーバック書籍と電子書籍を、同時かつ同価格で発売・発信する、
小学館のまったく新しいスタイルのブックレーベルです。

お守り・軍国歌謡集

2023年3月14日　初版第1刷発行

著者　山川方夫
発行人　飯田昌宏
発行所　株式会社　小学館
〒101-8001
東京都千代田区一ツ橋2-3-1
電話　編集　03-3230-9355
販売　03-5281-3555
印刷所　大日本印刷株式会社
製本所　大日本印刷株式会社
装丁　おおうちおさむ　山田彩純
（ナノナノグラフィックス）

ISBN978-4-09-352459-9

P+D BOOKS